- 이춘원 소설집 -

하얀민들레꽃

문학사계

작가의 말

일제 강점기에 태어난 우리 세대는 조국 해방의 기쁨을 누리기도 전에, 처참한 여순사건을 겪었다. 연이어 6·25 전쟁, 4·19 혁명, 5·16 군사정변, 12·12 사태와 5·18 민주화운동의 비극을 당했다. 허정 과도정부까지 6공화국 13명의 대통령이 바뀌고 빈곤, 공산주의, 서구의 문화와 디지털 시대를 경험했다.

살아있는 사람이 경험할 수 없는 죽음은 그 실체를 함부로 묘사할 수 없듯, 아무리 현대의 과학적이고 젊은 두뇌의 창작이라 할지라도 몸소 체험하지 못한 글은 상상일 뿐, 어찌 파란만장한 시대를 살아온 팔십 연륜이 깨달은 인간의 존재나 삶의 의미보다 진리일 수 있으랴. 그렇다면 인생의 종말에 마침표를 찍으려는 글이야말로 문학의 진수眞髓가 아니겠는가?

나는 암에 걸려 죽음을 앞두고 글을 쓰기 시작했다. 황혼을 바라보며 이글거리는 태양이 파란 풀잎에 내리쪼이던 청춘을 노래하고 싶었다. 항상 사유하고 천착穿鑿하던 '우리는 무엇이고 왜 살며 어떻게 살 것인가'를 구명究明하면서 인간의 참되고 아름다운 모습을 그리고자 했다.

인간의 삶에 대한 재미있는 이야기라는 소설의 본질과 주제에 충실하면서『문학사계』와『현대소설』에 아홉 편의 중 단편소설을 발표했다. 그 사이 암이 사라졌다. 문학의 힘이라고 믿고 있다. 그러나 미수를 맞이하면서 조급해지는 마음을 어찌 달래랴. 작품을 소설집으로 한데 엮었다. 이 책이 각박해만 가는 사회의 대지를 촉촉이 적셔주는 단비이고 훈훈한 봄바람이었으면 좋겠다.

2023년 초봄 이춘원

차례

리 따이한의 두 나상

리 따이한의 두 나상

　　⋮

보름달은 어둠에 잠든 도시인의 고달픈 삶을 어루만지며 서쪽으로 기울고 있었다. 호아는 잠이 오지 않는지 한이 잠든 침대가에 우두커니 걸터앉아 벽에 걸린 판화에 흐려진 시선을 보내고 있었다. 그녀의 착잡한 표정으로 보아서는 두 시간이 늦은 베트남의 시차 때문도, 창밖에 쌍불을 휘저으며 밤거리를 달리고 있는 자동차의 소음 탓도 아닌 것 같았다.

한이 잠꼬대를 하면서 삼태기만큼이나 넓죽한 발바닥으로 제 어미를 밀어냈다. 가장자리에 끼어 자던 더블침대를 온통 차지해버렸지만 그녀는 아무런 내색이 없었다. 방구석에 붙은 작은 경대의자로 옮겨 앉아 둥그스름한 얼굴에 유난히 검은 눈썹과 우뚝한 코, 그리고 입술이 두툼한 아들의 모습을 빤히 바라보며 땅이 꺼져라 한숨을 쉬기만 했다.

문득 거울에 비친 얼굴을 들여다봤다. 그동안 까맣게 잊고 살아온 자신의 얼굴에 신경이 쓰이는 모양이었다. 오랜 세월 풍상에 찌들고 잔주름도 많았지만 갸름한 모양에 눈과 코와 입 모두 구멍새가 뚜렷

8

하여 마을사람들로부터 예쁘다는 소리를 들었던 옛날 모습은 크게 변하지 않은 것 같았다.

옛날, 호아가 자란 깐 마을은 다낭에서 백 킬로 남짓 서쪽으로 들어간 오지였다. 수초가 자라고 있는 작은 강가에는 야자수가 드문드문 무리지어 서 있고 이십여 가구의 수상가옥들이 옹기종기 모여 있는 아름답고 평화로운 마을이었다. 마을 뒤로부터는 칙칙한 정글이 라오스와의 국경선까지 이어졌다.

아버지가 촌장인 넉넉한 집안에서 장녀로 태어난 호아는 퀴논의 전문학교에서 미술을 공부하다 전쟁이 격심해지자 집으로 돌아와 있었다. 무자비한 동족상잔은 수많은 사람의 소중한 목숨을 앗아갔고 가정과 사회 그리고 삶의 모든 것을 무참하게 무너뜨렸다.

호아는 몹시 피곤해 보였다. 옷깃을 헤치고 가슴의 멍울을 만지더니 얼굴을 찌푸렸다. 잠시 무언가 골똘히 생각하다가 지갑을 꺼내서 열어봤다. 미화 100 불짜리 한 장과 한화 6만 원이 달랑 들어있었다. 다시 그 옆에서 곱게 접은 그림 한 장을 꺼냈다. 사이공으로 간 뒤 그 사람의 모습이 망막에 떠오를 때마다 그린 그림 중 한 장이었다. 그것을 펴서 한참동안 들여다보다가 살며시 가슴에 안고는 걱정스러운 표정으로 방 한쪽에 놓아둔 상자를 바라봤다.

어제는 한이 그 상자 속에 든 조각품을 팔자고 투정을 부린 통에 무척 난감했었다. 적어도 천 달러는 받을 것이라며 떼를 썼다. 허우대가 큰 녀석이 날마다 라면과 김밥으로 끼니를 때우고는 허기를 견디기 어려웠던 모양이었다. 아직 뼈도 덜 여문 어깨에 족히 십 킬로가 넘는 흑단 조각품을 둘러메고 서울거리를 사흘 동안이나 헤맸으니 짜증이 날만했다. 사정이 딱했지만 호아는 그를 달랠 수밖에 없었다.

"그 조각 작품은 너의 정성이 담긴 작품이 아니니? 그 사람을 만나서 꼭 주어야 할 것이야. 조금만 참으렴."

"도대체 그 사람에게 왜 이걸 줘야 해요? 어머니를 배신하고 도망을 친 사람을 왜 찾으려고 이 고생을 하는데요?"

"배신, 도망…?"

그 말을 듣고 호아는 소스라치게 놀랐다. 당혹스러워 어찌할 바를 모르다가 사정하듯 말했다.

"글쎄…, 네가 어떻게 이해하고 있는지는 모르지만 나도 내 마음을 모르겠구나. 나를 위해서가 아니라 너로서는 한 번은 꼭 만나야 할 사람이 아니니?"

"만나서 수틀리면 가만두지 않을 거야."

한은 씩씩거리며 잔뜩 짜증을 내고 신경질을 부렸다. 애당초 서울에 오는 것을 싫다고 반대하여 겨우 달래서 데려왔고 서울에 도착해서도 불평을 하며 마지못해 따라다닌 터였다. 더 약이 올랐다가는 그를 만났을 때 행패라도 부릴까 걱정이 되어 호아는 입을 다물었다. 어머니를 배신하고 도망을 쳤다는 그의 악담을, 호아로서는 아니라고 부정할 확실한 이유나 근거는 없지만 그렇다고 긍정할 수도 없는 처지였다. 그 일이 있은 후 애타게 기다리던 그는 끝내 아무런 소식이 없었다.

기다림에 지치고 배신감을 느끼기 시작할 무렵, 몸에 변화가 생긴 것을 알았다. 전쟁이 한창인 정글의 촌락에서 어떻게 해야 할지도 모르고 상의를 할 사람도 없었다. 생명을 잉태한 것을 알았지만 엄한 아버지와 어머니는 물론이고 외삼촌들이 베트콩이거나 그 협력자들인 가족들 모두가 한국군과 혼혈의 사생아를 임신한 딸을 그대로 용서

할 리가 없었다.

엉겁결에 취직이 되었다고 속이고 집을 떠날 수밖에 없었다. 어디나 할 것 없이 싸움터인 나라에서 발길이 머문 곳은 아무 연고가 없고 비교적 안전한 후방인 사이공이었다. 그녀는 바로 산부인과병원을 찾아갔다. 의사의 축하한다는 호들갑에 호아는 어렵사리 낙태를 해달라는 말을 꺼냈다.

"건강한 사내아이예요. 왜 낙태를 합니까? 안됩니다."

깜짝 놀란 의사가 눈알을 부라리며 거절했다.

"…"

호아는 할 말을 잃고 생각에 잠겼다가 독백처럼 대답을 했다.

"네, 알겠습니다. 선생님의 말씀대로 하지 않겠습니다. 뱃속에서 자라는 생명을 지운다는 것이 두렵기도 하고 불쌍하기도 하고 그이의 씨앗을 갖고도 싶네요. 죽음만이 난무한 전쟁의 노정에서 탄생한 아들에게서 한 가닥 새로운 삶의 의미와 가치를 찾으렵니다. 그것이 운명을 따르는 순리라는 생각이 드네요. 고이 낳아 그이 대신 함께 살겠습니다."

입을 악물고 병원의 계단을 내려온 호아는 바로 화구점을 찾아갔다. 가냘픈 체구지만 베트남 여성들의 강인한 생활력은 낯설고 외로운 사이공에서 살아가는데 그리 어려움은 없었다. 그림을 전공한 호아는 작은 카드에다 주로 베트남의 아름다운 풍경을 배경으로 전투하는 군인들의 모습을 그려서 액자에다 끼워 불룩한 배를 감싸고 길거리에서 팔았다. 대부분 주둔군이 기념품으로 샀다. 한국군인을 만나면 유심히 얼굴과 명찰을 살폈다.

호아는 아들을 낳았다. 여성이 집안의 돈 쌈지를 차는 베트남 사회에서도 아들은 소중한 자산이었다. 그를 꼭 닮은 옥동자에게 제 아버지의 성과 나라 따이한을 그대로 붙여 "리 따이 한"이라고 이름을 지어주었다.

치열한 격전 끝에 사이공이 함락되면서 전쟁이 끝난 때는 한이 두 살이 된 해였다. 호아는 기쁠 것도 슬플 것도 없었다. 오랜 전쟁과 종전의 혼란에 시달리다 지쳐버린 사람들은 인정도 죽음도 불감증에 걸려 있었다. 이미 아버지와 동생이 살해당하고 집도 불에 타버려 어머니만 어디론가 떠났다는 소식을 듣고 눈물이 말라버린 뒤였다. 모두가 비참하게 죽임을 당한 전쟁의 와중에서 그녀와 그의 핏줄이 무사하게 살아남은 것만도 다행이었다.

그때까지만 해도 삶의 목표는 오직 아들 한을 훌륭하게 키우는 것이었다. 그러한 희망이 그가 초등학교를 다니면서부터 실망으로 변해갔다. 점점 삐뚤어지고 어미에게 반항을 하고 속을 썩였다. 애물단지가 된 자식은 실망은 고사하고 감당하기조차 어려웠다. 애비 없이 큰 자식과의 갈등은 간신이 일구어 지탱하고 있는 생활의 바탕이 무너져갔다. 숙명이라기보다 자신의 의지가 선택한 길이었으므로 원망하거나 하소연할 곳도 없었다.

학교에 간 줄 알았던 한이 점심때가 못되어 집엘 들어오더니 뜬금없이 내 아버지는 누구냐고 물었다. 호아는 당황하여 망설이다가 한국 군인이라는 것을 말하지 않을 수 없었다. 한은 더이상 아무것도 묻지 않았으나 돌아앉아 눈물을 찔끔거리고 있었다. 그는 학교에서 어떻게 알았는지 모르지만 아이들에게 라이따이한이라고 놀림을 당하고 있었다. 전 후의 베트남사회주의공화국 체제하에서 라이따이한은 경멸의 대상이기도 하고 혹은 아버지가 베트남으로 와서 사는 경우는 부러움의 대상이기도 했지만 한은 왕따를 당하고 있었다. 자주 학교를 가지 않고 외돌며 어미에게 어깃장을 놓고 애간장을 태운 원인을 그 때야 알았다.

중요한 단골인 군인들이 썰물처럼 빠져나가 버린 종전의 혼란스런 사회에서 호아는 점점 살기가 힘들었다. 빈둥빈둥 떠돌아다니는 한이 잘못된 길을 밟지 않도록 신경을 쓰는 일이 더 큰 어려움이었다. 게다가 자주 피곤하고 몸이 야위더니 뻐근한 가슴에 멍울이 만져져 병원을 찾았다. 유방암 초기라는 청천벽력과 같은 진단을 듣고 절망했다. 의사는 수술을 재촉했지만 돈, 시간, 모든 것이 여의치 않았다.

'살육이 난무하는 전쟁터에서 쾌락을 저지른 죄일 거야. 지워진 운명을 따를 수밖에.'

호아는 이렇게 혼자 뇌이며 수술을 미뤘다. 그로부터 삶의 방식이 바뀌어갔다. 몸은 점점 쇠약해지고 생에 대한 의지마저 잃어갔다. 한에게도 병을 감추고 참았다.

갑자기 비좁은 집안에 40호쯤 되는 커다란 캔버스를 걸어 놓고 호아는 그림을 그리기 시작했다. 거리를 쏘다니다 밤늦게 집에 돌아온 한이 짜증스럽게 물었다.

"웬 그림이에요?"

"가물가물 잊혀져가는 내 고향 깐 마을의 아름다운 정경을 담고 싶구나."

모자는 더이상 그림에 대한 말이 없었는데 어느 날 호아가 유화물감을 혼합하다 대나무 칼이 부러졌다. 그걸 본 한이 어인 선심인지 달아빠진 주머니칼로 대나무 칼을 깎아서 주는 것이었다. 그걸 받아 보고 호아는 깜짝 놀랐다. 손잡이에 아칸사스의 잎 무늬가 앙증맞게 새겨진, 감히 물감을 묻히기 아까운 훌륭한 공예품이 아닌가?

"아니? 너에게 이런 재주가 있었다니….”

대나무 칼이 부러진 하찮은 사건은 골칫거리로만 알았던 한의 선천적인 소질을 발견하게 된 어떤 운명적인 계기로 여겨졌다. 호아는 바로 한의 손을 이끌고 조각공장을 찾아갔다. 비록 견습공이지만 당장 직장을 얻었다. 한은 활짝 핀 호박꽃처럼 벙그러진 입을 담을 줄 모르고 좋아했다. 갑자기 변한 한의 그런 모습을 보고 도리어 걱정을 하는 호아에게 사장은 위로의 말을 했다.

"사람은 처한 환경과 할 수 있는 일에 따라 그 사람의 가치가 발휘되는 것입니다. 한은 조각에 선천적인 소질이 있는 것 같습니다.”

'선천적인 소질이라…. 나를 닮은 걸까?'

신통하게 한은 직장에 재미를 붙이고 성격도 바뀌고 새사람이 된 듯 활달해졌다. 호아는 생활에 쪼들리면서도 주말이면 한을 이끌고 학원으로 가서 한글을 배우기 시작했다. 공부라면 질색을 하는 아들을 달래며 손을 잡고 다녔다.

"아비를 미워하던 말 던 너는 한국의 핏줄이 아니니? 그 나라의 정서에 스며들 수 없는 문화적 결함 때문에 어중띠기가 되어서는 안 된다.”

한이 안정을 찾은 것을 확인한 호아는 쌈짓돈을 털어 아름드리 흑단나무 토막을 구해왔다. 아들에게 그림 한 장을 주며 그 모습 그대로 조각을 하도록 당부했다. 싫다고 거절할 줄 알았던 그는 의외로 좋아했다. 실은 공장에서 거친 작업이나 마무리 같은 하찮은 분업만 하는 초짜들은 온전한 작품을 조각해 보는 것이 꿈인 모양이었다. 까다로운 어머니의 간섭을 고분고분 따르고 퇴근하면 쉬지 않고 열심히 그

걸 팠다. 쇠처럼 단단한 흑단은 판다기보다 깎는다는 말이 맞다. 작품이 완성된 것은 삼 년만이었다. 일 미터 남짓한 그리 크지 않은 작품이지만 한은 만족한 표정이었고 호아도 아들을 쳐다보며 연방 작품을 쓰다듬었다.

그 후 두 달쯤 지난 어느 날, 뜬금없이 한이 조각의 모델이 누구냐고 물었다. 호아는 일순 당황한 듯 머뭇거리다가 상상으로 그린 것이라고 했다. 그 대답은 아랑곳하지 않고 내 아버지라는 사람으로부터 소식은 오느냐고 다시 물었다. 모든 것을 알고 마치 심문을 하듯 묻는 말에 호아는 놀라고 당혹스러웠으나 먼 산을 바라보며 침묵으로 넘겼다. 한은 언제 물었느냐는 듯 더는 입을 열지 않았다. 실은 한은 우연한 기회에 책상에 놓여진 어머니의 일기장을 훔쳐보았었다. 그로부터 한은 그 조각 작품을 탐탁스럽게 여기지 않았다.

호아는 아침마다 해가 뜰 때면 습관처럼 동쪽의 산 넘어 먼 하늘을 바라보곤 했다. 오직 한 곳을 향한 간절한 집념이었다. 그것은 그리움이고 아쉬움인 듯싶었다. 호아는 그렇게 자신을 달래며 이십 년이란 세월을 훌쩍 흘려보냈다.

한국과 베트남 사이에 국교가 이루어졌다. 호아는 그와 헤어지면서 명찰을 보고 눈과 머리에 각인했던 'Ki-Seok Lee'라는 이름과 1972년 월남에 주둔한 따이한부대 하사라는 자료를 갖고 한국 영사관을 찾았다. 영사관에서 그를 찾는 이유를 물었다.

"낳은 자식이, 어미의 모성애와 아비의 핏줄 사이에서 어느 쪽을 따르는 것이 더 인륜이고 장래를 위한 일인지는 모르지만 언젠가 그의 아버지를 찾아 라이따이한의 한을 풀어 주는 것이 어미의 의무가 아닌가 생각합니다."

이렇게 대답하고는 틈이 나면 영사관에 들러 소식을 묻고 꼭 찾아
달라고 부탁했다. 애타게 기다리던 답은 육 개월 만에 영사관으로부
터 한통의 공문으로 전달됐다. 육군에서 제대한 이기석 중사의 주소
를 알려온 것이었다. 바로 비자를 받으러 영사관을 방문했을 때 그동
안 드나들면서 사정을 알게 된 직원이 개인적인 충고라면서 한국에
가면 그의 가정과 사생활의 사정도 고려하여 주시기 바란다고 했다.
호아는 고맙다면서 그녀의 소신을 분명하게 말했다.

"그가 자식으로 받아들일지, 이미 결혼하여 살고 있을 가정에 파탄
을 초래하지나 않을지 걱정되어 마음의 갈피를 잡을 수 없었습니다.
그렇지만 설령 그의 조강지처에게 드잡이를 당하는 일이 있더라도
그 것은 모두 제가 감당해야 할 수모일 뿐이고 어느 누구도 자식이 아
비를 찾는 명분과 윤리를 거부할 수는 없을 것이라고 믿습니다. 살아
있는 동안 꼭 아들에게 제 아버지를 찾아주고 싶습니다."

영사관의 직원은 비장함이 서린 호아를 물끄러미 바라보다가 고
개를 끄덕일 뿐 더는 말이 없었다. 그것은 오래 전부터 혼자 다짐하고
오직 일기에다 하소연했던 그녀의 삶의 수순이었다. 결국 호아는 질
기고 질긴 핏줄의 인연에 얽혀서 여기까지 이끌려왔다. 아들이 아니
었으면 평생 이 땅을 밟아보지 못했을 것이었다. 시들어간 삶을 붙들
고 살면서 원한만 쌓였을 것이다.

호아와 한은 아침 일찍 호텔을 나섰다. 거리는 뿌옇게 안개가 끼어
있었다. 흐린 시야가 오늘의 일정을 암시하는 것 같아서 몹시 불안했
다. 그가 자주 이사를 한 통에 방향조차 어리 짐작할 수 없는 서울 거리
를 사흘을 헤맸기 때문이다. 예약된 항공편뿐만이 아니라 더이상 버
틸 여비도 기력도 없었다. 한은 묵묵히 따라오면서도 찌푸린 얼굴이

살짝 건들기만 해도 터질 듯 잔뜩 부어올라 있었다.

택시를 잡아탔다. 마지막 날인 오늘은 호텔 직원이 가르쳐준 대로 불광동 동사무소로 바로 가보기로 했다. 담당 직원에게 영사관의 공문을 보이며 이기석을 찾는다고 했다. 여직원은 컴퓨터를 두들기더니 거주지가 그곳에서 멀지 않은 아파트라고 알려주는 것이 아닌가? 호아는 기적 같은 말이 믿기지 않는지 어리둥절했다. 그러나 다시 난감한 표정으로 머뭇거리다가 어렵사리 물었다.

"혹시 그 사람의 직장을 알 수 있을까요?"

가정으로 맞닥뜨리기 싫은 호아의 사정을 알기라도 한 듯 옆자리의 남자 직원이 그의 청룡공방이 바로 이 근처라고 했다. 호아는 뛸 듯이 기뻤다. 몇 번이고 고맙다는 인사를 하고 뒤쳐진 한을 재촉하며 가리켜 준 대로 큰길을 따라 달리다시피 걸었다.

그리 크지 않은 빌딩 일 층에 걸린 청룡공방이라고 음각한 청색 글씨의 나무간판을 쉽게 찾았다. 그 앞에서 모자는 선뜻 들어가지 못하고 서로 마주 쳐다볼 뿐 망설이고 있었다. 이십 년의 세월보다 도리어 문을 열기까지가 더 오랜 시간이 지나는 것 같았다. 결국 한이 입을 악물고 문을 거칠게 밀어 제쳤다.

꽤 넓은 공간에 나무 조각과 공구들이 어지럽게 흐트러져 있는 조각 공방이었다. 어수선한 무질서 속에 커다란 작업대의 가운데 앉아 있는 사람에게로 눈길이 쏠렸다. 가까스로 정돈된 생각으로 가다듬었다. 호아는 낯 선 방문객을 바라보는 그와 눈이 마주치자 흠칫 목을 움츠렸다. 그 눈, 한 치의 의심도 없이 그를 알아보았으나 휠체어에 앉아 있는 것을 보고 깜짝 놀랐다.

"어쩌다가…?"

잔뜩 상판이 일그러져 있던 한도 의외의 모습을 보고 놀랐다. 한과 호아를 번갈아 보던 그 사람 역시 깜짝 놀란 것 같더니 무슨 일로 왔느냐고 물었다. 호아가 조금은 멋쩍은 미소를 띠며 입을 뗐다.

"저…, 베트남에서 왔습니다. 1972년 베트남의 깐 마을에서 만났던 호아입니다. 저를 기억하시겠지요?"

"넷?" 이기석은 눈이 휘둥그러지며 숨을 헉 하고 삼켰다. 이내 다시 숨을 가다듬고 잠시 침묵이 이어지더니 더듬거리며 힘겹게 입을 열었다.

"아, 저는 누, 누구신지 잘, 잘 모르겠습니다. 잘못 찾아오신 것 같습니다."

"이기석 하사님이시잖아요? 뵙고 싶었습니다."

뵙고 싶단 말이 떨리고 있었다. 거기에는 이십 년간의 그리움과 사랑과 원망이 화음으로 들렸음에도 이기석은 모른다고 딱 잡아뗐다. 호아는 내면에 치미는 울분을 자제한 듯, 한동안 말을 잊지 못하고 가슴을 움켜쥐고 있었다. 그리고 잠시 심호흡을 하며 침묵을 가다듬은 뒤 한을 가리키며 짐짓 침착한 소리로 다시 애소하듯 말했다.

"이 애는 당신 아들이에요."

말에 힘이 실리지는 않았으나 적어도 두 사람의 운명이 역전될 폭탄선언이었다.

"아, 아들? 아들이라니요. 저, 저는 무, 무슨 말인지 모르겠습니다. 당신도 모르는 사람이라는데도…."

이기석은 눈을 크게 뜨고 정색을 하며 소리를 높여 부정했다.

"이 애는 당신의 생물학적 유전자를 지닌 핏줄이라니까요!"

호아는 순간 이성을 잃고 고함을 지르면서 한을 돌아봤다. 그런 상황에도 불구하고 한은 자기와는 아무 상관이 없는 일이라는 듯, 소갈머리 없이 작업대 앞으로 가서 불상을 들여다보며 혀를 내두르고 있었다. 이기석은 호아의 시선을 피했지만 그의 눈에는 당황하는 빛이 역력했다. 호아는 현기증이 나는지 한 손은 머리를 붙잡고 비실거리며 벽에 의지했다.

그때 갑자기 신음소리와 함께 휠체어가 들썩거렸다. 이기석의 몸이 덜덜덜 떨리기 시작했다. 그는 경련을 멈추려고 엎드려서 허벅지를 붙잡고 안간힘을 썼다. 얼굴이 일그러지고 아미에선 진땀이 솟았다. 마치 지진 같은 요동에 부대끼며 이를 악물고 버둥거렸다. 하반신이 마비되거나 다리를 잃은 사람이 흥분을 하거나 긴장을 했을 때 가끔 나타나는 발작이었다. 호아가 소리쳤다.

"한 뭣해, 빨리 잡아드려!"

그때서야 한이 달려들어 허벅지를 붙잡았다. 마구 떨리는 다리를 붙들어도 소용이 없었다. 한은 다리를 주무르다 섬뜩한 금속의 감촉에 놀라 손을 뗐다. 한쪽 다리는 무릎 바로 위가 잘렸고 다른 다리는 종아리에서 잘려 모두 의족을 하고 있었다. 이기석이 마치 불 속의 악마처럼 목울대가 찢어지게 절규했다.

"저리가! 저리 비켜. 가지 못해?"

그의 흥분된 외침이 너무 크고 치열하여 한은 놀라서 뒤로 물러섰다. 이기석은 목청껏 고함을 지르는 바람에 기침을 하며 숨을 헐떡였다. 그사이 경련은 조금씩 잦아들고 이마에 맺힌 방울땀을 소매로 문질렀다. 입을 악물고 있었지만 눈은 벌겋게 충혈되어 애처로운 눈으로 호아를 흘금거렸다.

그는 깊은 한숨을 쉬면서 긴장을 푸는 것 같았다. 어떤 천만 가지 생각이 스쳐간 듯 조금 전과는 표정이 변하더니 숨을 고르고는 다시 고개를 살래살래 저었다. 김빠진 목소리가 떨리고 있었다.

"제발 가 주세요. 저와는 아무 상관이 없는 분들입니다."

그러고는 시선을 떨구었다.

"어쩌다가…."

호아는 또다시 그렇게 뇌이며 휠체어에 초라하고 불쌍하게 앉아 있는 이기석을 망연자실 바라보다가 연민이 가득 찬 눈에 눈물이 고였다.

"어머니 우리 가요. 빨리 그냥 가요."

한은 얼굴이 하얗게 질려 어머니의 옷자락을 끌었다. 호아는 이미 더이상 물러설 자리가 없는 벼랑 끝에 서있었다. 비정하리만큼 인내가 담긴 침착한 소리로 말했다.

"네, 가겠습니다. 이건 당신 아들이 아버지를 위해 삼 년간 정성을 쏟아 조각한 것입니다. 아들의 선물이니 이거나 받아주세요."

그녀의 간청에도 불구하고 이기석은 정이 떨어질 만큼 냉찬 소리를 내뱉었다.

"선물이고 뭐고 다 필요 없습니다. 빨리 나가세요."

호아는 아랑곳없이 상자를 풀었다. 다시 입을 악물고 있는 모습이 아들의 운명을 건 마지막 패를 쓴성싶었다. 조각을 꺼내서 그가 앉아 있는 작업대에 세웠다. 철모를 쓰고 완전무장을 한 군인이 앞으로 돌진하며 총을 겨누는 역동적인 모습이었다. 그날 문을 박차고 들어와 호아와 맞닥뜨린 순간의 실상이었다. 아무리 사람을 거부했을망정 조각가는 조각 작품에 눈길이 사로잡히지 않을 수는 없었다.

"아! 이건?"

놀라는 소리를 등 뒤로 들으며 호아와 한은 나가려고 문으로 갔다. 밖으로부터 문이 절로 열리더니 백발의 노인이 들어오면서 큰 소리로 물었다.

"이 사장, 주문한 불상 다 되었는가?"

노인은 낯선 손님을 보고는 말을 멈췄다. 그리고 이기석의 앞에 놓인 조각에 눈길이 멎었다.

"아니? 이건, 무슨 작품이여?"

나가려던 호아와 한은 걸음을 멈추고 서로 쳐다볼 뿐 얼른 대답을 못했다.

"이분들이 팔려고 가지고 온 건가?"

김 노인의 말에 자존심이 상한 호아가 불쾌한 듯 말을 받았다.

"아닙니다. 이 애가 조각해서 선물한 겁니다."

"선물?"

노인은 두 사람을 번갈아 보고 다시 작품을 봤다. 그리고 그것을 들려고 했으나 얼른 들리지 안 했다.

"허? 흑단이군."

그의 입에서는 감탄이, 눈에서 광채가 번쩍였다.

"이걸 자네가 팠어?"

"어머니가 그린 그림을 보고 조각했습니다."

"어머니가 그린 그림? 아니, 이건 이 사장 자네가 아닌가?"

눈을 크게 뜨고 작품을 자세히 살피던 노인이 자문자답을 했다.

"정말 자네가 조각했단 말이지? 어쩌면 솜씨도 이렇게 이 사장과 비슷하담."

노인이 작품을 살피고 있는 사이, 둘은 밖으로 나왔다. 호아는 이런 상황에서 눈물이 나지 않았다. 이를 악물고 멍하니 먼 산을 바라보며 걸음만을 재촉했다. 조금 걷다가는 길바닥에 주저앉고 말았다. 실망이, 피곤이 아니 절망과 고통에 몸을 가눌 수가 없는 것 같았다. 그 절망을 벗어나려고 안간힘을 쓰는 듯 몸을 숙이고 몸부림을 쳤다. 눈을 꼭 감고 있었다. 수모와 상실감이 억울함으로 바뀌어 눈으로 몰리는 것 같았지만 입술을 깨물며 애써 울음을 삼켰다.

한이 제 어미의 불행한 모습을 보고 소맷자락으로 눈물을 훔치면서 손목을 잡아끌었다. 그 때 누군가가 쫓아오며 부르는 소리에 한이 주춤거리며 뒤를 돌아보았다. 공방에서 본 노인이 가쁜 숨을 몰아쉬며 달려왔다.

"잠깐, 저와 함께 가시죠. 두 분이 꼭 보셔야 할 것이 있습니다. 저는 기석에게 목공예를 지도한 김팔문이란 사람이올시다."

한은 의혹의 눈초리로 노인을 보고 또 호아의 반응을 살폈다. 노인은 한의 손을 꼭 잡고 무작정 공방 앞에 세워둔 차로 끌고 갔다. 어찌나 쥐는 힘이 센지 뿌리치지도 못하고 따라갈 수밖에 없었다.

이기석은 한바탕 소용돌이가 몰아치다 사라진 텅 빈 공방의 작업대에 엎드려 어깨를 들썩이며 울고 있었다.

"이런 꼴을 보이고 말다니…. 그날을 한시도 잊지 못하고 살았는데…. 흑, 흑"

그날, 작전 전야였다. 작전상 마을 사람들을 한 사람도 빠짐없이 생활 도구만 가지고 부대 뒤의 학교에 수용했다. 텅 빈 마을은 긴장만이 흐르고 있었다. 중천에 떠오른 터질 듯 둥근 달은 강을 거슬러 오르는 심술궂은 연무에 가리어 온 누리가 음침한 잿빛으로 잠들고 있었다. 가끔 먹구름이 지날 때면 마을은 잠시 칠흑 같은 어둠에 묻히곤 했다.

경계근무를 하고 있던 이 하사는 건너편 강둑의 나무그늘 밑에 뭔가가 움직이는 것이 눈에 걸렸다. 몸을 잔뜩 웅크리고 구름이 달을 가리는 순간은 재빨리 움직이고 밝아지면 그늘로 숨곤 했다. 점점 가까이 온 그림자는 논이라는 삿갓을 쓴 어린애 같았지만 위장과 매복, 기습의 게릴라전으로 싸우는 베트콩은 남녀노소가 따로 없었다. 야간 통행이 금지된 작전구역에 은밀히 나타난 정체는 베트콩이 틀림없었다. 그늘에 숨어 사방을 두리번거리더니 재빠르게 다리를 건넜다. 이 하사는 조원인 박 일병에게 보초 위치를 지키도록 지시하고 그 뒤를 밟았다. 베트콩은 수상가옥과 조금 떨어진 뭍에 있는 약간 큰 저택의 방문을 열고 들어갔다. 누군가와 접선을 하는 것이 틀림없었다.

생포하면 훈장감이지만 아차하면 사살해야 한다. 이 하사는 숨어서 집안의 동정을 살폈다. 정적이 흐를 뿐 아무런 기척이 없었다. 더이상 지체할 수 없었다. 문을 박차고 총을 들이대며 손을 들라고 외쳤다. 날카로운 비명소리에 이어 희미한 달빛에 우러나는 광경을 본 이 하사는 헉하고 숨을 삼켰다. 실오라기 하나 걸치지 않는 젊은 여자가 서 있지 않는가?

당황한 그녀는 들고 있던 옷을 떨어뜨리고 두 팔로 가슴을 감싸며 뒤돌아서 방구석에 웅크리고 앉았다. 호아가 학교에 수용되면서 깜박 잊고 나온 유화구를 가지러 몰래 왔다가 마저 옷을 갈아입고 가려고 홀랑 벗고 있을 때였다. 이 하사는 손을 들라고 외쳤다. 호아는 손을 들지도 못하고 떨고 있을 뿐이었다. 의외의 상황에 당황하고 어쩔 줄을 모른 건 이 하사도 마찬가지였다. 총부리로 방바닥의 옷을 걸어서 그녀에게 건넸다. 그녀는 몸을 돌려 옷을 받을 엄두를 내지 못하고 움츠리고만 있었다.

이 하사는 신원을 확인하려고 총 끝으로 그녀의 몸을 젖혔다. 호아는 차가운 금속이 등을 찌르는 순간 가냘픈 비명을 지르며 모로 세운 달걀처럼 옆으로 굴러 넘어졌다. 돌아앉으려다 두 손이 가슴을 가리고 있는 몸뚱이가 균형을 잃은 것이었다.

"헬프 미 프리즈."

가냘픈 소리로 살려달라는 애원이 들렸다. 옆으로 드러누워 무릎을 구부리고 두 손만은 가슴에 빗장을 치고 있는 그대로였다. 옆구리에서 허리를 지나 둥근 원을 그린 유연한 곡선이 잿빛 어둠속에서 아름답게 드러났다.

이 하사는 동정이었다. 전쟁에서 시달리면서 지친 그에게도 젊음이 생기를 찾고 있었다. 그러나 대학교에서 공예를 전공한 그는 그녀의 옆에 놓여있는 유화구를 보고 눈을 꼭 감더니 고개를 저었다. 그리고는 다시 옷을 들어 그녀의 몸 위에 얹어주었다. 호아는 미동도 하지 않고 눈을 꼭 감은 채 처분만 바랐다. 이 하사는 옷을 입으라고 말하며 여자의 한 손을 잡아 끌어 살며시 일으켰다.

그 순간 천지가 진동하는 엄청난 폭발음과 동시에 나무와 마른 풀로 얽어 지은 집이 심하게 요동치며 천정에서 흙이 마구 쏟아졌다. 놀란 호아가 비명을 지르며 흙먼지를 뒤집어쓴 채 이 하사 가슴팍으로 파고들었다. 이 하사도 반사적으로 그를 안고 엎드렸다. 연달아 폭발음이 귀청을 때렸다. 진격을 앞두고 마을 뒤로부터 정글 속에 일제히 포탄을 퍼부어 우글거리는 베트콩의 아지트를 제거하기 위한 정지작업이 시작된 것이었다. 포 소리는 조금씩 멀어져갔다. 호아는 그의 가슴속이 너무 포근하여 그대로 몸을 안긴 채 숨소리를 죽이고 있었다.

그리 오랜 시간이 흐르지는 않았다. 이 하사는 그녀의 머리에 쏟아진 흙먼지를 털고 그의 가슴에 파묻고 있는 호아의 얼굴을 두 손으로 감싸 빤히 들여다보았다. 청순하고 아름다운 여자였다. 눈에는 이슬이 맺혀있었다. 호아는 짙은 눈썹에 이글이글 타는 눈, 늠름한 그의 모습을 보다가 황홀한 듯 눈을 감았다. 이윽고 뜨거운 입술이 그녀의 입을 덮쳤다. 호아는 그 뒤로 어떻게 되었는지 기억이 잘 나지 않았다. 계속되는 포격 소리만 어렴풋이 들렸다.

밖으로 뛰쳐나간 이 하사가 빨리 나오라고 재촉을 할 때까지 호아는 그대로 누워있었다. 눈에서는 눈물이 조르르 흐르고 있었다. 눈물을 본 그는 어쩔 줄을 모르고 나직한 소리로 말했다.

"미안해요."

호아는 얼굴이 홍당무처럼 빨개지며 고개를 양옆으로 저었다. 이 하사는 따라오라는 손짓을 하고는 서둘러 마을의 경계구역으로 갔다. 초소에서 수하의 외침이 들렸다. 응답은 육성의 암호 대신 수신호를 보내고 있었다. 그리고 호아에게 이름을 물었다. 그녀는 낮은 소리로 "호아" 하고 대답하며 그의 명찰을 보았다. 그는 "호아" 하고 반복하고는 영어로 "시 어겐" 하고 속삭였다. 호아는 경계지대를 벗어나면서 뒤를 돌아보았다. 이 하사는 그녀의 뒷모습을 지켜보고 섰다가 살짝 손을 들었다. 그 손짓을 본 호아는 왠지 다시 눈물이 났다.

정글 속의 전투는 심신을 짓누르는 긴장을 더 견디기 어려웠다. 무성한 정글 속의 풀과 나무를 헤치며 한 발짝씩 천천히 전진했다. 조심스럽게 발을 움직이는 순간 "쾅!" 지축을 흔드는 폭발과 함께 이 하사의 몸뚱이가 공중으로 솟았다.

의식을 회복하고 나서 두 다리가 없어진 것을 알았다. 총을 들고 청순한 처녀를 범한 죄를 받은 것이라고 자책하며 울었다. 상사와 동료,

부하들이 모두 산 것만으로도 큰 다행이라고들 위로를 했지만 이 하사는 이 꼴이 되어 사느니 차라리 죽고 싶다고 몸부림쳤다. 작전이 끝나면 깐 마을로 달려가서 그녀를 다시 만나 결혼을 약속하고 전쟁이 끝나면 결혼해서 노부모님을 기쁘게 해드리고 싶었노라고 흐느꼈다. 그 며칠 후 그는 한국으로 긴급 후송됐다.

김 노인이 호아와 한을 데려간 곳은 미술관이었다. 뜰에는 만발한 벚꽃이 지기 시작하고 있었다. 김 노인은 곧바로 삼층으로 올라가 제5전시실이라고 씌어있는 방으로 안내했다. 잘 진열되어 있는 돌, 동, 나무 등 여러 가지 소재의 조각 작품들을 본 한은 눈이 휘둥그레지며 흥분하고 있었다.

김 노인은 무릎 높이의 좌대에 옅은 황백색의 나무로 조각한 여인의 입상 앞으로 안내했다. 그리 풍만하지 않고 군살이 없이 쭉 뻗은 몸매에 실오라기 하나 걸치지 않은 정교한 나상이 그들의 시선을 빨아들였다. 두 팔로 가슴의 예쁜 젖무덤을 십자로 살짝 가리고 몸을 약간 뒤로 젖힌 자세의 아름다운 작품에 감탄했다. 먼 허공을 쳐다보고 있는 얼굴은 슬픔과 고뇌가 가득하고 쪽진 머리에 부겐베리아 꽃 한 송이가 꽂혀 있었다. 배꼽 밑으로부터 한 줄의 복근이 도드라져 내려온 미끈한 뱃살 아래에는 아칸서스의 작은 잎 한 장이 가리고 있을 뿐이었다. 호아는 옛날 한이 대나무 칼 손잡이에 새겼던 그 잎과 똑 같은 아칸서스 잎에서 묘한 인연을 느꼈다. 다만 웬 징그러운 뱀이 왼쪽 다리를 휘감아 무릎까지 기어오르고 있는 것을 보고 눈살을 찌푸렸다.

"아! 이건, 어머니에요."

한이 소리쳤다. 한눈에 보아도 호아의 젊었을 때 모습과 똑 같았지만 그녀는 못 들은 척 나상을 뚫어지게 바라보고만 있었다.

"어머니에요!"

한이 어머니의 옷자락을 잡아당기며 다시 낮은 소리로 속삭였다. 김 노인이 좌대의 앞면에 붙어있는 네모난 동판을 손으로 가리켰다.

<제12회 대한민국미술대전 구상(조각분야) 대상 작품>

<제목 사죄(謝罪), 작가 이기석>

그들은 다시 작품을 쳐다봤다. 호아는 작품에서 눈을 떼지 못하고 있는데 한이 쳐다보며 말을 했다.

"어머니, 나도 이렇게 아버지 같은 훌륭한 조각가가 되고 싶어요!"

호아는 아버지란 소리에 소스라치게 놀라며 한을 돌아봤다.

"너 방금 뭐라고 했니?"

"…"

한은 어색한 듯 웃어보였다.

"그래서 유전자는 속일 수가 없는 것이로구나. 그동안 아비를 미워하면서도 핏줄을 찾고 싶은 간절한 소망을 가슴속에 숨기고 살았었구나. 이 가여운 것."

"어머니 죄송해요."

"아니다. 섭섭하기도 하고 기쁘기도 한 야릇한 감정을 주체하지 못하겠구나."

그녀는 마음의 갈피를 잡지 못하는지 눈을 꼭 감고 있었다. 천천히 자리를 물러나 혼자 밖으로 발걸음을 옮겼다. 미술관 뜰에 있는 호젓한 벤치에 주저앉았다. 그리고 마치 주문을 외우듯 중얼거렸다.

"왜 나를 조각했을까? 나를 이렇게 기억을 하고 있었다니…. 작품 제목이 왜 사죄인가? 무릎으로 기어오르는 징그러운 뱀은 무슨 의미일까? 나를 증오하고 있었던 것일까?"

호아는 해답을 찾으려는 듯 눈을 감았다. 무거운 침묵이 그녀를 겹겹이 둘러쳤다. 마치 불상 같은 자세로 앉아 있는 모습이 뭔가 헤아리기 어려운 혼란스럽고 애절한 고뇌를 삭히려는 것 같아보였다.

"기석을 용서해 주시지요."

김 노인의 걸걸하고 굵직한 소리에 호아는 깜짝 정신을 차렸다. 한의 손을 잡고 등 뒤에 와 있었다. 그는 딱한 듯 침을 한 번 꿀꺽 삼키고 나서 말했다.

"그가 삼 년간 저 작품을 하면서 무척 갈등하고 고뇌하는 것을 보았습니다. 그가 잘못이 있었던 것은 짐작이 가나 회한과 자학으로 몸부림치고 있는 겁니다. 용서를 해 주세요. 오죽했으면 자신을 사악한 뱀으로 표현을 했겠습니까?"

호아는 김 노인의 살가운 위안을 담은 진지한 설명을 들으면서도 그 속에 숨은 뜻이 선뜻 이해가 되지 않은지 조용히 듣기만 했다. 그러나 대한민국 명장이며 이기석의 정신적인 스승이기도한 김 노인의 말은 그 경륜만큼 사람의 마음을 흔드는 진중함이 있었다. 호아는 얼굴이 일그러지며 눈을 꼭 감고 있더니 흔들리던 배가 곧 평형을 유지하듯 이내 평정을 찾은 표정이었다.

"자학, 사악한 뱀이라고요? 선생님의 말씀을 듣고 보니 공방에서 몸부림치며 절규했던 그이를 이해할 수 있을 것 같습니다. 그 작품을 보는 순간, 오랜 세월 견디어 온 쓰라린 삶을 잊을 만큼 아름다웠습니다. 그의 고뇌가 작품의 사상과 예술의 혼으로 승화한 그 진수眞髓를 이해하고 나니 세상 모두가 아름답게 보이네요."

호아는 조용한, 그러면서도 분명한 어조로 말을 이었다.

"아닙니다. 그이는 아무 잘못이 없습니다. 오히려 제가 용서를 빌고 싶습니다."

"자세한 사연은 알 수 없지만 서로 용서를 빌고 싶다니 묘한 인연인 가 봅니다. 두 분이 나가신 후 기석은 반 토막의 추하고 초라한 모습을 보이고 말았다면서 차라리 죽고 싶다고 울부짖더군요. 설령 이 치욕 을 감내하더라도 자신의 불행이 결국 두 분의 장래에 부담을 끼치게 되지나 않을지 그것이 더 싫고 괴롭다며 울었습니다. 기석은 좋은 집 안의 외아들이고 또 조각가로서 이름을 얻어 제법 여유롭게 살면서 혼처가 나도 결혼을 마다하고 노모와 단둘이 살고 있는 것이 무척 안 타까웠는데 이런 깊은 곡절이 있었군요."

김 노인은 눈을 꼭 감고 있는 호아에게 다시 조심스럽게 말을 이었다.

"한을 위해서 여기 와서 사시면 어떨까요? 떠나신 뒤 제가 수속을 밟아서 두 분을 바로 초청을 하겠습니다."

살며시 불어오는 바람인데도 벚나무에서 꽃잎이 눈처럼 날렸다. 호아의 눈에서도 하염없이 눈물이 흐르기 시작했다. 그 눈물은 슬퍼 서 우는 눈물이 아니고 고여 있던 슬픔을 모두 쏟아내는 눈물 같았다. 호아는 김 노인인 대신 한의 손을 꼭 잡고 말했다.

"한아 이제야 너의 아버지를 찾아주었구나. 이십여 년의 세월 동안 안고 있던 무거운 짐을 벗게 되어 홀가분하다. 이제 아무 여한이 없이 내 인생을 마무리할 수 있을 것 같다. 잘 들어라. 이제 너는 전쟁이 무 참하게 앗아간 너의 아버지의 두 다리가 되어드려야 한다. 그리고 이 동방의 아름다운 나라에서 아버지를 따라 마음껏 너의 꿈을 펼치려 무나."

"어머니는요?

한이 되물었으나 김 노인을 올려다보며 말했다.

"여러 가지로 고맙습니다. 저 역시 그분과 똑같은 마음입니다. 그리고 저는 오지 못할 사정이 있답니다. 고향 깐 마을로 돌아가서 홀로 생의 종말을 기다리며 살고 계실 노모 곁에서 조용히 쉬고 싶습니다. 한을 보내겠습니다. 잘 부탁드리겠습니다."

울음을 참고 고뇌를 감춘 채 애써 미소를 지으며 겨우 말끝을 맺었다. 한이 어머니를 의아한 눈으로 바라보면서 말했다.

"아니에요 어머니, 아버지는 어머니를 많이 사랑하시나 봐요…."

호아는 아들의 그 말에 참고 있던 눈물이 다시 흘렀다.

※ 2017년 9월 『문학사계』 가을호 신인문학상

애처가

애처가

집 안에 매콤새콤 김치찌개 냄새가 가득했다. 순임은 콧노래를 흥얼거리며 정성껏 김치찌개를 끓여놓고 기다리고 있다. 박 대리가 김치찌개가 먹고 싶다고 어리광스레 한쪽 눈을 찡긋하며 출근해서다.

순임은 자꾸 벽시계를 쳐다봤다. 어느새 아홉 시가 지나고 있다. 한 달이 채 못 된 신혼생활이긴 하지만 그는 여덟 시 전에 어김없이 집에 온다. 보고 싶어서 뛰어왔노라고 호들갑을 떤다. 낮에도 김치찌개 끓여 놓았느냐며 전화를 했던 그가 아직껏 돌아오지 않자 순임은 걱정이 되는지 거실을 서성였다. 휴대전화기를 들고 잠시 망설이다가 이내 번호를 눌렀다.

"나에요, 아직 안 끝났어요?

"나 조금 늦으니까 먼저 식사해요."

"회사에요? 얼마나 늦는데요?"

"나 저녁 먹고 들어갈지 몰라. 먼저 먹으라구요."

"김치찌게 끓여 놨는데…."

미처 순임의 말이 끝나기 전에 전화가 끊겼다. 전에 없이 냉랭한 말투에 순임은 영문을 모르겠다는 듯 눈을 깜박이며 식탁에 주저앉았다. 마음이 언짢은지 다시 일어나 텔레비전을 켰다. 이리저리 채널을 마구 누르고 있는데 전화벨이 울렸다. 박 대리가 다니는 회사의 상사인 김 과장의 사모님이었다.

"나에요. 잘 지내지요?"

"안녕하세요? 사모님."

"신랑은?"

"아직 집에 오지 않았어요. 늦는가 봐요."

"왜들 늦지? 우리집 양반도 아직 안 왔어요. 박 대리와 만나고 있나?"

"두 분이서요?"

"우리집 양반은 사원이 장가를 가면 주책없이 새신랑에게 요상한 강의를 하는 버릇이 있거든요. 신혼 재미는 어때요?"

"좋습니다. 참, 사모님 모시고 식사대접하기로 했었는데 좋으신 날 말씀해 주세요."

"지금 틀림없이 박 대리를 붙들고 여자는 결혼 초에 손아귀에 꽉 잡아놓지 않으면 안 된다고 마누라 다스리는 법을 강의하고 있을 텐데, 이를 어찌나. 새댁, 여자는 말인데 신혼 초에 남편에게 쥐이면 평생 쥐어 살게 돼요. 남자는 모두 늑대에요. 마누라가 만만하면 근성이 꾸물꾸물 기어 나오는 거니까 고분고분 하지 말고 되레 치마폭에 꽉 붙들어 매놓아요. 그럼 언제 우리 한번 만나요."

사모님은 김 과장이 마누라 다스리는 강의를 하고 있을 것이라고 고발하더니 남자에게 쥐이면 안 된다고 역설을 부추겼다. 전화를 끊고 나서 순임은 사모님의 말을 되뇌며 쓴웃음을 삼켰다.

"누구 말이 맞는 거지? 이건 모순이야 모순. 순종주의자인 우리 어머니가 들이시면 뭐라고 하실까?"

그 시간, 사모님이 예상한 대로 김 과장과 박 대리는 커피숍에 마주 앉아 있었다. 김 과장은 낙천적인 성격에 욕심이 없는 호인이었다. 터줏대감을 자처하면서도 부장 자리 한번 꿰차지 못하고 내년이면 정년을 맞는 그를 사원들은 노 부장이라고 불러 예우했다. 그는 허리를 구부정하게 숙이고 고개를 쳐들어 침을 툭툭 튀기며 설교를 하고 있었다. 박 대리는 입을 뺑하니 벌리고 이따금 고개를 끄덕이며 대답으로 추임새를 넣었다.

"신혼 생활은 깨가 쏟아지겠지?"

"네, 벌써 한가마니쯤 쏟아졌어요."

"그런데 말이야 이건 과장이 아니라 결혼 선배로서 이야긴데 신부는 결혼하고 반년 안에 꽉 쥐어놓아야 하는 거야. 그렇지 않으면 되레 남편은 평생마누라에게 쥐여 살게 돼. 박 대리는 내 말 잘 새겨들어야 한다구."

"우리는 쥐고 말 것도 없어요. 아주 순해서 고분고분해요."

"그럼 아직 토끼로군. 바로 그거야. 마누라는 신혼 때는 토끼처럼 귀엽고 고분고분하지. 그게 남자가 홀리는 과정이야. 암, 그때 남자는 정신을 몽땅 뺏기게 되고말고. 예뻐하다 보면 점점 교활한 여우로 둔갑하는 데 그걸 느끼지 못하지. 마침내는 무서운 호랑이가 되는 거야. 지금 꽉 잡아두지 않으면 꼼짝없이 호랑이 아가리를 평생 벗어나지 못하는 거라구."

"하기야 덩치가 커서 어떤 때는 약간 위압감을 느낀 때도 있긴 해요.

어떻게 해야 손아귀에 꽉 잡아둘 수 있는데요?"

"우선, 뭐라고 부르는가?"

"뭐라고 부르느냐고요? 으흐, 여, 여. 으흐흐…."

"여라니 여보라구?"

"아, 아니요."

"그럼 여, 여우?"

"아, 아아니요."

"이름을 부르는 거야? 말해보라구."

"처음에는 순임 씨라고 불렀는데…."

"이런 답답한 사람이 있나. 그래서 지금은?"

"여, 여, 여왕 님. 으흐흐…."

박 대리는 뒷머리를 긁으며 멋쩍게 웃는다.

"엣끼 이사람! 뭐 여왕님? 이 사람 큰일이네. 벌써 쥐였군, 꽉 쥐였어. 세상에 마누라를 여왕님이라 떠받들다니…. 달린 것 떼서 솔개에게 던져주게나."

"그러면 이제 어쩌죠?

"당장 '야!'라고 불러야 해. 야라고 못하겠으면 '이봐!'야. 당장, 오늘부터 단칼에 고치라구. 그렇지 않으면 영원히 못 고친다는 것을 명심하게. 마누라에게 약점을 잡히면 안 되네. 잠자리에서도 체통을 잃으면 남편을 깔보게 되는 거야. 기를 꺾어서 단단히 쥐려면 기회를 잡는 일이 중요해. 여자가 꼼짝없이 책 잡힐만한 실수가 있을 때가 찬스야."

"우리 여왕, 아니, 야, 야는 너무 고분고분하고 조심스러워서 좀처럼 그런 찬스가 나지 않을 것 같아요."

"좀처럼 그런 찬스가 나지 않는다? 그 때는 그럴듯한 트집을 잡는 거야. 그 걸 가지고 족쳐서 완전히 기를 꺾어야 해. 그때 반항하여 꺾지 못하거나 도리어 남자가 꺾기면 영영 쥐여 살게 되고 말거니까…."

"그럼 그렇게 족치다가 대들면 어떡하죠?

"그러니까 대들지 못할 만큼 큰 실수를 한 때를 노리거나 단단히 트집을 잡아야 한다구. 그렇지 않으면…."

"그렇지 않으면…? 어떻게요?"

"그, 그건 중대한 다음 과제야. 모든 것을 한꺼번에 다 가르쳐줄 수야 없지."

"네…, 알겠습니다. 과장님, 좋은 공부 했으니 제가 저녁 식사 대접하겠습니다. 가시죠."

박 대리는 전화기를 들었다. 김 과장이 손을 들어 제지했다.

"집에 보고하려고? 아니야, 아무 연락하지 말고 그냥 먹고 들어가는 거야. 그것부터 배우라구. 저녁은 내가 사줄 테니까."

"아닙니다. 제가 대접해야죠."

"어험, 하여튼 가세나."

"내일은 처가에 가려구요. 매주 토요일 저녁은 처가에 가서 저녁 들기로 해서…."

"매주 처가에 간다고? 그 것 절대 안 되네, 일 년에 한 번 이상 가지 말게."

"일 년에 한 번이라구요?"

"처가에 자주 가면 얽매이게 되고말고. 본디 처가란 사위를 꽉 붙들어 매 놓는 작전본부라는 걸 알게."

의기투합한 그들은 앞서거니 뒷서거니 근처에 있는 식당으로 갔다. 반주를 곁들여 저녁 식사를 했다. 그리고 다시 작은 주점으로 갔다. 김 과장이 닭찜과 소주를 주문했다. 이윽고 술이 나오자 김 과장이 한사코 사양하는 박 대리에게 먼저 술을 따라주었다. 김 과장이 잔을 높이 들고 외쳤다.

"남자의 권위를 위하여!"

"위하여!"

잔을 부딪치자 술이 넘쳤다. 두 사람 모두 한 입에 잔을 비웠다. 다시 김 과장이 술병을 드는 것을 박 대리가 빼앗아 김 과장의 술잔에 가득 부었다. 주거니 받거니 술이 동났다. 박 대리가 빈 병을 높이 들고 흔들어 술을 불렀다. 두 사람은 제법 취기가 올랐다. 김 과장의 얼굴은 창백하고 박 대리의 얼굴은 홍당무였다. 세 번째 안주와 술을 가져왔다. 누군가 입에서 삼차란 소리가 나왔다.

그때 김 과장의 전화벨이 울렸다. 주머니에서 전화기를 꺼내기도 전에 그는 벌떡 일어났다. 화면을 터치하면서 허겁지겁 주점 밖으로 나갔다. 다시 들어온 김 과장은 자리에 앉지도 않고 재촉했다.

"가, 가자구. 너무 늦었어. 자 이만 일어서자구,"

"아직 술이 남아 있는데요? 삼차 가기로 했잖아요. 제가 좋은 곳으로 뫼시겠습니다요."

박 대리는 이미 혀가 꼬부라졌다.

"나, 나는 간다구 가, 가자구. 얼른 일어서라니까."

김 과장도 혀꼬부라진 소리였지만 무엇엔가 쫓긴 듯 서둘렀다.

"사모님 전화예요?"

"아니야. 어른 일어서. 일어나지 않으면 나 먼저 갈 거야.

"누구 전환데 갑자기 그렇게 서두르신 거에요?

"자. 그럼 나는 가네."

"그럼, 할 수 없지요. 가십시다."

그들은 비틀거리며 거리로 나왔다. 택시가 지날 때마다 김 과장은 손을 마구 흔들었다. 택시 한 대가 멎자 김 과장은 서슴지 않고 기어들어갔다. 그리고 황망히 떠났다.

박 대리가 집에 온 시간은 11시가 넘어서였다. 현관에서 "야!"하고 부르며 신발을 벗으려고 발을 털었다. 신발이 마루로 튀어 올랐다. 술이 거나하게 취해 두 손으로 벽을 붙잡고 고개를 숙인 채 가쁜 숨을 내쉬었다. 얼른 순임이 부축하려고 팔을 붙잡았다.

"어마나, 술 냄새…."

"야! 이거 놔. 나, 취하지 않았다구."

박 대리는 순임을 뿌리치고 비틀거리며 방으로 들어갔다. 그리고 옷을 벗기라고 소리를 지르며 침대에 발라당 드러누웠다. 양복을 벗기는 동안 드르렁드르렁 코 고는 소리가 방안의 공기를 출렁였다. 순임은 식탁에 앉아 밥을 몇 숟가락을 먹는 둥 마는 둥 떠먹고는 잘 준비를 했다. 항상 이불 속으로 끌려들어가던 그녀는 갑자기 소박맞은 기분인지 침대 가에 엉덩이를 붙인 채 망설였다. 코 고는 소리가 한 옥타브 더 높아졌다. 순임은 살며시 이불 속으로 들어가긴 했으나 웅크리고 누운 채 잠을 이루지 못하고 뒤척였다.

그들은 연애로 결혼한 부부가 아니었다. 전화가 왔던 김 과장 사모님의 중매로 연분을 맺었다. 사모님은 순임의 고모 친구였다. 우연한 자리에서 노처녀인 조카를 걱정하는 소리를 듣고 남편에게 회사에 좋은 총각 없느냐고 물었다. 김 과장은 얼씨구나, 데리고 있는 서른 후반의 노총각을 추천하여 맞선을 봤다.

양가는 덩치가 큰 순님이나 반대로 작달막한 박 대리가 서로 딱지를 맞는 것 아닌가 마음을 조였다. 그러나 박 대리는 순임을 보자마자 입이 헤벌쭉 벌어졌다. 노처녀인 순임도 싫지 않은 눈치였다. 둘만 남겨 놓고 어른들이 자리를 뜨자 박 대리는 대뜸 식사를 하자고 꼬드겼다. 호텔의 양식당으로 가서 통 크게 쏘아 순임의 환심을 샀다. 박 대리는 성격이 온순하고 단순 솔직했다. 하루가 멀다하고 순임을 불러냈다. 사귀는 동안 그는 순임에게 지극정성 친절했다. 그리고 육 개월을 넘기지 않고 결혼식을 올렸다.

신혼생활은 행복했다. 노신랑은 색시가 예뻐서 죽고 못 살았다. 휴일이면 아침에도 식사 준비하려고 일어나는 신부를 꼭 껴안고 놓아주지를 않았다. 하루면 뽀뽀를 몇 십번 하는지 헤아릴 수 없었다. 이렇듯 열정적으로 좋아하던 박 대리가 갑자기 냉랭하게 변하자 순임은 어떻게 해야 할지 불안하고 괴로운 것 같았다.

토요일이지만 순임은 일찍 일어나 아침식사 준비를 했다. 박 대리가 부스스한 얼굴을 거실에 내민 것은 11시가 넘어서였다. 양반걸음으로 화장실을 다녀오더니 소파에 비스듬히 앉아 텔레비전을 보고 있었다. 순님이 다가가 하던 버릇대로 볼에다 뽀뽀를 하려고 했다. 박 대리는 고개를 틀어 피했다. 무안을 당한 순임은 홍당무가 된 얼굴을 감싸고 주방으로 되돌아갔다. 밥상을 차려놓고 아무 말 없이 식탁에 앉았다. 분명 박 대리가 슬쩍 훔쳐보고도 거만하게 앉아 텔레비전에만 열중했다. 더이상 말을 꺼낼 수 없는 분위기였지만 순임이 입을 뗐다.

"식사하세요."

"……"

순임은 텔레비전 소리 때문에 못 들을 수도 있다 싶은지 다시 재촉했다.

"식사하시라니까요?"

"알았어, 알아."

"찌개가 식어요."

"먼저 먹으면 될 것 아니야. 이것만 보고….'"

음식이 식기 전에 들라는데 먼저 먹으라니, 몹시 언짢겠지만 순임은 짐짓 태연하게 말했다.

"어떻게 저 혼자 먹어요. 얼른 오세요."

"에이, 텔레비전도 맘대로 못 보겠네."

서로 깍듯이 쓰던 존댓말은 어디가고 박 대리는 반말을 투덜거리며 식탁으로 와서 풀썩 앉았다. 수저를 들고 아니꼬운 눈으로 밥상을 휘 둘러봤다. 얼굴을 찌푸리며 수저를 던지다시피 놓고 타박을 늘어놨다.

"아니, 왜 이렇게 밥을 많이 담는 거야? 적당히 담으라고. 뚱보를 만들고 싶어?"

"출근하는 날은 그렇지만 휴일은 천천히 많이 드셔요."

"의산가 보네. 그래 많이 먹고 뚱뚱해라? 너나 많이 먹고 뚱뚱해라."

박 대리는 일어서서 빈 그릇을 가져 왔다. 거칠게 밥을 반쯤 덜어버리고 먹기 시작했다. 순임은 어이가 없는지 멍하니 박 대리를 쳐다보다가 작심한 듯 말했다.

"갑자기 왜 그러세요? 제가 뭔가 잘못했어요?"

"누가 잘못했대? 그렇다는 말이지….'"

순임은 고개를 숙이고 가만히 앉아있었다.

"밥 먹어. 왜 삐졌나? 내가 뭐 심한 말을 한 것도 아닌데….'"

순임은 젓가락을 들고 밥을 먹으려다가 코를 훌쩍이더니 일어섰다. 돌아서서 앞치마로 눈을 훔쳤다. 그리고 다시 앉아 밥을 먹기 시작했다. 눈물방울이 밥그릇으로 떨어지고 있었다.

"젠장. 그 소리 했다고 우는 거야? 그래, 그래 알았으니까 울지 말고 먹어."

집안은 침묵이 흐르고 냉기가 감돌았다. 오후가 되어 어렵게 순임이 말을 꺼냈다.

"오늘 저녁에는 집에 가야 하지 않아요."

"응 집에? 나는 오늘은 몸이 피곤해서 안 되겠어."

"연락도 안했는데…. 집에서는 밥해 놓고 기다리실 텐데요."

"지금이라도 전화하면 되잖아. 다음에 가던지, 그렇지 않으면 혼자 다녀오던지…."

순임은 아무 말을 하지 않았다. 박 대리는 다시 소파에 기대고 앉아 텔레비전을 봤다. 순임은 식탁에 저녁을 차려 찬보로 덮어 놓고 살며시 집을 빠져나가면서 다녀오겠다고 말했다. 박 대리는 흘낏 쳐다보고도 대답을 하지 않고 고개를 틀었다.

친정에 들어선 순임은 반기는 어머니를 보자 참았던 눈물이 쏟아졌다. 깜짝 놀란 어머니가 무슨 일이냐고 캐물었다. 순임은 망설이다 고주알미주알 일러바쳤다. 어머니보다 흥분한 사람은 옆에서 듣고 있던 동생이었다.

"세상에. 형부가? 안 되겠네. 내가 가서 따질 거야."

"아서라, 너는 나설 일이 아니다."

어머니는 동생을 나무라고 나서 순임에게 조용한 어조로 말했다.

"그럴수록 너는 입 딱 다물고 순종해야 한다. 아무리 예쁜 강아지도

짓고 대들면 미운 법이다. 남자를 이기려 들면 적수가 되고 부부싸움
이 시작되는 것이야. 대들고 싸워서 이긴들 권리는 지켰을지 모르지
만 더 값진 사랑을 잃게 된다. '남편을 왕처럼 섬긴다면 부인은 여왕이
될 것이다.'라는 유태인의 격언이 있지 않니? 나는 평생 호랑이 같은
너의 아버지에게 죽은 듯이 복종하고 살았다. 나이 드니까 지금은 나
밖에 모르시는구나. 저주고 대신 얻은 애정이다. 그리고 참 너의 아버
지 아실라. 당신은 그렇게 살았지만 그 성미에 박 서방 가만두지 않으
실 거다."

"엄마! 지금이 어떤 세상인데 순종하고 죽어 살아. 내 가만히 안 있
을 거야."

동생이 씩씩거리며 팔을 걷어붙였다.

"너는 나서지 말래도."

"항상 엄마가 그래서 나도 참고 살려고 했는데 갑자기 변하니까 너
무 당황스럽고 서글퍼…."

"아니야. 언니는 순해빠져서 뭐든지 양보하고 뒤로 물러서고…. 사
람이 너무 물러."

어머니는 작은딸의 주둥이를 쥐어박는 시늉을 하면서 순임을 쫓
았다.

"얼른 돌아가렴, 박 서방 화나기 전에. 그리고 전화해서 다음 토요
일에는 다녀가라고 당부해 둘 터이니 함께 오너라."

동생이 옷을 걸치고 따라나서는 것을 겨우 따돌리고 친정을 나선
순임은 오는 길에 꽃을 샀다. 식탁과 거실의 차탁에 꽃을 꽂아 놓았다.
집안 분위기가 한결 화려했다. 박 대리는 의외로 언제 냉정했느냐는
듯 태연했다. 밤이 되자 순임을 탐했다. 몸싸움을 벌렸지만 전과 달리

어딘가 행동이 어색했다. 어떤 때는 얼렁뚱땅 어린아이가 매달리듯 좋아했다가도 어느 순간 큰기침을 하면서 다시 목에다 힘을 주고 위엄을 부렸다.

그로부터 순임은 박 대리와 약간의 거리감을 느끼기 시작했다. 그러나 어머니의 성격을 많이 닮고 엄격한 집안에서 자란 그녀는 크게 흔들리지는 않았다. '나이 드니까 지금은 나밖에 모르시는구나.' 어머니가 한 말은 사실이었다. 요즈음 아버지는 자식들이 입을 삐죽거릴 만큼 어머니를 챙긴다. 음식도, 의견도 무엇이나 어머니다. 가끔 앞치마를 두르고 주방에서 설거지하는 것을 보게 되면 못 볼 것을 보는 것 같아 민망해서 눈을 피한다.

악몽 같은 주말이 지나갔다. 그를 출근시키고 나서 순임은 기분이 좋은 것 같았다. 나직이 콧노래를 불렀다. 그 때 전화벨이 울렸다. 사모님이었다.

"날을 잡았어요. 봄이 되니 나이가 들어 그런지 마음이 싱숭생숭하네요. 예쁜 꽃도 보고 바람도 쏘일 겸 다음 토요일 청평 근처 식물원에나 다녀왔으면 좋겠어요."

"네, 감사합니다. 그렇게 하지요. 그이에게 말해서 연락드리겠습니다."

"도시락과 음료수는 준비해 가겠어요. 간식거리나 좀 사오면 돼요. 김밥 괜찮겠지요? 내가 만든 김밥은 알아주거든요."

"네, 알겠습니다. 그럼 아침에 댁에 들려 저희 차로 모시겠습니다."

박 대리가 돌아오자 순임은 과장 사모님과 약속한 이야기를 했다. 그는 의외라는 듯 고개를 갸웃했다.

"과장님 그런 말씀 없으셨는데?"

박 대리는 다음 날 점심 때 김 과장에게 소풍 이야기를 했다. 그는 입맛을 쩝쩝 다시더니 나직한 소리로 말했다.

"거절하면 안 될까? 무슨 그럴듯한 핑계라도 대서 말이야."

"모처럼 사모님과의 약속을 어떻게 거절하지요?"

"거절해봐. 우리집 식모 만나면 쓸데없는 신세타령이나 들어주어야 하니 따분할 거야. 꼭 거절해야 돼. 알았어?"

"알겠습니다."

박 대리는 당장 순임에게 전화를 걸어 사모님과의 약속을 보류하라고 말했다. 순임은 어떻게 사모님과의 약속을 보류하느냐고 거절했다. 박 대리는 직장과 관련된 문제라며 시키는 대로 하라고 강요했다. 난감한 순임은 더는 말을 못하고 크게 한숨을 쉬며 전화를 끊었다.

다음 날이었다. 김 과장이 다시 박 대리를 불렀다.

"토요일 우리도 가자구 가."

"넷? 거절하기로 했지 않아요?"

"아니야. 가는 거야. 빨리 집에 전화해. 거절하지 말라고."

"갑자기 왭니까?"

"글쎄, 답답하니까 우리도 시원한 바람 한번 쏘이러 가자니까. 알았지?"

바로 박 대리는 전화기를 들었다. 아직 전화를 못했다는 대답을 들으며 박 대리는 다행이라는 듯 김 과장에게 고개를 위아래로 끄덕여 보였다. 순임은 이랬다저랬다 하는 박 대리의 말을 종잡을 수가 없는지 양팔을 벌리며 고개를 갸웃했다.

토요일 아침, 과자와 과일, 그리고 사모님의 선물로 산 예쁜 카디건을 챙겨 싣고 김 과장 댁으로 갔다. 김 과장이 아이스박스를 들고 나왔다. 박 대리가 받아서 트렁크에 실었다. 핑크색 점퍼에 빨간 등산모를 쓰고 집을 나선 사모님은 바로 화사한 봄이었다. 순임은 정중하게 차 뒷문을 열어 부부를 모셨다.

운전대를 잡은 박 대리는 약간 긴장한 것 같았다. 시내를 벗어나면서 차창으로 비치는 초록의 산과 들이 한 폭의 그림 같았다. 바람도 햇빛도 하늘도 온통 달콤한 솜사탕 같은 연분홍색 봄이었다. 모두들 즐거워 보였으나 왠지 김 과장은 씨무룩한 얼굴로 눈을 감고 있었다. 박 대리는 평소보다 속도를 줄이고 조심스럽게 운전했다.

북한강의 물줄기를 따라 달리던 차는 내비게이션의 안내를 따라 한적한 2차선 국도로 들어섰다. 뒤에서 뒤따라오던 차가 빠른 속도로 중앙선을 넘어 추월했다. 얼핏 멀리서 오는 차가 보이는가 싶더니 추월한 차가 급하게 다시 중앙선을 넘어 앞으로 끼어들었다.

'찌이익, 찌지직…'

충격과 함께 차가 요동을 치고 박 대리는 반사적으로 브레이크를 밟았다. 앞차의 옆구리를 받은 것이다. 차 안의 사람들은 앞으로 쏠렸지만 다행히 다친 사람은 없었다. 박 대리의 잘못이 아니었다. 깜박이도 켜지 않고 무리하게 중앙선을 넘나든 차를 그 정도로 제어한 것만도 다행이었다.

박 대리는 바로 차문을 열고 나갔다. 그리고 차의 앞 범퍼를 살폈다. 범퍼가 한쪽이 약간 까졌을 뿐 크게 찌그러진 데는 없었다. 상대방 차는 앞에서부터 문짝까지 보기 흉하게 긁히고 칠이 벗겨져 있었다. 차에서 50대 중반의 건장한 남자가 천천히 문을 밀치고 나왔다. 뜨악한 인상의 그는 거만한 자세로 두 팔을 허리에 짚고 이쪽을 힐끗 쳐다봤다. 그리고 고개를 꼿꼿하게 세우고 자기 차를 흘겨봤다. 금방 얼굴이 고약하게 찌그러지면서 숨소리가 씩씩거렸다. 우악스럽게 손을 불쑥 내밀며 박 대리에게 주민등록증을 보자고 했다. 엉겁결에 박 대리는 지갑을 꺼냈다. 그때 차에서 순임이 소리를 꽥 질렀다.

"안돼요! 주민등록증 왜 보여요?"

순임이 말리는 소리를 듣고 박 대리는 지갑을 든 채 주춤거렸다.

"주민등록증 보자니까?"

그 남자가 소리에 무게를 실어 다시 재촉하면서 내밀고 있는 손바닥을 까불었다.

"왜 주민등록증을 보자는데요?"

"운전을 잘못했으니까 신분을 밝혀야 할 것 아니야."

순임의 제지를 듣고 엉거주춤 서서 반문하는 박 대리에게 그는 눈을 부릅떴다. 나이는 박 대리보다 많다고는 하지만 반말로 지껄였다.

"잘못은 누가 잘못했는데요? 깜박이도 켜지 않고 갑자기 끼어든 당신이 잘못이지."

"흥, 이 양반 상당이 빳빳하네?"

"뭐요?"

두 사람의 감정은 시궁창으로 날아간 모자처럼 점점 까만 구정물이 번지더니 드디어 빨간 경고등이 깜박였다.

"씨팔, 이사람 말로는 안 되겠네."

남자 입에서 험한 욕이 튀어나왔다.

"누구에게 욕지걸이야."

박 대리도 순순히 당하지만은 않을 기세였다.

"정말 그렇게 나올 거야?"

남자는 우악스런 손으로 박 대리의 멱살을 움켜잡았다.

"여보, 빨리! 당신이 나가서 좀 말려요. 보고만 있지 말고."

"박 대리가 잘 처리할 거요."

차 안에서 사모님이 김 과장 옆구리를 툭 치면서 말했지만 김 과장은 더 웅크리고 나설 기미가 없어보였다. 순임이 차문을 열고 엉거주춤 일어났다. 박 대리가 멱살을 잡힌 손을 뿌리치려고 했지만 남자는 더욱 단단히 멱살을 움켜쥐고 흔들었다.

"이거 못 놔?"

안되겠다 싶은지 박 대리는 목을 잡힌 팔뚝에 입을 갖다댔다.

"아얏! 이자식이…."

비명을 지르더니 박 대리의 얼굴에 주먹이 날아왔다. 순간 순임이 차에서 튀어나왔다.

"이봐요! 왜 폭력을 휘둘러요?"

순임이 박 대리를 가로막으며 소리를 꽥 질렀다.

"이건 또 뭐야."

"경찰을 부를 거에요. 댁이 뭔데 경찰도 함부로 요구하지 못하는 주민등록증을 보자고 해요?"

"경찰? 흥, 쌍끌이로 덤비네. 이사람 여편네야?"

"뭐라고? 누구에게 상소리야. 그래 여편네면 어쩔거에요."

그때서야 김 과장이 엉금엉금 차에서 나왔다. 그가 다가오자 멱살을 잡히고 있는 박 대리가 주먹을 휘둘렀다. 두 사람의 원군에 대한 채면 치레 같았다. 그러나 다시 얻어맞고 코에서 뻘건 피가 터졌다. 순임이 남자의 팔을 움켜잡았다. 남자가 잡힌 팔을 뿌리치려다 빠지지 않자 다른 손으로 순임을 쥐어박았다. 순간 '얏'하는 기합 소리와 동시에 남자가 땅바닥으로 굴렀다. 그는 다시 일어나 덤볐다. "얏" 순임이 무서운 힘으로 다시 메쳤다. 어느새 무릎으로 그의 등을 누르고 손을 뒤로 꺾어서 잡고 있었다.

"아, 아아아 아얏⋯."

허리를 구부리고 뒤돌아서 어깨너머로 그 광경을 훔쳐보던 박 대리와 김 과장은 비명에 바르르 몸을 떨었다. 그때 멀리서 교통경찰차의 경고음 소리가 들렸다. 사모님이 차 안에서 112에 신고를 한 모양이었다. 이윽고 경찰이 왔다. 순임은 꺾고 있던 손을 풀고 일어섰다. 사고 운전자는 절룩거리며 경찰에게로 갔다. 한쪽 손으로 어깨를 주무르며 몹시 아프다는 시늉을 했다.

"아이구 엉덩이야. 이 여자 완전 깡패네. 뭐가 이런 게 다 있어. 폭행죄로 체포하세요."

경찰은 간단히 사항을 파악하고 그들을 가까운 시내의 파출소로 연행했다. 신원을 확인하던 경찰이 순임에게 말했다.

"아니? 최순임 선수 아니오?"

순임은 고개를 숙인 채 대답이 없었다. 경찰은 웃으면서 상대방 운전자에게 말했다.

"당신 잘못 걸렸었구먼. 이분은 유도 6단 국가대표 선수요. 아마 태권도도 3단이시던가?"

남자는 눈이 째지게 순임을 꼬나보며 말했다.

"유도선수라니요? 아니, 완전 깡패예요."

그들은 교통사고도 폭행도 쌍방과실로 판정되고 경찰이 서로 화해를 시켜 훈방했다. 차는 순임이 운전했다. 박 대리는 코에 화장지를 말아서 꽂은 채 옆자리의 등받이에 기대 고개를 쳐들고 앉아 있었다. 순임은 한바탕 일어난 소동이 신경 쓰이는지 입을 꼭 다물고 운전에 열중했다.

"유도선수라는 것은 알고 있었지만 어디서 그런 힘이 나와요?"

사모님이 혀를 내두르며 칭찬을 하자 눈을 지그시 감고 있던 박 대리가 눈을 뜨고 옆을 흘금거리며 진저리를 쳤다.

목적지에 도착한 것은 점심때가 훨씬 지나고 3시가 다 되어서였다. 주차장에 차를 세워두고 수목원으로 들어갔다. 사모님이 금강산도 식후경이라고 배가 고프니 식사부터 하고 꽃구경을 하자고 했다. 그들은 잔디밭의 나무그늘에 돗자리를 펴고 둘러앉았다. 모두들 배가 고픈지 침을 꼴깍꼴깍 삼켰다. 사모님이 아이스박스를 받아서 열고 쥬스를 꺼냈다. 그리고 다시 아이스박스를 들여다보더니 눈이 휘둥그레지며 김 과장을 불렀다.

"어? 여보, 김밥은?"

"김밥? 그 안에…."

"없어요. 저런? 아이고 이를 어쩐담. 이 양반 보게. 또 깜박하셨구먼. 서늘하게 따로 두었다가 갈 때 넣으라고 당부했거늘…. 쯧쯧."

"…."

김 과장은 얼굴이 백지장이 되어 뒷머리를 긁적거리고 서 있었다.

"어떻게 하실 거에요. 빨리 가서 가져와야지…."

사모님이 고함을 질렀다. 도중에 사고는 났지만 무려 5시간 걸려서 도착한 이곳에서 집에 있는 김밥을 어떻게 가져올 수가 있겠는가. 가져오라는 말은 억지고 겁박이었다. 죽을상이 된 김 과장은 입맛만 쩍쩍 다시며 안절부절못했다.

"빨리 김밥 가져오라는데 뭘 꾸물꾸물하고 있어웃. 모두 굶으란 말이에요?"

덩달아 주눅이 든 박 대리가 김 과장의 소매를 살짝 끌었다. 두 사람은 빠른 걸음으로 사라졌다.

"내 참, 어처구니가 없구먼. 아침 일찍 일어나서 얼마나 정성을 드려 만들었는데⋯."

사모님이 분함을 삭이고 있는 사이에 그들은 까만 비닐봉지를 들고 나타났다. 봉지에서 페트상자를 꺼냈다. 근처 편의점에서 김밥을 사온 것이다.

"사모님, 편의점에서 전자레인지로 데워왔어요. 따끈따끈합니다. 시장하신데 조금 드세요."

박 대리가 굽신거리며 상사의 난감한 입장을 모면해 주려고 진땀을 뺐다.

"어디서 말라빠진 싸구려 김밥 가져다가 이걸 먹으라고요? 나는 그런 김밥 먹지 못해요. 댁들이나 드세요."

입이 댓 발이나 나온 사모님은 김밥을 쳐다보지도 않았다. 다른 누가 감히 그 김밥에 손을 댈 수가 있으랴. 모두 입을 봉하고 침을 꼴깍 삼키면서 서로 눈치만 보고 앉아 있었다. 김밥을 들지 않으려면 꽃이고 뭐고 그냥 돌아가자고 사모님이 일어섰다. 그들은 음료와 과실 등 늘어놓은 물건들을 주섬주섬 다시 챙겨서 주차장으로 갔다. 누구도 입을 열지 않았다. 박 대리가 운전석에 앉았다. 순임이 뒷좌석 문을 열고 사모님을 태웠다. 다시 김 과장이 타려고 하자 사모님이 소리를 질렀다.

"당신은 앞에 앉아요! 새댁이 나하고 앉아가요."

김 과장은 아무 말 없이 조수석에 탔다. 차는 엄청나게 무거운 침묵을 싣고 서울로 향했다. 한강을 건너 번화가를 지나고 있었다. 사모님이 차를 세워달라고 했다. 순임에게 우린 여기서 내리자고 했다. 순임은 선물 상자를 챙겨들고 따라 내렸다. 사모님은 남정네들은 꼴도 보기 싫으니 가라고 손을 휘저었다. 그리고 두 사람은 근처의 아담한 양식당으로 들어갔다.

박 대리는 운전대를 잡은 채 김 과장에게 어디로 갈 거냐고 물었다.

"우리도 살고 봐야 하지 않겠는가? 어디서 따끈한 곰탕이나 들세."

두 사람은 그리 멀지 않은 근처 곰탕집으로 갔다. 배가 고픈 그들은 허겁지겁 뚝배기를 비웠다. 배를 채우고 나자 따돌림을 당한 현실을 깨달았는지 두 사람은 의기소침해 앉아 있다가 커피숍으로 갔다. 박 대리는 마음이 혼란한 듯 눈을 감고 가끔 머리를 흔들었다.

"유도 6단에 태권도 3단이라. 잘못했다가 뼈다구도 못 추릴 뻔했네."

박 대리가 혼자서 중얼거렸다. 여자를 꽉 쥐어놓아야 한다던 김 과장은 사모님에게 벌벌 기는 공처가고, 만만하게 생각했던 순임은 어디서 그런 힘이 나오는지 허탈한 모양이었다. 김 과장은 못 들은 척 멍하니 창밖을 바라보고 앉아 있었다.

"과장님, 그때 다음에 가르쳐주신다던 과제 말입니다. 너무 억누르다가 대들면 어떻게 해야 하는지 이제 말씀해 주세요."

김 과장은 창밖에 눈이 얼어붙은 채 대답이 없었다.

"네? 과장님, 수, 순임. 아니 야는 토끼가 아니고 벌써 호랑이가 되었나 봐요. 요즈음 트집을 잡아보려고 박대했는데 이제는 자칫하면 그, 그 무서운…, 메치기라도 당할 것 같아 겁이나요. 네? 과장님 대들면 어쩌지요?"

박 대리가 성가시게 다시 물었다.

"머, 뭐? 대들면? 후유. 참아, 눈 딱 감고 참으라구. 참는 수밖에 없어."

"참으라니오. 자존심은? 아니, 자신이 범 무서운 줄 모른 하룻강아지 같다는 생각에 비굴해서 원….."

"그런 때는 사정없이 쥐어패야 하는 건데…. 손찌검이라도 해서 굴복시켜야 한다구. 그런데 말이야 토끼가 너무 예뻐서 나는 그걸 못한 바람에 호랑이 아가리에 물리고 만 거야. 그 호랑이가 따끈따끈한 김밥을 왜 안 먹었겠어. 뭐? 집에 가서 김밥 가져와라? 말라빠진 싸구려 김밥이라고? 아니야, 그게 바로 찬스야. 내 기를 콱 꺾어 놓을 찬스를 잡은 거야. 알았어?"

김 과장은 눈을 지그시 감고 말했다. 얼굴에 옛날 신혼생활 때의 분홍색 추억이 어리는 것 같았다.

※ 2022년 『문학사계』 봄호

앵무새의 바보 소리

앵무새의 바보 소리

:
:
:
:

햇빛도 바람도 소리와 시야까지 모든 것이 단절되고 무거운 한 숨만이 짓누르는 공간이 갑자기 떠들썩했다. 사면에 인색하던 대통령이 모처럼 만에 생계형 특별사면을 한다는 소식이 화두였다. 나는 감방 구석에 쪼그리고 앉아 이 년의 형기와 남은 육 개월을 대입하여 사면방정식을 푸느라 골몰하고 있었다.

철문 밖에는 출감을 맞으러 온 많은 사람이 모여 있었다. 삭풍이 세차게 불어와 옷깃에 파고들었다. 이제부터 반칙이 용납되지 않는 냉엄한 사회를 예고하는 것 같아서 지긋지긋한 옥살이를 면하고 자유의 몸이 되는 이 순간이 왠지 기쁘기보다 불안하고 두려웠다. 앞으로 헤쳐가야 할 삶의 여정이 안개 낀 밤거리처럼 암담하기만 했다.

멀찌감치 떨어진 길모퉁이에 겨울이면 옥희가 잘 입는 검은 패딩 점퍼가 눈에 띄었다. 그녀는 말을 못하기 때문에 소리쳐 부르지는 못하겠지만 그렇다고 나를 빤히 바라보면서도 손을 흔들거나 웃지도 않고 서 있었다. 나는 사람들의 시선이 싫어서 햇살이 눈부신 척 손으로 가리개를 하고 재빨리 그곳을 벗어났다.

옥희는 전보다 약간 살이 쪄서 그런지 뽀얀 민낯이 더 성숙하고 예뻐 보였다. 전 같으면 다가가 들리든 말든 '야' 하고 소리치며 어깨를 툭 쳤겠지만 오늘은 다정하게 등을 토닥였다. 그녀는 안고 있던 청일을 건네주면서 나를 빤히 바라봤다. 반가움보다 가슴속에서 끓어오르는 원망을 눈으로 말하고 있는 것 같았다. 나는 민망하여 슬그머니 시선을 피하고 아들을 안았다.

청일은 제 어미를 닮아 하얀 얼굴에 눈동자가 흑수정처럼 맑았다. 나와 눈이 마주치자 갑자기 울음을 터트리며 빠져나가려고 두 손을 휘저었다. 낯가림이겠지만 그 동공에 투영된 나의 말라빠진 얼굴에서 전과자의 낌새라도 느낀 것 아닌가 하고 자괴심이 일었다. 나는 씁쓸한 입맛을 다시며 아이를 다시 제 어미에게 주었다.

실은 나는 그동안 옥희를 너무 무시하며 살았었다. 그녀가 싫은 것은 아니었고 손찌검도 한 일이 없었다. 결혼한 남편으로서 책임을 다하지 못한 주제에 아내를 그렇게 함부로 대하는 습관이 별로 좋지 않다는 것을 알고 있으면서도 아무런 이유도 없이 그랬다. 매사에 조심스럽고 생각이 깊은 그녀는 항상 구름 낀 겨울 날씨처럼 우울한 표정을 하고 살았지만 전혀 불평하거나 반발하지도 않았고 좀처럼 우는 일도 없었기 때문에 그런 생활이 오랫동안 이어졌는지도 모른다.

그 인내에서 싸인 앙금이 가슴속에서 응어리가 되었을 것이라는 것을 느낀 것은 첫 번째 면회를 왔을 때였다. 박덩이 만큼 부른 만삭의 배를 두 손으로 감싸고 고개를 숙인 채 서 있었는데 노상 가뭄에 바닥 들어난 웅덩이처럼 메말라 있던 움푹한 눈이 처음으로 촉촉이 젖어 있는 것을 보고 미안하고 짠한 마음으로 그를 보냈다.

그 다음 면회를 왔을 때는 백일이 지난 아이를 안고 왔다. 내 아들이라는 실감은 나지 않았지만 안아보고 싶었다. 부자간의 초대면에 수의를 입은 꼴을 보이는 것이 못마땅했으나 나는 내색을 하지 않았다. 그녀는 아크릴 칸막이에다 '청일?'이라고 썼다. 그렇게 이름을 지으면 어떻겠느냐고 묻는 것이었다. 그냥 좋다는 대답으로 고개를 끄덕였다. 이제부터는 잘 해주어야 하겠다고 마음속으로 다짐했다.

이러한 나의 심경의 변화는 큰집에서 교화되거나 기가 꺾인 것은 아니었다. 이제 나가면 당장 그녀에게 의지해야 할 부담 때문도, 나이가 들면서 성숙해진 것도 아니었다. 투명한 칸막이 사이로 투영된 옥희의 모습이 왠지 예전과 달라보였다. 아기를 안고 있는 모습에서 인자한 모성이 느껴졌다. 어릴 적 헤어진 어머니가 생각나기도 했다. 초라한 나 자신이 대비 되어 지난날의 부끄러움과 후회에서 생긴 인정인 것 같았다.

모였던 사람들은 끼리끼리 흩어져가고 있었다. 무언가 빠뜨린 것처럼 께름한 느낌에 멈칫하고 있는 사이에 아니나 다를까 부산하게 나타난 기태 형이 달려들어 나를 꼭 껴안았다.

"고생이 많았지?"

함께 큰집엘 들어갔다가 일 년 먼저 출감한 그는 위로의 말을 잊지 않았다. 형수를 물었더니 만삭이라 외출을 하기가 어려워 함께 못 왔다고 했다. 나보다 오 년을 앞서 장가를 갔으면서 한번은 유산을 하여 이제 다시 첫아이를 임신한 몸이라 몹시 조심하는 모양이었다.

기태 형은 고아원에서 서로 만난 사이이다. 세 살 위인 그는 체격도 크고 주먹도 세고 성격도 화끈했다. 그는 왜소하고 소심한 내가 왕따를 당하거나 어려울 때면 형처럼 알뜰히 감싸주었다. 반면에 가끔 수틀리면 몽둥이로 엉덩이에 푸른 멍이 들도록 두들겨 패기도 해 좋고도 무서웠다. 고아원을 나와서도 나는 기태 형 곁을 떠나지 못했다. 홀로 설 자신이 없는 데다 배반으로 비쳤다간 어떤 보복을 당할지 모를 일이었다.

그는 고아원에서 인기가 있는 여자 원생과 몰래 사귀다가 그 곳을 떠나 결혼을 했다. 결혼식이래야 나와 셋이서 교외의 작은 절에 가서 목탁소리를 들으며 식을 올렸고 사진관에서 드레스를 빌려 입고 사진을 찍은 것이 다였다. 신부는 뭐랄까, 좀 씀씀이가 헤프고 분수에 넘는 사치를 했다. 짙은 화장에 손톱은 매니큐어 색이 사흘이 멀다고 바뀌었으며 항상 두 손가락에 반지가 번쩍거렸지만 인정이 많았다. 기태 형이 어떻게 해서 돈을 벌어오는지 짐작을 한 것 같으면서도 모른 척하고 살았다. 기태 형이 항상 돈에 목말라했던 이유도 그녀의 치다꺼리 때문이라고 여겨졌다.

홀로 방황하던 나의 거처는 따로 있었지만 명색이 신혼살림을 하는 형네를 내 집처럼 드나들며 밥을 얻어먹었다. 나는 신부인 그녀를 아예 형수님이라고 불렀다. 옥희를 소개해 준 것도 형수였다. 농아라 탐탁하지 않지만 기태 형 부부의 권유를 뿌리치기도 어렵거니와 얼굴이 반반했기 때문에 눈 딱 감고 승낙을 했다. 결국 밤일을 하며 사는 한물간 노총각에겐 무방한 짝이라 싶었다. 혈육이 없는 옥희는 지금도 형수를 친 언니처럼 의지하고 산다.

우중충한 지하실 단칸방일망정 내 집은 포근했다. 잠깐씩 눈을 붙이러 들리던 옛날과는 어딘가 느낌이 달랐다. 싱크대에서 저녁 준비를 하는 옥희의 모습도 그렇고 아직 돌이 안 된 청일이 부엌 바닥에 앉아서 혼자 노는 것도 그랬다.

나는 새 핸드폰을 받았다. 그것은 우리들의 소통수단이다. 내가 수화를 잘 못한 까닭에 처음에는 농아학교를 수료한 옥희와 글을 써서 의사를 통했다. 핸드폰을 쓰면서 메시지로 소통을 하다 요즘은 주로 카톡으로 불편 없이 대화한다.

그날 밤 새근새근 잠든 청일이만 옆에 없다면 마치 신방이나 다름 없는 분위기였다. 하고 싶은 말들이 많았는데 막상 만나서는 생각이 나지 않았다. 난생 처음 '여보'라고 불러보고 싶은데도 말로라면 했겠지만 듣지를 못할 것이므로 입속에서 껌처럼 질근질근 씹기만 했다. 나는 그동안 큰집에서 기력이 약해졌을 텐데도 옥희를 힘껏 안았다. 미안함과 고마움을 혀끝에 모아 뜨겁게 그녀의 입속에 밀어 넣었다. 그녀는 자기의 몸 자체도 자신의 것이 아닌 듯 내가 하는 대로 내맡겼다. 점점 몸이 뜨거워지고 숨소리가 거칠어지더니 위에서 짓눌렀을 때는 나를 껴안은 손이 가냘프게 떨리며 무서운 힘으로 죄어 왔다.

아침이면 옥희는 서둘러 밥을 지어 놓고 직장으로 갔다. 청일은 옛날 초등학교 선생님이었다는 이웃 할머니에게 맡겼다. 어려운 살림에 한 달에 오십만 원을 주는 모양인데 일을 하러 나가야 할 뿐만이 아니라 그보다 더 큰 이유는 말을 못하는 엄마가 아이에게 말을 가르치기 위한 안타까운 배려였다.

밤늦게 청일을 안고 돌아온 옥희가 사과를 깎아서 커피 잔과 함께 방으로 들여 놓고는 다시 아이와 부엌에서 꼼지락거리고 있었다. 내가 들어와서 앉으라고 손짓을 하자 앞치마에 젖은 손을 문지르고 마지못한 듯 조심스럽게 옆에 앉았다. 나는 핸드폰을 들고 직장을 물었다. 바로 식당에 다닌다는 답을 찍었다. 어떤 종류의 식당인지 그것까지는 차마 묻지 못했다. 나불거리는 말과 달리 문자로 통하는 간접적인 소통은 아무래도 축소와 생략일 수밖에 없다. 나도 곧 일을 찾아서 열심히 살겠다고 했다. 그녀는 생활 걱정은 말고 당분간 쉬면서 몸을 추스르라고 했다. 오히려 돈을 벌어오라고 바가지를 긁는 것보다 부담스러웠다.

직장을 구하기로 작정하고 여기저기 돌아다녔다. 전과자의 꼬리표가 부담스럽지 않은 곳은 막노동을 하는 건설현장 뿐이었다. 별수 없이 나는 벽돌을 나르는 지게를 등에 지고 새로운 삶을 시작했다.

첫날 일당 구만 원을 받았다. 고맙거나 흡족하기보다 가소로웠지만 옥희에게 주고 싶었다. 집 근처 문방구에 들려 봉투를 사서 넣었다. 식당에서 돌아온 옥희 손에다 쥐어주었다. 그녀는 고개를 저으며 마다한 것을 처음 나의 노력으로 번 돈, 깨끗한 돈이라고 주었다. 옥희는 어디에 취직을 했느냐고 물었다. 아주 편하고 좋은 자리라고 허풍을 떨었더니 의심스러운 표정이던 얼굴이 모처럼 봄볕처럼 환하게 밝아졌다.

돈 봉투를 집에 가지고 가는 재미는 고된 일을 잊고 지루한 하루를 잘 견디게 해주었다. 그렇게 잘 나가던 생활이 다시 짜증으로 변덕을 부리기 시작한 것은 겨우 석 달이 조금 지난 어느 날, 노무 반장의 차문을 열어주고 나서부터였다.

퇴근을 하려는데 노무 반장이 이십 년도 되었을성싶은 고물 쏘나타 문짝 유리 틈으로 쇠꼬챙이를 쑤셔 넣고 낑낑대고 있었다. 열쇠를 안에 두고 문이 잠겨버린 모양이었다. 나는 금방 손이 근질근질하게 저려오는 자극에 이끌려 반사적으로 그리로 다가갔다. 대뜸 내가 열어드리겠으니 머리핀을 하나 구해달라고 했다. 호랑이 같은 노무 반장에게 눈도장을 찍히고 싶은 마음이었지만 생색이기도 했다. 반장은 바로 핀을 구하러 달려갔다. 그 뒷모습을 보다가 마음이 꺼림칙했다. 그것은 변칙이고 함부로 부끄러운 과거를 까발리는 짓이 아닌가?

　그리 자랑할 것은 못되지만 나는 쇠꼬챙이 하나면 어떤 까다로운 열쇠도 열 수 있는 기술이 있다. 고아원을 나와 열쇠공장에 다니면서 익힌 솜씨였다. 원래부터 도벽이 있는 기태 형은 나의 기술을 앞세워 빈집털이를 시작했다. 처음에는 따라다니며 시키는 대로 했다. 두렵고 불안한 조바심도 차츰 이력이 날수록 재미가 붙었고 결국에는 잘못된 길인 줄 알면서 함께 갈 수밖에 없는 동업자가 되고 말았다. 나중에는 오히려 나 자신이 적극적으로 일감을 찾기까지 하였다.

　굳게 닫힌 문의 열쇠 구멍에 쑤셔 넣은 쇠꼬챙이 끝이나 혹은 다이얼을 천천히 돌릴 때, 털끝만큼 미세한 감각이 손가락을 통하여 온 몸에 짜릿한 전율을 일으키면 적중을 감지한다. 첨단 소재로 만든 낭창낭창한 낚싯대며 성능 좋은 릴을 코웃음 치는 어촌의 외줄낚시꾼이 대어가 물었을 때 줄을 걸고 있는 검지에 전달되어 오는 짜릿한 손맛과 다르지 않은 쾌감일 것이다. 이런 기술도 다이얼, 번호키, 전자식 디지털키 등 나날이 발전하는 새로운 열쇠의 시스템을 연구하고 꾸준히 기술을 업그레이드하지 않으면 이 세계에서 살아남지 못한다.

　'열려라 참깨'를 외듯, 철통같은 문이 마법처럼 열릴 때 그 자부심과 함께 느끼는 희열은 말로 표현할 수가 없다. 밖의 기척에 귀를 세우며 살금살금 들어가서 분초를 다투는 제한된 시간에 깊숙이 감추어둔 큰 물건을 찾았을 때는 일시에 부자가 된 기분이었다. 쉽게 번 돈은 쉽게 썼다. 술을 잘못하는 데도 기태 형을 따라다니면서 먹고 마시고 즐겼다.

　이런 호사의 이면에는 또한 무서운 대가가 따르는 것이 세상사의 이치였다. 재수 없게 걸릴 때마다 의리가 강한 기태 형은 혼자 죄를 뒤집어썼다. 지난번은 빠져나갈 수 없는 증거 때문에 처음으로 함께 형무소 신세를 졌다. 공범이지만 문을 딴 사람이 주범이고 더구나 형사의 취조에 미꾸라지처럼 빠져나가는 요령이 없는 나는 한 해를 더 살아야 했다.

나는 핀으로 간단히 차문을 열었다. 선심을 베풀고 난 뒷맛이 떨떠름했다. 그런 나의 마음을 알 턱이 없는 노무 반장은 감동하여 몇 번이고 치하하고 고마워했다.

이때부터 한동안 잊었던 별로 달갑지 않은 추억, 좀 위태롭기는 하지만 쉽게 벌어서 펑펑 돈을 물 쓰듯 했던 왕년의 생활이 그리워지기 시작했다. 이렇게 세월을 보내다가 언제 돈을 벌어 남들처럼 잘살 수 있느냐는 회의가 짜증으로 나타난 것이다.

이런 부질없는 잡념에 시달리며 벽돌을 지고 발판을 오르내리고 있는데 뜬금없이 기태 형에게서 만나자는 전화가 걸려왔다. 나는 반가우면서도 어쩐지 걱정스러운 상반된 마음의 동요가 일었다. 공사판으로 달려온 그와 근처 국밥집으로 가서 반주를 곁들여 저녁 식사를 했다.

술병이 바닥이 날 무렵에 형이 다정스럽게 나를 불렀다. 나는 등에 소름이 돋는 것을 느꼈다. 항상 어려운 사업 이야기를 꺼낼 때의 그의 버릇이고 나의 반응이었다. 다음은 곧바로 그가 결정한 일을 명령이나 다름없이 지시하고 실행하는데 오늘은 왠지 조심스럽게 말을 꺼냈다. 형수의 출산을 앞두고 병원비를 마련해야 하겠다고 했다. 나는 고개를 숙이고 묵묵히 듣고만 있었다. 그는 정색을 하고 대뜸 두 손으로 내 손을 감싸 잡으면서 속삭였다.

"아주 큰 곳을 봐두었으니 마지막으로 딱 한탕만 하자."

나는 드러나지 않게 한숨을 쉬었다. 요즈음 그런 생각이 간절하던 차라 '브라보'라도 외치고 싶은 만큼 입이 근질근질한 것을 일단 침묵으로 그 고비를 넘겼다. 대답의 꼬리 끝에 청일과 아내가 어른거리고 큰집의 높은 담벼락의 그림자가 눈 앞을 가렸기 때문이다.

물론 큰집에서 얻은 것은 그곳에 두 번 다시 들어오면 안 된다는 앙심이었지 교정 프로그램 같은 것은 압박으로만 듣고 살았다. 하루면 몇 번이고 대가리로 벽을 깨부수고 싶도록 몽니가 나고 참을 수 없는 불편을 겪으면서도 끼리끼리 새로운 범죄 모의가 만발하던 곳이었다. 이는 절대 잡히지 않는다는 전제가 필수조건인데 출감을 한지 이제 겨우 다섯 달밖에 되지 않은 나는 잡히지 않을 어떤 보장도 또 자신이 있는 것도 아니었다.

사람은 죄를 짓고 형벌을 받게 될 때 잠시일망정 진심으로 후회를 한다. 그러나 인간의 물욕과 명예욕, 남을 정복하고 싶은 못된 욕망은 언제든지 환경의 자극이나 충동에 의해 활성화된다. 양심이 이보다 미약할 땐 이성을 잃고 도벽과 도박, 성벽性癖의 악습이 발동하여 재범을 하게 된다. 나는 잠시 망설이고 있었다. 전 같으면 그의 제안에 주저는 거절로 오해를 받는다. 정작 거절은 생각하기도 싫은 자멸이었다. 그러나 선뜻 결말이 보이지 않았다. 떨리는 손으로 기태 형의 손을 슬며시 잡으면서 애원하듯 말했다.

"그래 알았어, 형. 그런데 나는 나온 지 반년도 안돼서…. 아직은 감시를 하고 있을지 몰라. 조금만 시간을 줘. 응? 좋은 방법을 찾자."

나의 대답은 나의 결단력만큼 긍정과 부정이 오락가락했다. 그것은 양심이 갈피를 잡지 못하고 있는 까닭이었다. 죽인지 밥인지도 분명하지 않고 기약 없는 유예였다.

"그래? 좋은 방법? 알았다."

의외로 간단하고 명쾌한 대답이었지만 부정과 긍정의 어느 쪽인지 애매한 말뜻을 곱새기며 그의 안색을 살폈다. 그는 나를 외면한 채 병에 남은 술을 마저 따라 단숨에 홀쩍 마시고는 벌떡 일어섰다. 나는 덜 닦은 밑처럼 꺼림칙함을 지울 수가 없었다.

그를 보내 놓고 마지막으로 한탕을 할 걸, 주저한 것을 후회했다. 아주 큰 곳이라 했으니 딱 한탕이면 곤궁에 빠져있는 기태 형을 돕고, 난들 힘들고 쩨쩨하고 천덕스러운 이 일을 벗고 옥희를 편하게 해줄 것이었다. 기태 형에게 전화를 걸까 말까 망설이다가 일단 내일로 미루고 퇴근길을 서둘렀다.

버스에서 내려 허름한 집들이 길가에 쭉 늘어선 동네로 들어섰을 땐 이른 봄의 부드러운 해가 빛을 잃고 서산을 넘고 있었다. 길 끝으로 멀리 보이는 산허리에 피어난 저녁노을도 서서히 어둠에 묻혀가고 이름 모른 한 무리의 새가 둥지를 찾아 산 쪽으로 날아갔다. 어스름이 깔린 마을 어귀의 언덕길을 고개를 숙인 채 부지런히 걸어가는 옥희가 보였다. 쫓아가서 함께 가려다 심연에 가라앉은 난파선이 안고 있는 많은 사연처럼 항상 침묵으로 삭히는 그녀를 방해하고 싶지 않아 멀찍이서 뒤따르기로 했다.

손에 든 검은 비닐봉지 위로 삐죽 머리를 내민 대파가 내게 뭔가를 말하고 있었다. 아내는 내가 좋아하는 반찬을 생각하며 부지런히 걷고 있을 것이었다. 내가 무시하고 냉대를 하던 옛날엔 집이 가까워지면 얼마나 들어가기가 싫었을까? 그녀와 지나온 애증을 되새김해보다가 괜히 가슴이 쓰려왔다.

저녁 식사를 했다는 말을 듣고 옥희는 바로 기태 형과 만난 거냐고 물었다. 나는 깜짝 놀라 어떻게 알았느냐고 되물었더니 새 전화번호를 알려달라는 문자가 왔었다고 했다. 그녀는 다시 문자를 찍어 내 눈치를 살피며 조심스럽게 보여주었다. 무슨 이야기를 하더냐고 적혀 있었다. 뜨끔했으나 애써 시치미를 떼고 그냥 지나다가 들렸기에 모처럼만에 저녁 식사를 함께 했다고 얼버무리고 넘겼다. 그녀는 잠시 초점을 흐린 눈을 깜박이며 생각에 잠겼다. 나에게서 듣지 못한 대답을 자신에게 묻고 있는 것 같았다.

일요일 아침이라 느긋하게 누워서 기태 형의 제안을 머릿속에서 굴리고 있었다. 옥희가 살며시 흔들어서 일어났다. 모락모락 김이 나는 미역국에 불고기를 먹음직스럽게 구워 밥상을 차렸다. 의아해 하는 나에게 달력을 가리켰다. 나의 생일이었다. 기태 형에게 만나자고 전화를 걸려던 참에 그녀가 잠깐 시내에 볼일이 있다고 청일을 맡기고 나갔다. 언제 돌아올지 몰라 전화는 나중에 걸기로 미뤘다.

오래지 않아 그녀는 엉뚱하게 새장을 사 들고 와서는 생일선물이라고 주었다. 새장에는 파랑색에 노랑과 빨강 깃털이 교묘하게 조화를 이루고 있는 제법 큰 새 한 마리가 들어있었다. 내 처지에 생일선물은 뭐고 또 웬 새라니, 이건 뭔가 분수도 밸런스도 맞지 않은 넌센스란 생각에 어처구니가 없어 열린 입을 아물지 못하고 있는데 뜬금없이 새가 "안녕!" 하고 인사를 했다.

앵무새였다. 눈이 동그랗고 부리가 코처럼 구부러진 생김새가 귀엽고 신통하여 다시 새를 들여다봤다. '말을 못하는 자신의 결함이 얼마나 한스러웠으면 말하는 앵무새를 사고 싶었을까?' 그런 생각이 들어 나는 서슴없이 고맙다는 문자를 보냈다.

내 표정을 지켜보던 옥희는 가늘게 한숨을 내 쉬고는 또 웬 봉투를 주었다. 그걸 펼쳐보고 또 한 번 놀랐다. 그 동안 한 푼도 안 쓰고 모은 성싶은 적잖은 돈이 들어있는 예금통장이었다. 나는 왜 주는 건지 알 수가 없었다. 혹시 어디론가 떠나려는 것은 아닐까 불안한 생각이 들었다. 나는 필요 없으니 계속 맡아서 저축을 하라고 거절을 했다. 옥희는 당신은 가장이니 사업을 하던지 마음대로 쓰라고 했다. 온 몸이 경직되는 것을 느꼈다. 어제 기태 형을 만났던 것과 한탕만 하자는 모의 이야기가 오고간 일들을 꿰뚫어 보고 있는 것 같았다. 기태 형에게 전화하려던 내 입에 재갈을 물린 것 아닌가 싶어 불안하고 가슴이 옥죄어왔다.

한사코 맡기는 통장을 거절할 구실도 명분도 없었다. 그걸 받아 들고 흡족하기는커녕 무거운 책임감이 굴레를 쓴 것처럼 어깨를 짓눌렀다. 기태 형에게는 전화를 걸 엄두를 내지 못하고 일을 나가서도 온통 통장의 돈 생각이 머리에서 떠나지 않았다. '옥희는 도대체 어떤 직장이기에 이렇게 많은 돈을 모았을까?' 그게 더 신경이 쓰였다. 어딘가 마음 한구석에 석연치 않은 생각이 방정맞은 연상을 일으키는 것을 애써 머리를 흔들어 지웠다.

며칠 동안을 망설이다가 참다못해 넌지시 옥희에게 다시 직장을 물었다. 그녀는 전과 똑같이 식당이라고만 했다 어떤 식당? 또 묻는 나에게 웃어 보일뿐 더이상은 대답을 피했다. 식당은 술을 팔기도 할 것이므로 술 시중이라도 들어서 팁이 생길 수도 있고 혹은 카운터에서 삥땅이라도 치는 것은 아닌지 별별 의심이 머릿속에서 꼬리를 물고 일어났지만 그렇다고 족쳐서 물을 수도 없는 일이었다.

이런 때는 걸음마를 시작하고 말문이 열리는 아들 녀석과 앵무새에 다른 생각, 걱정과 고민을 의지했다. 집에 오면 청일을 데리고 새장

문을 열어주면 앵무새는 내 어깨에 앉아 '안녕'하며 지껄이고 애교를 부린다. 배운 것이라고는 '안녕' 한 마디 뿐인 것 같았다. 청일은 겁도 나고 신기하고 흥미가 있는지 눈을 크게 뜨고 손을 흔들며 옹알거린다. 이들은 점점 깊은 정이 들어갔다. 옥희와는 자주 앵무새와 청일이 보여준 변화와 사랑을 이야기하는 시간이 많아졌다. 나의 성격과 취향은 주위의 더불어 사는 상대와 자연과 환경의 영향에 점점 동화되고 있다는 것을 스스로 느꼈다.

하루는 벽돌을 지고 거푸집으로 올라가는 데 노무 반장이 불렀다. 지난번 차문을 열어준 고마움으로 점심을 함께하자고 했다. 나는 감지덕지하여 작업복 차림에 안전헬멧을 쓴 채 따라갔다. 그는 옆 단지 공사장의 함바집이라고 하는 현장식당으로 데리고 갔다. 그 식당은 맛이 있기로 소문이 나있었지만 큰길을 건너야 하기 때문에 나는 가본 일이 없었다.

식당 안은 빈자리가 없을 정도로 사람이 가득 차 있었다. 반장은 이 식당의 오랜 단골인 모양으로 주인아주머니가 반기며 바로 자리를 잡아주고 식사와 함께 시키지도 않은 소주도 한 병 가져왔다.

"저기 저 벙어리 색시 말이여, 글쎄 나 좀 소개해 달라니까?"

노무 반장이 천막 한쪽 주방에 쪼그리고 앉아 그릇을 씻고 있는 아주머니인 듯한 여인을 턱으로 가리키며 말했다. 주인아주머니는 쓸데없는 소리 또 한다고 핀잔을 주며 눈을 흘기고 갔다. 나는 벙어리란 소리가 귀에 거슬려 그녀를 보다가 기겁을 할 뻔했다. 무심히 이쪽을 쳐다본 그 벙어리는 내 아내가 아닌가? 서로 눈이 마주친 순간 그녀도 소스라치며 일어서더니 허둥지둥 주방 쪽 뒷문으로 나가버렸다.

나는 밥이 목구멍으로 넘어가지 않았다. 먹는 둥 마는 둥 수저를 던지다시피 놓고 현장으로 돌아가려고 일어섰다.

"먼저 가구려. 난 저 색시 좀 만나고 갈 테니."

눈치코치 없는 반장은 능청스레 말하고는 소주잔을 기울였다. 충격과 치미는 분노가 너무 커서 나의 자제심은 한계가 무너지고 말았다. 그자의 멱살을 낚아채서 일으켜 세우고는 너 죽어라고 한방을 갈겼다. 식탁을 붙들고 와장창 꼬꾸라진 것을 보고 손을 털고 그 길로 집으로 와버렸다.

퇴근을 하고 집에 와서도 옥희에게 아무 말도 하지 않았다. 그녀도 낮에 일어난 일에 대해서는 말이 없었다. 그러나 집안의 분위기는 침울했다. 천만 가지 생각이 얼기설기 머릿속에 거미줄을 쳤다. 그의 손을 살며시 잡아봤다. 살팍진 손이 의외로 나뭇등걸같이 거칠었다. 아내를 의심했던 일이 부끄럽고 불쌍한 생각이 들었다. 의심이 컸던 만큼 미안한 마음도 컸다. 뭔가 분한 생각이 한스러운 감정마저 부추겼다. 거친 공사판 일꾼들의 살벌한 유혹이 난무하는 그곳에 그대로 다녀야 할지 말지 고민이었다.

이 일은 어차피 다시 건설현장에 나갈 수 없는 내가 사업을 할 수밖에 없는 계기였다. 옥희와 상의했더니 그렇게 마음을 정했으면 됐다고 대답할 뿐 다른 군더더기 말이 없었다. 자기 일은 전혀 고생스럽지 않고 주인이 좋은 사람이니 걱정하지 말라고 했다. 분명한 한 가지는 이제 나는 아내와 아들 그리고 앵무새까지 가족을 위해서 살아야 한다는 생각이었다.

여러 날을 생각하다가 소극적인 성격인데다 밑천이라곤 열쇠 따는 기술뿐인 나는 열쇠 가게를 하기로 마음을 정했다. 열쇠 가게를 하면서 차마 남의 집 열쇠를 딸 생각은 안 할 것이고 성실과 노력은 반드시 보상이 있을 것이라는 믿음으로 결심했다.

여러 날 발품을 판 노력은 동네 큰 마트의 현관 한쪽 구석진 모서리에 수수료 매장을 임대받는 대가가 있었다. 쇼케이스 두 개와 전화, 열쇠복사기 한 대면 우선은 가게가 차려졌다. 열쇠는 몇 군데 공장에서 찾아와 무작정 진열부터 해 주었다. 갑자기 잠긴 집 문을 따달라는 전화가 올 때는 번개처럼 달려가야 하므로 중고 오토바이를 샀다. 이제는 명색이 어엿한 가게 사장님이 쇠꼬챙이를 가지고 다닐 수는 없지 않은가? 적쇠라는 열쇠를 따는 전문공구도 갖추었다.

개업 날, 옥희는 시루떡을 주문해서 이웃에 돌리고 전화번호가 적힌 전단지를 나눠줬다. 기태 형이 작은 탁상금고를 축하 선물로 사들고 왔다. 지난번 제안에 대해 아무런 답을 못해준 것 때문에 대하기가 서먹했다. 나는 혹시 돈이 필요하면 말하랬더니 피식 웃기만 했다. 그는 떠나면서 잘 해보라고 했다. 축하의 말도 같고 비꼬는 말로도 들려 마음이 개운치 않았다.

가게는 생각보다 제법 손님이 들리고 출장 주문도 있었다. 일주일쯤 지난 무렵, 기태 형에게서 형수가 출산이 임박한 것 같다는 전화가 왔다. 저녁 10시경까지 오토바이를 타고 좀 와주면 좋겠다고 했다. 옥희가 함께 간다고 따라나서는 것을 오토바이로 가야 하니 출산 후에 가서 도와주라고 눌러 앉혔다.

기태 형은 옛날 그대로 다세대 주택 이층 셋집에 살고 있었다. 형수는 누워 있었지만 아직 산기는 없어보였다. 기태 형이 안양에 급히 다녀올 일이 있다고 오토바이 열쇠를 좀 달래서 가지고 나갔다. 나는 그가 돌아오기를 가다리며 거실에서 텔레비전을 보고 있었다.

잠깐 졸았는데 안방에서 신음소리가 나서 정신을 차렸다. 형수가 배를 움켜쥐고 빨리 구청 네거리에 있는 협동산부인과 병원으로 데려다 달라고 했다. 벌써 밤 1시가 지나고 있었지만 한 시간 안에 온다던 기태 형은 감감 무소식이었다. 나는 마음이 다급하여 연방 전화를 걸었으나 전원이 꺼져있다는 메시지 소리만 반복 들렸다.

병원으로 가려고 허둥거리고 있는데 마침 밖에 귀에 익은 오토바이 소리가 났다. 얼굴이 상기된 기태 형이 가쁜 숨을 내쉬며 묵직하게 보이는 웬 가방을 들고 들어왔다. 그는 빨리 병원으로 가야 한다고 재촉하는 나를 외면하고 급히 안방으로 들어갔다. 나는 먼저 형수를 부축해서 계단을 내려오는데 기태 형은 현관문을 잠그면서 신경질적으로 빨리 택시를 잡으라고 했다. 기태 형이 나는 같이 갈 필요가 없다고 해서 그들을 태워 보내고 멀어지는 차의 빨간 후미등을 바라보면서 아들을 순산하기를 빌었다.

집으로 가려다 저녁 식사를 거른 나는 낮이 무색하게 훤히 불을 밝히고 있는 동네 가게 앞에서 시장끼가 들어 가게로 들어갔다. 입구에 놓여 있는 간이의자에 앉아서 먹고 가려고 김밥과 캔 주스를 들고 나왔다. 주인은 텔레비전에 눈이 팔려있었다. 만 원을 주었더니 텔레비전과 포스기를 번갈아 보면서 자판을 치더니 영수증을 뽑아 잔돈에 얹어주었다.

텔레비전에서는 뉴스를 방송을 하고 있었다. 화면 밑에는 빨간 자막의 뉴스 속보가 흐르고 있었다. '신설동 금은방에 강도 사건' '주인은 중태에 빠져 생명이 위독' 나는 잔돈을 그대로 꼬불쳐 바지 주머니에 넣고 뉴스를 지켜봤다. 아나운서는 밤 12시경, 범인이 주인을 중태에 빠뜨리고 가게 안의 귀금속을 몽땅 쓸어갔다고 말했다. 현장에서 범행에 쓴 것으로 보이는 철사절단기를 발견했다고 침이 튀게 속사

포를 쐈댔다.

　나는 긴장이 되고 온몸에 경기가 났다. 나는 비록 남의 물건은 훔치더라도 사람이 다치는 일은 싫고 무서웠다. 집으로 가려는데 멀리서 요란하게 들려오는 구급차의 사이렌 소리가 신경을 거슬렀다. 문득 기태 형이 들고 온 묵직한 가방이 머리에 떠오르면서 불길한 예감에 머리털이 곤두섰다. 바로 그때 옥희의 카톡이 떴다. 금은방 강도사건 범행현장 근처의 CCTV에 찍힌 오토바이가 틀림없이 당신 것 같은데 어찌된 일이냐는 것이었다.

　억장이 무너지는 것 같았다. 나는 물 젖은 닥종이처럼 심신이 허물어져 그 자리에 주저앉았다. 내가 뭐라고 답을 보내기 전에 또 카톡 소리가 났다. 번호판을 감식하고 있다니 어쩌면 좋으냐는 잔뜩 겁을 먹은 내용이었다.

　기태 형 집으로 다시 가서 쇠꼬챙이로 문을 따고 들어가 안방 장롱에서 가방을 찾아냈다. 아니나 다를까, 그 무게만으로도 온몸에 전율이 일고 얼음장처럼 몸이 굳어버렸다. 가방 속에는 노란 금패물이 뭉텅이로 엉켜있었다. 번쩍이는 금을 보는 순간 눈이 휘둥그러지고 부질없는 욕기가 꿈틀거렸다가 다시 몸이 떨리는 어떤 두려움이 자신을 일깨웠다. 범행현장과 범인의 연상이 떠오르며 진저리가 나는 것을 머리를 흔들어 지워버렸다.

　그를 범죄로 몰아넣은 것은 나라는 생각에 죄책감이 몰려왔다. 기태 형이 한탕만 하자고 유혹했을 때 함께 가주었거나 빠지려면 진지하고 어떤 구체적인 대안으로 말렸어야 했다. 도둑 일도 마음과 손발이 잘 맞는 동업자가 역할분담을 잘해 주어야 성공률이 높고 잡힐 확률이 적다. 내가 망설이자 잔뜩 돈이 급한 기태 형은 네까짓 것 아니면 내가 못할 줄 아느냐는 오기로 절단기로 열쇠를 자르고 혼자 무리하게 일을 저질렀을 것이다.

CCTV에 찍힌 오토바이의 주인이 판명되면 그다음은 사실이 밝혀질 것이고 전과가 많은 기태 형은 이번에는 장기형을 선고받을 것은 빤한 일이었다. 늦발에 첫 출산을 한 형수의 형편을 생각한들 어려서부터 많은 도움을 받고 살아온 나와 옥희가 어떻게든 도와주어야 할 텐데 엄두가 나지 않았다. 일단 그를 만나야 했다. 우선 급한 대로 가방을 오토바이 뒤에 묶고 여러 가지 생각으로 복잡한 머리에 헬멧을 뒤집어썼다.

병원으로 달리는 동안에도 기태 형을 도울 수 있는 방법을 생각하느라 머리통이 깨질 것 같았다. 아무리 생각해도 그가 해외로나 도망을 한다면 모르거니와 그렇지 못할 때는 최선의 방법은 자수뿐인 것 같았다. 그러나 성미가 불같은 그에게 섣불리 자수를 권하기도 어렵거니와 또 그의 계획도 모르고 어떤 예기치 못한 행동을 할지 알 수 없었다.

병원에 도착하여 뜻밖에 간호사들이 들락거리는 입원실 앞 복도 벤치에 앉아 태평하게 졸고 있는 기태 형을 발견하고 눈을 의심했다. 어깨를 흔들어 깨웠다. 산모를 물었더니 무사히 아들을 낳았다고 말했다. 나는 졸음을 이기지 못하는 그를 병원의 작은 뜰로 불러냈다. 뉴스 이야기를 알리며 어떻게 하면 좋겠느냐고 했더니 나더러 상관하지 말라고 쏘아붙였다. 어차피 오토바이가 찍혔으니 미리 자수를 하는 것이 좋을 것 같다고 조심스럽게 말했다.

"너 지금 뭐라고 했냐? 자수?"

번뜻 잠이 달아난 듯 눈을 부라린 기태 형의 얼굴이 무섭게 일그러졌다.

"그 길이 가장 최선인 것 같아서…."

"너 미쳤냐? 언제부터 부처님이 됐어? 너는 불면되잖아!"

"어떻게 내가 형을 불어? 형, 그러지 말고 자수하자."

"이제 나에게 명령이야! 이자식이…."

말이 떨어지자마자 주먹이 날아왔다. 아구턱에 강한 충격과 동시에 나는 뒤로 벌렁 나자빠졌다. 기태 형은 뒤도 돌아보지 않고 다시 병원으로 들어가 버렸다. 그는 이미 제정신이 아니었다.

나는 기태 형을 잘 알고 있다. 자존심이 강하고 성미가 불같아 앞뒤를 가리지 않는 그를 더이상 자수로 이끌기는 어렵다고 판단했다. 이 직업에 물든 사람치고, 올바른 가정과 교육으로 수련되지 않은 사람은 그의 내면에 깊숙이 길들여진 도벽을 타의에 의한 설득으로는 쉽게 교정할 수 없는 것이었다. 있다면, 어떤 환경과 계기가 그의 내면의 인성과 영혼을 일깨워서 스스로 양심이 회복되는 한 가지 뿐일 것이라고 생각했다. 하지만 이 급박한 상황에서 그런 일이 일어날 수 있는 계기나 인자를 달리 찾을 수 없는 노릇이었다. 만약 피해자가 죽는다면 기태 형은 강도 살인범이 아닌가? 다급한 상황에서 흐려진 판단력은 엉덩이에 불이 붙은 황소처럼 무작정 어딘가로 뛸 것이다. 또는 쫓기다가 벼랑 끝에 이르면 자칫 어떤 극단적인 행동을 할지 알 수 없는 일이었다.

꼬리를 물고 일어나는 여러 가지 생각의 가닥을 잡지 못한 채 집으로 돌아왔다. 옥희는 출근을 하지 않고 울고 있었다. 눈이 퉁퉁부은 원망스러운 눈으로 나를 쳐다봤다. 지금까지 그렇게 우는 것은 처음 보았다. 나는 두 팔로 그녀를 꼭 안고 등을 토닥였다. 가슴팍을 밀치고 빠져나와서 문자를 찍어서 보여주었다. '제발 자수해요.' 였다.

'자수?' 입에 올렸다가 얼버무렸던 자수란 문자가 이번에는 회전하는 다트에 던진 핀처럼, 여러 생각이 형체를 잃고 동심원으로 돌고 있는 나의 뇌리에 꽂히면서 혼란이 멈췄다. 마치 머릿속이 텅 빈 것처럼 마음이 편안해졌다.

상황을 알아보려고 텔레비전을 켰다. 어젯밤 금은방 강도 사건을 거듭 요란하게 떠들어대고 있었다. 금은방은 별다른 보안 시설을 하지 않고 평소 주인이 가게에 딸린 다락방에서 잠을 자다가 변을 당했다고 말했다. 국과수에서 범인의 오토바이 번호가 곧 판명될 것이므로 범인의 검거는 시간문제라고 했다.

오늘 중으로 일단 나는 채포될 것이었다. 형사의 취조 기술은 그 다음 진범을 불수밖에 없도록 몰아갈 터인데 내 입으로 형이 범인이라고 일러바치는 짓은 죽어도 못할 것 같았다. 그렇다고 불지 않으면 내가 범인이 되는 진퇴양난의 상황이었다. 오토바이를 멀리 버리고 어젯밤에 도난을 당했다고 발뺌을 하는 수가 있기는 했다. 그러나 이미 타이밍을 놓쳤고 호락호락하지 않은 경찰이 그런 연극에 속을 리도 없으려니와 수사를 확대하면 결국엔 기태 형은 물론이고 나까지 공범으로 몰리고 말 것이었다.

'그렇다. 기태 형과 맺어진 동업자의 숙명, 그동안 형은 항상 옥살이를 자기가 도맡지 않던가?' 그런 얄팍한 의리 이전에 진심으로 기태 형과 형수를 도와줘야 한다는 생각만이 머리에 꽉 차 있었다. 어차피 내 오토바이로 판명이 될 것이고 장물도 가지고 있겠다 굳이 내 입으로 형을 범인이라고 불어 감옥에 보내느니 차제에 내 자신이 그를 대신하는 것이 찾지를 못했던 그 한 가지 방법, 그의 내면의 인성과 영혼을 일깨우고 스스로 양심이 회복되어 갱생으로 인도하는 길이 아니겠는가 하는 생각에 이르렀다.

청일이가 기어와서 내 무릎에 안겼다. 앵무새도 내 기척을 알아듣고 날개를 퍼드덕거려 문을 열어주었다. 내 어깨에 앉아 '안녕'을 재잘댔다. 이 땅의 자연에서 살수만 있다면 푸른 하늘로 훨훨 날려 보내주고 싶었다. 아들과 옥희는 물론이지만 내가 왜 이렇게 앵무새에게 정과 사랑이 깊어지는지 알 수가 없었다.

지금 나의 감성과 갈등을 하고 있는 비정상적인 생각을 이들이 동의를 할지 않을지, 그것이 올바른 길인지 아닌지, 무모한 짓은 아닌지 모르지만 나는 옥희에게 자수를 하겠다는 문자를 찍었다. 그걸 본 그녀의 눈에서는 왈칵 눈물이 쏟아졌다.

날은 이미 밝은 아침이 열리고 있었다. 내가 나서 지하실 계단을 오르자 나를 전송하려고 옥희는 청일을 안고 뒤따라 나왔다. 어깨에는 어느새 앵무새도 앉아 있었다. 옥희가 나의 손을 꼭 잡았다. 따뜻한 손이 부들부들 떨리고 있는 것을 느끼며 문밖으로 나왔다.

갑자기, 철그렁하는 차가운 금속성과 동시에 두 장정이 달려들어 내 손목에 수갑을 채웠다. 한 사람은 날쎄게 가방을 낚아채서 슬쩍 지퍼를 열어 수갑을 채운 사람에게 보이고는 다시 닫았다. 눈 깜짝할 사이에 일어난 일이었다. 난데없는 실랑이에 청일이 놀라 울음을 터뜨렸다.

옥희가 자수를 하러 가는 것이라고 문자를 찍어서 형사에게 보여줬다. 형사는 흘끗 보더니 입을 비죽 내밀뿐 무전기를 꺼내 들었다.

"25번, 반장님 검거했습니다. 오버. …. 네, 도망하려고 부부가 집을 빠져 나오는 것을 체포했습니다. 장물도 압수했습니다. 오버. …. 네,

바로 연행하겠습니다. 라저."

　자수를 해도 자신들의 검거로 몰아 실적을 세우는 형사들의 버릇은 자주 겪던 일이다. 자수를 입 밖에 내기 전에 수갑이 일 초라도 빨랐으니 검거라 해도 할 말이 없었다. 옥희가 의아한 듯 아직 눈물이 채 마르지 않은 눈초리로 나를 쳐다봤다. 나는 걱정말라고 고개를 끄덕였다. 이 마당에 자수면 어떻고 체포면 어떠냐 싶었다. 근처에 세워둔 승합차에 오르려 할 때였다.

　"바보!" "바보!"

　갑작스런 욕 소리에 모두 깜짝 놀라 뒤를 돌아봤다. 옥희의 어깨에 앉아 있는 앵무새가 지껄이고 있었다.

　차가 움직이자 뒤창으로 옥희의 모습을 바라봤다. 다시 눈물이 쏟아지는지 한 손은 눈을 덮고 있었다. 짧은 시간, 아들의 눈물이 고인 해맑은 눈동자와 내 눈의 초점이 허공에서 부딪쳤다.

　"바보!"

　다시 멀어지는 소리를 들으며 왜 바볼까? 앵무새 소리가 귓전에서 맴돌기만 했다.

※ 2018. 『문학사계』 봄호

형수

형수

:

"축하해!"

'족집게'가 지나가면서 소리친다. 평소에는 마주치지 않으려고 피해 다니는 교도관이다. 사소한 규범을 위반해도 족집게처럼 들추어 내 벌을 준다고 수형자들이 그렇게 부른다. 출소를 앞둔 수형자는 으레 축하를 받기 마련이지만 수용 생활 동안의 권리침해 등 설문서를 쓰고 나가기 때문에 새삼 친절한척하는 꼼수다.

삼년 동안 나는 큰집 생활을 하면서 빨리 나가고 싶은 마음 같은 건 없었다. 사인死因이야 어찌 되었건 죄책감으로 자청한 거나 다름없는 옥살이이기에 억울하다는 생각을 한 적도 없었다. 이제 형기 종료일이 얼마 남지 않았으니 내가 바랐던 대로 일단 법적으로는 죄 값을 치룬 셈이다. 그런데도 축하를 받을 만큼 기쁘지 않고 도리어 마음이 어수선하고 꺼림칙하다. 아직도 부질없는 상상이 떠오르는 마음의 허물을 청산하지 못한 때문이리라.

왜 나는 하필 그 때 오줌이 마려웠을까…. 화장실 문을 여는 순간 황홀했던 눈요기의 대가치곤 너무 가혹한 신세지 않는가? 그때 형도 나를 패죽이고 싶었을 것이다. 질투를 했을 수도 있는 상황이었으니까. 솔직히 나는 그 전부터 형수가 좋았다. 물론 사랑 같은 것은 아니지만 그저 좋았고 친하고 싶었다. 그러나 그날 일어난 일은 정말로 우연이었고 실수였다.

어쩌면 우리집은 아버지가 돌아가시면서 비운이 시작되었는지도 모른다. 내가 세 살 때 암으로 돌아가셨다고 들었다. 병 치료에 전 재산을 날리고 홀로 된 어머니는 도움을 받을 친인척도 없었다. 시장에서 좌판장사를 시작했다. 사글셋방을 전전하며 뼈가 빠지게 돈을 벌어 어린 두 아들을 먹이고 가르쳤다. 대학은 꿈도 꿀 수 없었다. 형은 특성화고등학교에 입학하여 목공기술을 배웠다. 2년 후 나도 같은 학교 같은 과로 형을 따라갔다.

나는 졸업하고 곧바로 주방가구를 만드는 공장에 취직했다. 형은 체격이 작은데다 몸도 약했고 성격이 소심한 탓이었는지 나보다 취직이 늦었다. 첫 월급을 타서 어머니에게 봉투 채 드렸더니 눈물을 훔치셨다. 그러나 어머니가 가장 힘들어한 것은 집이었다. 집세가 오를 때마다 낡아빠진 살림살이를 머리에 이고 들고 이사를 다녔다. 언제 내 집에서 살날이 있을 거냐는 한탄을 들을 때마다 나는 이를 악물었다.

우리 식구는 먹고 싶은 것 참고 남이 입은 좋은 옷 외면하며 돈을 모았다. 내가 스물네 살이 되었을 때 겨우 방 두 칸짜리 아파트를 살 수 있었다. 이사하던 날 이제 죽어도 한이 없다고 기뻐하던 어머니의 모습이 지금도 눈에 선하다.

집이 마련되자 어머니는 옆자리에서 좌판 장사를 하는 이모아줌마에게 형의 신붓감을 구해주라고 들볶았다. 남편을 잃은 같은 처지라 형님동생하며 가깝게 지내서 우리는 이모아줌마라고 불렀는데 고등학생인 외동딸이 졸업만 했어도 형님과 사돈 삼고 싶다는 말을 입버릇처럼 했다. 결국 시골 친정 동네의 처녀를 중매하여 어머니의 두 번째 소원이 이루어지게 되었다.

형의 결혼식은 간소하게 치렀으나 어머니는 오만 정성을 쏟았다. 신부는 형보다 두 살이 더 많았어도 약간 살진 편이라서 그런지 나이가 들어 보이지 않았다. 나도 형수 같은 색시와 결혼했으면 좋겠다는 생각을 했다. 촌티가 나고 그리 예쁘지는 않았으나 처음 봤을 때 둥그스름한 얼굴이 밝고 복스러워서 호감이 갔다.

새 식구가 들어오자 당장 집이 좁아 불편했다. 작은방에서 형과 함께 지내던 나는 어머니 방으로 쫓겨 갔다. 나도 얼른 벌어서 장가도 가고 독립해야 된다는 생각에 야근도 마다하지 않고 악착같이 일했다. 형수는 하나뿐인 시동생에게 몹시 친절했다. 항상 밤늦게 귀가하는 나를 위해 반찬을 따로 남겨 두었다가 따뜻이 데워주어 고마웠다. 새색시 때부터 형수는 나를 도련님이라고 부르지 않고 용식 씨라고 이름을 불렀다. 친정에서는 손아래 시동생은 이름을 부르거나 아무개 오빠처럼 애들의 호칭을 따라 부른다고 했다. 어머니가 이름을 부른다고 나무랐기 때문에 남이 있을 때는 별로 나를 부르지 않았다. 조카가 삼촌이라고 입을 떼기 시작하면서부터 삼촌이라고 불렀다.

나는 그런 형수가 좋았고 더 허물없이 지내고 싶었다. 그렇다고 함부로 대하기도 어려웠다. 비록 시골 태생이고 인정이 많았지만 예의와 사리에 밝고 생각과 처신이 흐트러짐이 없어 조심스러웠다. 더구나 나이가 네 살이나 많아서 어떤 때는 누님 같은 포근함을 느끼기도 하여 형수님이라고 불렀다.

결혼 후 이태 만에 형수는 임신을 했다. 온 식구가 형수를 보살폈다.

어머니는 장사를 마치고 집에 오면서는 고기를 사가지고 왔다. 형은 말할 것도 없지만 나는 더 자주 형수가 좋아하는 귤을 사오기도 하고 순대도 사다 주었다. 그때마다 형수는 미소를 띠고 빤히 바라보며 고맙다고 했고 나는 그 한마디가 즐거웠다.

옥동자가 태어나자 어머니는 쌀밥과 미역국으로 삼신상을 차려 장손의 무병장수를 빌었다. 그리고 작명가를 찾아가서 김진수라는 아기의 이름을 받아왔다. 돌 때는 풍족하게 음식을 장만하여 시장의 이웃들을 초대하여 잔치를 베풀었다.

진수 돌잔치의 축하 분위기가 식기도 전이었다. 어머니가 갑자기 몸져누웠다. 고생 끝에 몸과 마음이 편해지자 긴장이 풀리면서 지병인 심부전증이 악화한 것이었다. 엎친 데 덮친다더니 형마저 시름시름 앓았다. 어디가 딱 부러지게 아픈 것이 아니었다. 병원에서 혈압, 심장, 당료 성한 곳이 없다고 했다. 더구나 빈혈성 현기증으로 머리가 아프고 금방 피로하여 무력감이 왔다. 결국 직장을 그만두었다. 불시에 집안 식구를 내가 먹여 살려야 했다. 노쇠한 어머니는 병원을 드나들며 치료를 받았으나 이년을 더 살지 못하고 고달팠던 이승을 하직하고 말았다.

한방에서 지내던 어머니가 세상을 떠나자 슬픔도 참기 어려웠지만 외로움을 견디기가 더 힘들었다. 퇴근하고 집에 돌아오면 반갑게 맞아주던 어머니 생각에 눈물로 밤을 새운 날이 많았다. 집안 살림을 맡은 형수는 상심이 큰 나에게 더 마음을 써준 것 같았다. 매월 어머니에게 주던 월급봉투를 형수에게 주기 때문이기도 했을 것이다.

형은 병원에 가는 날이 아니면 방지기 신세였다. 형수는 나의 월급으로 살아가기가 어렵고 또 나에게만 의지하기가 미안했는지 마트에 취업했다. 점점 몸이 더 쇠약해진 형은 자주 신경질을 부리고 형수와 다투는 일이 잦아졌다. 특별히 싸울만한 일이 있어서가 아니었다. 마트에 나가면서 형수가 좋아하던 장미꽃 무늬가 든 치마를 사 입은 것을 트집 잡기도 하고 크게 다툰 날은 으레 늦게 귀가한 날이었다. 내가 보기에 형은 신경쇠약에다 의처증까지 생긴 것 같았다.

그날은 억수로 일진이 나쁜 날이었던 것 같다. 일요일 오후였는데 나는 오줌이 마려워 화장실에 갔다. 문을 여는 순간 동공에 가득 찬 풍만한 여체에 놀라 동그랗게 눈을 뜬 채 어름처럼 굳어버렸다. 실오라기 하나 걸치지 않은 형수가 놀라서 어정쩡 일어서며 나를 쳐다봤다. 더운물에 젖은 살결이 하얗게 빛났다. 양팔로 가슴을 가렸으나 밑으로 마른대추 같은 젖꼭지가 붙은 탐스러운 살무덤이 드러나 보였다. 사타구니 사이에 수북한 까만 거웃이 유일한 가리게였다. 처음 본 여자의 육체에 황홀하여 움직일 줄을 모르다가 무슨 소리를 들었다. 아마도 문을 닫으란 소리였을 것이다. 나는 황급히 문을 닫고 뒤돌아섰다. 그때 안방에서 나온 형과 눈이 마주쳤다. 형의 얼굴이 고약하게 일그러졌다.

"야! 너는 노크도 않고 화장실 문을 불쑥 열어? 버릇없이."

말도 제대로 하지 못하던 형이 어디서 그런 큰 소리가 나는지 더 놀랐다. 민망하여 황급히 밖으로 나가려는데 뒤에서 다시 큰소리가 집 안에 울렸다.

"그래, 대낮에 문도 안 잠그고 발가벗고 목욕을 해?"

"…."

"일부러 안 잠갔지? 몸뚱이 자랑하려고? 차라리 문을 활짝 열어놓고 하지."

82

형수의 말대꾸 소리는 들리지 않았다. 뒤통수를 때리는 고함소리를 피해 허겁지겁 집을 벗어났다. 얼굴이 화끈거리고 가슴이 두근거렸다. 얄궂게 아랫도리가 뻐근하게 부풀어 올라 있었다. 고개를 저어 망막에 남아있는 잔상을 지웠다. 화장실이 하나뿐인 집을 탓할 수도 없었다. 왜 노크를 하지 않았는지 후회하며 가슴을 쳤다. 그렇다고 나의 행동이 어색하면 집안 분위기가 걷잡을 수 없이 더 악화될 것이었다. 머릿속에서 흥분과 후회가 회오리치는 혼란이 진정되기를 기다려 다시 집으로 들어갔다.

　저녁 식사 때가 되어 나는 태연하게 식탁으로 가서 평소처럼 형 옆자리에 앉았다. 살짝 곁눈질로 형수를 보았다. 아무런 표정이 없이 예전처럼 밥을 차려주었다. 형은 말이 없었지만 꽉 다문 입은 오리주둥이처럼 튀어나왔고 비구름이 덮힌 날씨처럼 얼굴이 어두웠다. 눈의 초점을 흐린 채 힘없이 앉아 있어 찍소리도 낼 수 없는 분위기였다. 후딱 밥그릇을 비우고 일어나 내방으로 갔다. 잠자리에 눕자 하얗고 탄력이 넘친 아름다운 나상이 다시 눈에 어른거렸다. 몸이 후끈거렸다. 호기심과 젊음과 이성이 갈등하고 형의 일그러진 얼굴이 떠오른 통에 잠이 오지 않았다.

　아침에 일어나 식사를 하면서도 나는 일부러 형수와 눈을 마주치지 않으려고 했다. 형수도 나에게는 눈길을 주지 않았다. 아무 일도 없었던 것처럼 행동했으나 형은 여전히 오만상을 찌푸리고 있어서 집안 분위기가 침울했다. 직장에 출근하여 일을 하면서도 망막에 풍만한 나상이 그림처럼 떠올랐다. 이래서는 안 된다고 머리를 흔들어 스스로를 책망하면서 그렇게 아름다운 몸매를 보고 충동이 일지 않는 남자가 있으랴 싶었다.

퇴근하고 버스에서 내려 아파트로 가는데 앞에 형수가 보였다. 손에 반찬거리인 듯 비닐봉지를 들고 언덕길을 올라가고 있었다. 발을 뗄 때마다 치마가 미어질 듯 엉덩이가 씰룩거렸다. 그 밑으로 뻗은 통통한 종아리에 묻은 눈이 치마 속으로 파고들어가려고 했다. 헛기침을 하여 헛된 생각을 일깨우고 앞으로 달려가 "형수님!" 하고 낮은 소리로 불렀다. 그리고 손에서 봉지를 빼앗아들었다. 형수의 손과 닿는 순간 찌릿한 정전기가 이는 것 같았다. 형수가 깜짝 놀라 돌아보았다. 나를 보자 입을 팔로 가리고 수줍은 웃음을 지었다.

"형수님 미안해요."

나는 어제 실수한 일을 사과했다. 형수는 얼굴만 빨개질 뿐 대답이 없었다. 그리고 나를 흘끗 쳐다보고는 다시 부끄러운 표정으로 웃으며 고개를 숙였다.

집으로 들어서자 형이 형수와 나의 얼굴을 번갈아 보았다. 부릅뜬 눈에 노기가 서렸다. 왜 둘이서 함께 오냐는 의심의 눈초리였다. 당황했지만 엎질러진 물이었다. 아뿔싸! 형수가 방으로 들어가자마자 큰소리가 났다. 무슨 소리인지는 모르지만 형수가 대답을 했다. 이어 '철석' 뺨을 때리는 소리가 들렸다. 나는 안방으로 뛰어 들어가려다 멈췄다. 다시 두들겨 패는 소리가 났다. 형수가 울었다. 어린 조카의 울음소리가 터졌다. 참다못해 나는 방문을 확 열어 제키고 들어갔다.

형수는 방구석에 쪼그리고 맞고 있었다. 조카는 무서워서 부들부들 떨면서 울었다. 형은 얼핏 나를 보더니 창백한 얼굴에 눈이 뒤집혔다. 그렇게 무서운 얼굴은 처음 보았다. 형수를 발로 짓밟기에 나는 형을 붙잡고 말렸다.

그는 나를 뿌리치고 부엌으로 뛰어가더니 맥주병 같은 것을 들고 왔다. 나는 양팔을 벌려 가로막았다. 그는 병을 추켜들고 비키라고 악을 쓰며 나를 밀쳤다. 오래 서 있지도 못한 사람이 어디에서 그런 힘이 나는지 겁이 났다. 그대로 두면 형수를 죽일 것만 같았다. 두 손으로 병을 든 손을 붙잡았다. 형은 다른 손으로 나를 후려치고 놓으라고 고함을 지르며 마구 발길질을 했다. 나는 맞으면서도 붙잡은 손을 놓지 않았다.

어떻게든 병을 빼앗아야 하겠기에 붙잡은 손을 힘껏 휘둘러서 잡아당겼다. 형이 병을 떨어뜨리고 덜퍼덕 쓸어졌다. 다친 곳은 없는데 사지가 축 늘어져 상태가 이상했다. 팔을 붙잡고 일으켜 세우려고 했더니 힘없이 허물어져 일어나지 못했다. 하얗게 혈색이 가신 얼굴에 식은땀이 나고 눈알이 뒤집혀 흰자위만 보였다. 가쁜 숨을 헐떡이며 입에서 침을 흘렸다. 형수가 놀라서 흔들어 깨웠으나 반응이 없었다. 나는 휴대전화를 찾아 다급하게 119를 눌렀다.

구급차로 이동하는 동안 구급대원이 코와 입에다 산소호흡기를 씌웠다. 의식이 없었지만 가쁘게 몰아쉬는 가냘픈 숨소리를 느꼈다. 구급대원은 약하지만 심장이 뛰고 있다고 다른 응급조치를 하지 않았다.

병원 응급실에 도착하자 간호사가 다시 산소호흡기를 대고 가슴에다 심전도의 전극을 붙이는 등 바쁘게 움직였다. 의사가 쓰러진 경위를 자세하게 물었다. 나는 집에서 벌어졌던 상황을 그대로 이야기했다.

팔에 주사를 놓고 난 간호사가 갑자기 심전도 모니터를 가리키며 소리쳤다. 의사가 급하게 형의 옷가슴을 풀어헤치고 다리미 같은 것을 가슴 양쪽에 댔다. '퍽' 소리와 함께 형의 상체가 튀어 올랐다. 심장

충격기인 듯 계속해서 충격을 주었다. 형은 반응이 없었다. 가슴에 청진기를 대고 있던 의사의 얼굴이 심각해지며 가망이 없다면서 고개를 저었다. 하늘이 무너지는 것 같은 소리에 나는 넋이 나갔다.

형수는 울음을 터뜨렸다. 나는 겁도 나고 기가 막혀 눈물도 나오지 않았다. 조금 후 조무사가 와서 하얀 천으로 형을 덮고 침대를 끌고 갔다. 형수는 울면서 따라갔지만 나는 어찌할 바를 모르고 허둥대며 걸어갔다. 형을 잃은 슬픔보다 두렵고 나와 다투다 쓰러진 죄책감으로 온몸이 후들후들 떨렸다.

장례준비를 서둘러야 하는데도 머리가 텅 비고 몸이 굳어 움직일 수 없었다. 얼마쯤 시간이 흘렀을까. 나를 찾는 소리에 정신을 차렸다. 경찰이었다. 나더러 경찰서로 가자고 했다. 일순 뜨끔한 두려움을 느꼈지만 당연히 가서 경위를 설명해야 할 것이라고 생각했다. 하지만 슬픔과 상심에 제정신이 아닌 형수 혼자 장례를 치르게 놔두고 갈 수 없었다. 장례를 마치고 가겠다고 했더니 경찰은 대뜸 김대식 사망건에 대한 피의자로 체포한다고 말했다.

놀라고 황당한 것은 나만이 아니었다. 형수가 용식 씨는 죄가 없다고 매달려 호소했으나 소용이 없었다. 당신은 묵비권을 행사할 수 있으며 어쩌고 변호인을 선임할 수 있다는 등 주술 같은 소리가 귀울림처럼 들렸다.

경찰서에 도착하자 도주와 증거 인멸의 우려가 있어 구속영장을 청구했다면서 영창에 가뒀다. 나는 정말로 나에게 과실이 있는 건지 머리가 혼란할 뿐 항의할 엄두가 나지 않았다. 불만과 불안, 그리고 형수 걱정으로 쪼그리고 앉아 밤을 샜다.

다음 날 아침 뜻밖에 이모아줌마가 면회를 왔다.

"어제 전화를 받고 장례식장으로 달려갔었네. 형수가 자네 걱정을 하면서 만나보고 오라고 해서 왔네."

눈물겹게 고마웠다. 장례식이랑 형수의 걱정을 했더니 당분간 다른 일 제쳐놓고 형수를 도울 것이니 염려하지 말라며 돌아갔다. 나는 오후에 불려나가 심문을 받았다. 형사는 처음, 형과 다툰 상황부터 물었다. 나는 그때 상황을 사실대로 설명했다.

"내가 손을 뿌리치면서 넘어지기는 했지만 어디도 다치지 않았습니다."

설명이 끝나자 형사가 폭행치사라고 했다. 사태가 심각한 것을 깨달았다. 죄책감과 사실은 다른 문제였다. 나는 정신을 바짝 차리고 강하게 부인했다.

"폭행이라니요? 병으로 때리면 형수가 죽을 것 같아 병을 빼앗으려고 한 것이지 폭행을 하지 않았습니다. 오랫동안 앓아누워서 심신이 쇠약한 사람이 갑자기 흥분하여 혼절한 것 같습니다."

"사소한 몸싸움이라도 사망하면 폭행치사죄를 면할 수 없는 거야!"

"아니에요. 형이 병만 휘두르지 않았으면 맞고만 있었을 것이에요."

항변해도 형사는 나의 설명을 무시했다. 똑바로 쏘아보며 의사가 몸싸움 끝에 쇼크로 인한 사망 같다는 소견의 진술이 있었다고 말했다. 부인하면 더 불리하다고 핀잔을 주었다. 문제는 고의성의 유무라면서 정확한 사인을 밝히기 위해 부검을 하게 될지도 모른다고 했다.

"고의성이요? 뭐, 부검?" 나는 부검이란 말에 소름이 끼치고 현기증이 났다. 형의 시신을 부검하다니? 나는 입이 더는 열리지 않았다. 형이 언제 어떻게 죽었던 의사가 나와 몸싸움 끝에 쇼크사 같다는 소견을 진술했다면 변명할 여지가 없었다. 더구나 내가 부인하면 부검을 할 것 같았다. 입을 다물 수밖에 없었다. 어안이 벙벙할 뿐 하고 싶은 말도 꼴깍 목구멍으로 삼켰다. 나는 형사가 묻는 대로 '네, 네' 하고 대답했다. 형을 살해할 의도가 있었느냐는 질문만은 고개를 저었다.

'살해할 의도라니? 아무렴, 추호라도 어찌 형을 죽이려는 마음은 고사하고 폭행인들 고의가 있었겠는가?'

순순히 대답만 했으니 취조는 이틀 만에 끝났다. 진술서도 대강 훑어보고 지장을 찍었다. 경찰의 증거 보강 때문에 시일이 걸렸을 뿐 바로 검찰로 송치되었다. 죄명은 폭행치사죄였다. 의사의 정식 사망진단은 혈압 저하로 인한 쇼크사였지만 기저 환자가 몸싸움으로 인한 흥분으로 혈관의 확장에 의한 혈압 저하라는 소견이 있었기 때문이었다.

나는 검찰에서도 경찰의 조서를 그대로 시인했다. 검사는 한술 더 떠서 미필적 고의라고 추궁했다. 형이 오랫동안 병을 앓고 있었기 때문에 심신이 극도로 쇠약하여 폭행을 당하면 사망에 이를 수도 있다는 개연성을 인식하고 있었다는 것이었다. 어처구니가 없었지만 나는 이미 자포자기 상태였다. 그리 생각한다면 그리 벌을 주시면 되지 않느냐고 대답하고 말았다.

형수가 변호사를 선정해 주려고 했으나 거절했다. 결국 국선변호사가 재판을 도왔다. 변호사가 상해치사나 폭행치사, 과실치사는 형량이 다르므로 부정할 것은 부정해야 한다고 조언했다. 그러나 어차피 무죄로 벗어날 수 없는 상황일 바에야 일이년 형기를 감하기 위해 구질구질하게 변명하고 싶지 않았다. 형과 조카와 형수에 대한 죄책감 외에도 돌아가신 어머니에게 대한 불효한 마음이 더 괴로웠다. 내가 속죄할 수 있는 방법은 응분의 죄 값을 치르는 것뿐이라고 생각했다.

검사는 오년의 징역형을 구형했다. 형수가 쫓아다니며 유리한 증언을 해주고 무죄를 위해 탄원서를 제출했으나 판결은 징역 삼년의 선고였다. 피고인 내가 적극적으로 항변했으면 과실치사로 판결이 났을지도 모르지만 죄명은 폭행치사죄 그대로였다. 고의가 입증되지 않아 살인죄를 면한 것만은 다행이었다.

변호사와 형수가 상고하도록 권고했음에도 거절했다. 형이 확정된 나는 안양교도소에서 수형생활을 시작했다. 교도소 경내의 나무들은 잎이 누렇게 변해 찬바람에 날리고 있었다. 소리 내어 울고 싶도록 서글펐다. 일주일이 지나자 종일 긴장하고 날을 보내던 생활도 그곳 나름의 규범과 관습에 서서히 길들어갔다.

가장 먼저 접견을 온 사람은 다니던 직장의 공장장이었다. 회사에서 면직이 된 것을 알려주러 온 것이었다. 사규에 의한 것이니 이해하라며 삼 년만 건강하게 견디어내고 다시 만나자고 위로했다. 월급과 퇴직금을 영치하겠다기에 급료를 입금하는 통장에 넣어달라고 했다.

며칠 후 형수가 접견을 왔다. 애처롭게 나를 빤히 바라보기만 할 뿐 별다른 위로의 말은 안 했다. 수척해진 얼굴이 예뻐 보였다. 그동안 나의 무죄를 위해 애써주어 고맙다고 말하려고 했으나 반가움과 미안한 생각이 교차할 뿐 나도 말이 나오지 않았다. 약간의 돈을 영치했다고 입을 뗐다. 나는 돈은 필요 없으니 다음에는 영치하지 말라고 했다. 그리고 회사에서 급료와 퇴직금을 통장에 넣었을 것이니 생활비에 쓰시라고 했다. 그녀가 돌아서 나가는 뒷모습을 보면서 사건이 난 후 처음으로 부질없는 상상과 묘한 감정이 일었다.

매일 규칙적인 생활을 이어가면서 다시 딴 생각을 할 마음의 여유가 없었다. 그러나 형수가 접견을 하고 다녀간 때마다 그런 감정에 젖었다. 어떤 날은 형을 폭행하거나 형수와 결혼한다는 망측한 꿈을 꾸기도 했다. 하지만 온전한 정신으로는 단순한 성적욕구였지 나쁜 생각을 한 것은 아니었다.

입소한지도 벌써 일 년, 교도소 경내 수목들의 잎이 다시 단풍들고 소슬한 바람이 불어 왔다. 형수가 접견을 왔다. 혼자가 아니었다. 등 뒤에 웬 남자가 서 있었다. 쉰 살쯤 되어 보이는 중노인 같은데 나이에 걸맞지 않게 감색 양복에 빨간 넥타이가 유난히 눈에 띄어 겉늙어 보이는 것도 같았다. 아파트의 상속 때문에 함께 왔다며 법무사라고 소개했다. 그는 일 순위자인 형수와 나, 두 사람이 똑 같이 상속을 받게 된다고 말했다. 그리고 아파트는 공동으로 소유하고 예금은 나누어 갖는다며 절차와 수속에 대해 설명했다.

이야기를 듣고 잠시 애환이 얽힌 집 생각에 잠겼다. 집을 사서 이사하던 날 기뻐하시던 어머니, 형의 결혼과 좁고 불편했던 생활, 그리고 화장실 사건 등 지난날의 일들이 주마등처럼 망막에 스쳐갔다. 나는 대답이 나오지 않았다. 비록 실수였지만 나로 인해 홀로된 형수가 아닌가? 그리고 아버지를 잃은 어린 조카를 생각한들 넙죽 상속을 받겠다고 대답할 염치가 없었다. 나는 아직 젊고 기술이 있으니 출소하면 어디서 무엇을 한들 못 살겠는가? 나는 망설이다가 상속을 포기하겠다고 말했다. 예금도 모두 생활비로 쓰시라고 했다.

법무사는 담담히 듣고 있었으나 형수는 놀라는 눈치였다. 우리는 염려하지 말고 후일을 위해서 상속을 받으라고 했다. 나는 고개를 저으며 법무사에게 모든 것을 그렇게 처리해 주도록 위임했다. 지금까지 보살펴준 형수에 대해서도 나의 성의고 진심이었다. 언젠가 석방이 되면 함께 살면서 내가 열심히 벌어서 형수와 조카를 도우며 살겠다고 말했다.

그들을 보내고 나서 형수는 나를 어떻게 생각하고 있을까 궁금했다. 아마도 나만큼은 아니지만 좋게 생각할 것이라고 믿었다. 그리고 또 야릇한 생각이 떠올랐다. 그러나 그 후로 형수는 오랫동안 접견을 오지 않았다. 소식이 없자 가끔 생각이 날 때면 보고 싶기도 하고 섭섭하기도 하고 또 혹시 몸이라도 불편한지 걱정이 되었다.

설이 지나고 따뜻한 봄날이었다. 오랜만에 형수가 접견을 와주었다. 너무 반가웠다. 형수는 예전처럼 나를 바라보지 않고 고개를 숙이고 있었다. 그리고 무슨 말을 하려다가 망설였다. 잠시 후 어렵게 연입에서 '개가'란 말이 들렸다. 나는 무슨 말인지 잘 몰라서 '개가'가 뭐냐고 되물었다. 뜻밖의 소리에 나는 온몸이 무너져 내리는 것 같은 충격을 받았다. 재혼을 하게 되었다는 것이었다. "재혼?" 벌어진 입을 다물지 못하고 천장을 쳐다보고 있는 나에게 이해해 달라는 소리가 들렸다. 혼자 살기가 힘들고 조카의 장래와 여러 가지 사정을 생각해서 결정했다고 말하며 눈물을 훔쳤다. 나에게 양해를 구하거나 그런 것이 아니었다. 이미 결정이 되었고 알려주는 것이었다.

또 한 번 실망한 것은 상대가 작년에 상속관계로 함께 왔던 법무사였다. 요즘 세상에 젊은 과부가 재혼을 하는 것은 당연한 일이고 축하할 일일 테지만 가슴에 어떤 배신감 같은 것이 밀려왔다. 어쩐지 빨간 넥타이가 눈에 거슬리더니 젊은 과부를 유혹해 둘이 바람이 난 것이 틀림없었다. 설령 곧이곧대로 재혼이라고 하더라도 첩살이로 속아서 가는 것이 빤했다. 얄밉고 치밀어 오르는 분통을 참을 수가 없었다.

"잘 하셨네요."

나는 퉁명스럽게 말을 내뱉고 돌아섰다. 나의 냉찬 반응이 그녀의 입을 봉하게 했는지 모르지만 침묵이 흘렀다. 상속문제로 면회를 왔을 때만 해도 형수가 재혼을 하리라고는 꿈에도 생각하지 못했었다. 나 때문에 홀로되었다고 원망한들 할 말이 없는 내가 왜 분하고 심통이 나는지 알 수 없었다. 형기를 마치고 집으로 돌아가 열심히 일해서 형수와 조카를 도우며 살겠다는 희망이 천길만길 낙담으로 무너졌다. 몸을 가누기조차 힘들어 뒤돌아선 그대로 면회실을 나와 버렸다. 감방으로 돌아와서는 아름다운 몸매가 눈에 떠오르면서 자신을 버리고 떠나는 연인과 같은 배신감에 몸부림치며 흐느꼈다.

그 후로 형수는 접견을 오지 않았다. 날이 갈수록 배신감이 증오심으로 바뀌어갔다. 이제는 형수가 아니라고 생각하니 허망했다. 이럴 줄 알았으면…. 아파트 상속을 포기하고 퇴직금까지 몽땅 준 것이 후회되었다. 결국 법무사란 그 녀석에게 몸 뺏기고 아파트까지 뺏기고 말 것이 아닌가? 생각하면 너무 분했다.

날이 지나자 어떤 때는 형수가 가여운 마음이 들었다. 그럴 때면 다시 그리웠다. 전과 같이 좋아하는 마음만이 아닌 배신감, 질투, 증오심 같은 오만 감정이 뒤섞인 혼란스러운 마음의 갈등을 겪으며 하루하루가 흘러갔다. 출소할 날이 다가왔는데도 일단 죄값을 다 치렀다는 기쁨보다 도리어 마음이 어수선하고 꺼림칙한 까닭은 아직도 형수의 생각이 떠오르는 이러한 마음속의 허물까지를 지우지 못한 때문이었다. 하여간에 현실은 이제 전과자란 낙인이 찍힌 몸으로 사회로 나가야 하는 것이다.

'어디로 갈 것인가?'

석방일이 열흘쯤 남은 날이었다. 딱 부러지게 갈 곳을 정하지 못하고 있는데 뜬금없이 한 통의 편지를 받았다. 형수가 보낸 편지였다. 달랑 종이 한 장의 간단한 내용이었다. 착잡한 마음에 봉투 옆구리를 내리 찢고 편지를 꺼냈다.

진수 삼촌께
오랫동안 고생이 많으셨지요?
형기가 곧 만료되네요. 무사히 형기를 마치신 것을 다행으로 생각합니다.
옷과 교통비를 영치하였습니다. 출소하시면 상의할 일이 있으니 일단 집으로 들리시기 바랍니다.
그럼 건강한 모습으로 뵙기 바라며 이만 줄입니다.
　　　　　　　　　　　　　　　　　　　　　　　　　진수 엄마

　진수 엄마? 얄밉기도 하고 고맙기도 하며 그립기도 한 묘한 감정을 다독이며 되풀이하여 편지를 읽었다. 일단 집으로 들리라는 의미가 마음에 걸렸기 때문이었다. 일단이란 집으로 들렸다 다시 가라는 뜻이 담겨있질 않는가? 상의할 일이라니 아무렴, 자기의 변명을 하려는 것이리라. 또는 부모님과 형의 제사를 나에게 떠맡기려는 심보인 지도 모른다. 아니면 아파트를 포기한데 대한 약간의 보상을 하려는 얄팍한 속셈 같기도 했다.

　들리느냐 마느냐 마음이 오락가락하다 가지 않기로 작정했다. 어린 조카도 보기가 민망할 뿐더러 빌붙어 살고 있을 법무사란 놈을 만날지도 모르니 더욱 싫었다. 그 역시 내가 나타나면 옛 남편의 떨거지를 좋아할 리가 없을 것이었다.

　영치한 옷도 입지 않기로 했다. 자존심이라는 것이 있지 어찌 옷을 얻어 입고 봉투를 받으러 가며 그것을 받아 들고 돌아서서 나온단 말인가? 그들을 영원히 잊고 나의 길을 가기로 다짐했다. '어머니만 살아계셨어도 집으로 갈 수 있었을 텐데….' 하지만 어머니를 찾는다는 것은 귀신을 찾는 일이 아닌가?

출소한 날 형기가 종료한 대여섯 사람이 함께 수속을 마치고 큰집 대문을 나왔다. 모두 가족과 친구들이 마중을 나와 있었다. 달려들어 얼싸안은 사람, 두부를 머리에 짓이기는 사람, 펑펑 우는 사람 등 가지가지였다. 혼자인 나는 작은 보따리 하나를 들고 빠른 걸음으로 교도소를 벗어나 버스 정류장을 찾아갔다. 주머니에는 형수가 교통비라고 영치한 10만 원까지 환부 받은 17만 원이 전부였다.

밤잠을 설치며 가기로 작정한 곳은 다니던 가구 공장이었다. 공장장이 면회를 왔을 때 삼 년만 건강하게 지내고 다시 만나자든 위로의 말을 잊지 않고 있었다. 공장에는 야근 때나 당직자가 자는 숙소가 있으므로 월급을 받을 동안 잠자리도 해결할 수 있을 것이었다.

공장 수위실에는 낯선 사람이 앉아 있었다. 공장장을 만나러 왔다고 말하고 나서 한참을 기다린 뒤에 그가 나타났다. 이야기를 꺼내려고 하자 공장장은 식당으로 가서 이야기하자고 했다. 식사는 괜찮으니 수위실에서 간단히 부탁 말씀드리고 가겠다고 했으나 그는 모처럼 만났으니 식사나 같이하면서 이야기하자고 앞장서 걸어갔다.

공장 근처의 불고기집으로 들어가 구석에 자리를 잡았다. 공장장은 갈비구이 삼 인분을 주문하더니 손수 갈비를 구워주면서 고생이 많았을 것이니 실컷 먹으라고 했다. 말을 꺼내려고 미적거리고 있는데 그가 먼저 회사의 사정을 너저분하게 늘어놓기 시작했다. 적자가나서 이사회에서 구조조정을 하기로 결정하였다느니, 감원을 해야하는데 누구를 내 보낼지 난감하여 밤잠을 자지 못한다고 했다. 나는 신경이 곤두서 다른 말은 잘 들리지 않았다. 직장의 낭패는 고사하고 전과자를 꺼리는 그의 마음을 읽었다. 쥐구멍이라도 찾고 싶었다. 오랜만에 먹은 갈비 맛이 뚝 떨어졌다. 먹는 둥 마는 둥 바쁘다는 핑계를 대고 일어섰다. 미안하다는 말을 던지고 그 곳을 벗어났다.

그때서야 불안과 걱정이 밀려왔다. '이제 어떡하나?' 정류장 벤치에 걸터앉아 갈 곳을 생각했다. 피곤하고 졸음이 왔다. 반쯤 감긴 눈에 익숙한 번호의 버스가 보였다. 기다렸다는 듯 번뜩 눈을 뜨고 올라탔다. 빈자리가 없었다. 멍한 정신으로 서 있다가 항상 퇴근 때 버스를 갈아타던 곳에서 허둥지둥 내렸다.

정류장에서 방향을 잃은 노인처럼 다시 앉아 있었다. 얼마나 지났을까, 옛날 살던 동네로 가는 버스가 멎기에 그냥 버스에 올랐다. 동네가 가까워지자 마음이 설렜다. 버스에서 내려 두리번거리다 일단 아파트 아래 큰길가의 상가로 걸어갔다. 낯 익은 가게를 피해서 전에 없던 가게로 들어갔다. 맥주 한 캔과 과자 한 봉지를 사가지고 밖에 있는 간의의자를 끌어다 멀찌감치 놓고 앉았다. 시장기가 들었다. 맥주를 따서 한 모금 마셨다. 봉지를 뜯어 과자를 와삭와삭 깨물어 먹었다. 가게에 사람들이 들락거릴 때마다 혹시 형수나 아는 사람을 만날까 긴장하며 외면했다.

해가 서쪽으로 기울어 갔다. 너무 오래 앉아 있었다. 어차피 일어서야 했다. 아파트로 갈까 말까 망설였다. 왠지 형수의 편지대로 일단 들려보고 싶은 생각이 점점 머릿속을 맴돌았다. '부모님 제사라도 끊지 않으려면 내가 모셔야 되겠지' 그리고 헤어지기 전 마지막으로 형수와 조카를 만나보고 싶기도 했다.

나는 발이 닳도록 오르내리던 언덕길을 천천히 올라갔다. 작은 아파트단지였지만 리모델링을 했는지 건물이 깨끗했다. 집 현관에서 옛날처럼 인터폰을 눌렀다. 이윽고 누구냐고 물었다. 나이 든 여자의 목소린데 귀에 익은 소리 같았다. 진수네 집이 아니냐고 했더니 혹시 진수 삼촌이냐고 물었다. 그렇다고 대답하자 문이 열렸다.

나는 깜짝 놀랐다. 지난날 경찰서에 와주었던 이모아줌마가 아닌가? 어리둥절하고 있는데 어서 들어오라며 반갑게 맞았다. 형수를 만나러 왔다고 했더니 전할 것이 있으니 일단 들어오라고 했다. '전할 것이라고? 흥! 역시 일단이군. 생각대로네.' 뭔가를 이모아줌마에게 맡기고 형수는 나를 피한 게 틀림없었다. 씁쓸한 입맛을 다시며 거실로 들어갔다. 이모아줌마는 작은 나무의자를 가리키며 앉으라고 하고 안방에서 각봉투를 들고 왔다. 진수 어머니가 삼촌이 오면 전해달라고 했다며 주었다. '얼마나 넣었기에 커다란 각봉투야.' 나는 비웃음을 흘리며 봉투를 뜯어보았다. 편지가 손에 잡혔다. 우선 꺼내서 읽어보았다.

진수 삼촌께

무사히 출소하셔서 다행으로 생각합니다.

등기권리증과 예금통장을 드립니다. 아파트는 삼촌에게 드리기로 했거든요. 속히 정착하시고 결혼하여 가정을 꾸리시기를 바랍니다.

이모아줌마의 딱한 사정이 있어서 당분간만 큰방을 전세로 살게 했습니다. 작은 방은 삼촌이 쓰시던 대로 비어두었습니다. 전세보증금은 이천만원 받았습니다. 예금통장에 입금되어있으니 우선은 정착하시는데 쓰시고 여유가 되시면 큰방을 비우시지요.

저희는 법무사가 잘 보살펴주어 불편 없이 살고 있습니다. 진수는 올 봄 초등학교에 입학하였답니다. 김씨 집안 장손으로서 가문을 잘 이어갈 것입니다. 부디 건강하시기 바랍니다.

진수 모

편지를 읽고 나자 이모아줌마가 두 손을 앞으로 모아잡고 미안한 표정으로 말했다.

"내가 빚보증을 섰다가 쫄딱 망해서 갈 데가 없게 되었지 뭔가. 마침 진수 엄니가 집이 비어 있다고 자네가 출소할 때까지만 살라고 해서 신세를 지고 있네. 이제 딸이 취직을 했으니 자네가 집을 다 쓰고 싶을 때는 아무 염려 말고 말해주게나. 이삼 개월의 여유만 주면 이사를 가 겠네."

"네, 알겠습니다."

나는 대답을 흘리고 작은 방으로 들어갔다. 책상과 컴퓨터가 새것으로 놓여있었다. 그리고 전에 놓고 싶었던 침대와 작은 옷장이 있고 내가 입던 옷과 쓰던 물건들이 정돈되어 있었다. 작은 창에는 형수가 좋아하던 핑크색 장미꽃 무늬의 커튼이 쳐져 있었다. 나는 창으로 가서 커튼을 재꼈다. 쏟아져 들어온 석양빛이 눈부셨다. 의자에 앉아 눈을 감았다. 형수의 환영에 어머니의 얼굴이 겹치더니 쏟아지는 눈물에 지워졌다.

※ 2022년 『문학사계』 겨울호

잃어버린 '실버 스타'

잃어버린 '실버 스타'

가쁜 숨을 몰아쉬며 장구목재를 올라온 유 영감은 산마루에 곱게 깔린 잔디밭에 풀썩 주저앉았다. 어깨에 멘 망태기 속에서 꾹꾹거리는 닭소리가 났다. 상강이 지났어도 햇볕이 따가워 여름 날씨처럼 더웠다. 멀리 바다에서 불어오는 마파람이 풀어헤친 옷섶으로 파고들어 땀을 식혀준다. 재 밑으로 찻길이 나서 버스가 다니는 데도 그는 굳이 걸어 다녔다. 남들이 그까짓 차비를 아끼는 깍쟁이라고 흉을 보지만 그는 콧방귀만 뀌었다.

스무 해 동안 웃음을 잃고 살던 유 영감이 오늘은 마음이 붕 떠있었다. 생사조차 모르던 아들이 장가까지 들어 며느리와 함께 온다니 해묵이 신행이나 다름없는 날이 아닌가. 더구나 훔쳐가지고 갔던 '실버 스타'를 가지고 온다니 모처럼 얼굴에 활기가 돌았다. 할멈 망골댁은 겸사겸사 마을회관에도 한상 차려서 노인들 술 한 잔 대접해야 한다고 우겼다. 그는 마지못해 아까운 돈을 헐어서 장을 보러 간 것이다. 앞바다 갯벌의 덤장에다는 오늘 잡은 생선은 모두 달라고 부탁해 놓았고, 영계 두 마리와 돼지고기 그리고 과자를 사오는 길이었다.

아들 녀석이 집을 나가버린 날 밤, 유칠동은 제까짓게 사흘이면 들어올 거라고 훌쩍거리는 마누라를 달랬다. 아뿔싸, 삼베로 꽁꽁 싸서 다락에 꿍쳐놓은 돈이 없었다. 더구나 기절초풍할 일은 가보인 '실버 스타'가 훈장증까지 몽땅 사라진 것이다. '실버 스타'는 귀한 보물이라고 동네방네 떠들고 다닌 입방정이 화근이었다. 유 영감은 환장하여 한동안 밥맛을 잃고 드러누웠다.

그 뒤에 보훈처에서 국가유공자 신청을 받는다는 소식을 들었을 때는 오장이 뒤집혀 술로 살았다. 전우였던 김두만은 국가유공자가되어 연금이 나오고 죽은 뒤에는 국립묘지로 갔다. 유 영감은 그보다 격이 높은 훈장을 받았으면서도 그를 부러워하며 한을 안고 산 것이다. 그 생각이 나면 애잔한 마누라를 들볶았고 걸핏하면 밥상을 뒤집어 엎기도 했다.

그의 입에서는 그토록 자랑하던 '실버 스타' 소리가 뚝 끊어지고 가슴속에 응어리로 쌓였다. 그러나 세월이 약이었다. 나이가 들면서 점차 몸도 마음도 짚신 닳듯 헐어갔다. 지난 추석 무렵 그는 이불 속에서 망골댁에게 넌지시 자식이 보고 싶다고 했다. 살을 맞대고 사는 그녀는 영감의 엉덩이를 꾹 꼬집으며 속삭였다.

"만나기만 하면 패 죽이겠고 길길이 뛰던 때가 좋았소. 젠장, 팔순이 넘으니께 그 깡다구도 장독대 도가지 속의 된장처럼 푹 삭아뿌렀구려."

유 영감은 담배를 한 개비 뽑아서 입에 물고 불을 붙였다. 갯바위의 거북손처럼 오두막이 옹기종기 모여 있는 마을이 한눈에 들어왔다. 노랗게 물든 들판은 군데군데 올벼를 베어낸 논배미가 누더기처럼 얼룩져있다. 그 끝자락이 잠긴 파란 바다와 새털구름이 옅게 깔린 하늘이 맞닿은 수평선이 그림 같았다. 유 영감은 망연히 아래를 내려다보며 일어설 줄을 몰랐다.

망골댁이나 다른 동행자와 함께 지날 때는 이곳이 마치 6·25전쟁 때 자신이 격전을 치렀던 395고지 같다고 했다. 아닌 게 아니라 그 곳보다 조금 낮기는 해도 주위의 낮은 산들과 너울너울 이어진 능선이 백마고지의 지형과 비슷한 데가 있었다. 그는 고지를 향하여 돌진하다 어머니를 부르며 쓰러져간 전우들이 생각난다며 감상에 젖곤 했다. 하지만 그다음은 어김없이 '실버 스타'를 가슴에 달던 영광스런 순간의 이야기가 이어졌다.

유복자로 태어난 유 영감의 어린 시절은 몹시 불우했다. 어머니가 그를 뱄을 때 고깃배를 타던 아버지가 바다로 나간 뒤 큰 태풍이 불었고 한 사람의 뱃사람도 돌아오지 못했다. 충격을 받은 어머니는 조산을 했다. 그 후유증으로 쉬엄쉬엄 앓더니 그가 다섯 살 때 끝내 아버지를 따라가 버렸다.

늙은 할머니가 어렵게 그를 길렀다. 동네 사람들은 일곱 달 만에 태어난 그를 칠뜨기이라고 불렀다. 사년이 지나서야 이장이 칠동이란 이름으로 호적에 올려 주었지만, 그가 군대에 갈 때까지도 칠뜨기라고 부르는 사람이 더 많았다. 그는 약간 어수룩한 데가 있긴 해도 천성이 정직하고 재주가 있었다. 관찰력이 남달리 예리하고 기억력도 좋았다.

그러나 말이 어눌한 데다 허풍을 잘 떠는 실답지 못한 데가 있어서 아이들까지도 그를 허풍쟁이라고 놀렸다. 커서도 마을 어른들은 걸핏하면 그를 부려먹었다. 그러나 팔자소관이라고 여긴 걸까? 그는 궂은일도 마다하지 않고 다람쥐처럼 부지런했다. 이집 저집 돌아다니며 잔심부름을 해주고 밥을 얻어먹고 살았다.

이 땅에 전쟁이 일어난 해였다. 이른 봄에 할머니가 노환으로 드러누웠다. 극진히 돌본 유칠동의 손을 놓지 못한 채 할머니는 눈을 감았다. 마지막 피붙이를 땅에 묻고 유칠동은 얼마동안 눈물이 마르지 않았다. 6월이 되자 나라가 바뀌는 소용돌이가 몰아쳤다. 다행히 유칠동네 산골마을은 큰 화를 면했다. 대신 젊은 사람들은 전쟁터로 나가야 했다.

농촌에서는 군대에 가지 않으려고 젊은 사람들이 숨어 지냈다. 서른 살이 넘었지만 호적 나이는 네 살이나 적은 유칠동은 일찌감치 입영통지서를 받았다. 그는 굳이 군대를 기피하려고 하지 않았다. 혈혈단신 오갈 데가 없기 때문만이 아니었다. 왠지 싸우다 죽더라도 가고 싶다고 했다.

"나라가 부르면 까짓 것, 가야 하는 거지."

그는 망설임 없이 입대했다. 신병훈련소에서 겨우 보름간, 사격과 총검술 훈련을 받았다. 바로 일병 계급장을 달고 전선에서 싸우고 있는 제9사단에 보충병으로 투입되었다. 무엇보다 고향에서 함께 입대한 김두만이 같은 사단에 배속된 것이 큰 의지였다.

중공군이 개입한 통에 삼척까지 후퇴했던 부대는 다시 필사적으로 반격하고 있었다. 전투에 참가한 유 일병은 물불을 가리지 않고 싸웠다.

"그까짓 것, 죽으면 마는 거지…."

그는 죽음도 두려워하지 않았다. 보기에는 무모하고 어수룩한 데도 남들이 따라할 수 없는 요령이 있었다. 전진과 대기, 후퇴의 적절한 순간을 기막히게 잘 판가름하고 교묘하게 은폐물을 이용할 줄 알았다. 계속되는 처참한 전투에서 전우가 하나 둘 죽어갔어도 그는 용케 살아남았다.

철원 북방까지 진격한 9사단은 힘겹게 395고지를 점령했다. 그곳은 서부전선의 광활한 철원평야 일대와 서울로 통하는 한국군의 주요보급로를 확보하기 위한 군사지정학상 요충지였다. 매일 밤낮으로 다시 빼앗기고 빼앗는 치열한 전투가 이어졌다. 백병전까지 벌이며 하루에도 고지의 주인이 적과 아군으로 뒤바뀌는 처절한 쟁탈전으로 여기저기 시체가 나뒹굴었다.

중공군의 여섯 번째 공격은 더 격렬했다. 북쪽의 구릉과 골짜기에 총소리가 진동하면서 소총 끝에서 튀는 불꽃이 은하수처럼 반짝였다. 대낮처럼 밝힌 예광탄에 노출되고 포탄이 작렬해도 엄청나게 많은 적이 막무가내로 기어 올라왔다. 유 일병은 다시 상병으로 진급하여 더욱 책임감이 무거운 듯 정신없이 총을 쏘고 수류탄을 던졌다. 고지에서 기관총이 불을 뿜었지만 악착스럽게 덤벼드는 중공군을 막기 어려웠다. 엄폐호까지 적의 수류탄이 날아왔다. 드디어 후퇴 명령이 들렸다. 아군은 서둘러 엄폐호를 뛰쳐나갔다. 그때 유 상병은 고향 친구인 김두만 상병이 쓰러지는 것을 보았다. 대퇴부에 총상을 입고 바짓가랑이에 새빨간 피가 물들고 있었다. 유 상병이 달려가서 일으켜 세우려고 부축해도 일어서지를 못했다. 고지는 이미 위급한 상황이었다. 주위에는 이미 아군의 모습이 보이지 않았다. 김 상병은 고통을 참는 일그러진 얼굴로 유 상병을 쳐다보며 빨리 먼저 떠나라고 했다.

유 상병은 그를 호 밖으로 끌어냈다. 간신히 들쳐 업고 힘겹게 발을 떼며 비틀비틀 산비탈을 내려왔다. 이윽고 총탄을 퍼붓는 소리가 뒤통수에서 울렸다. 고지를 점령한 중공군이 퇴각하는 한국군을 향해

기관총을 갈긴 것이다. 여기저기 박격포탄이 터지고 총알이 발부리에서 튀었다. 너부러져 있는 시체에 발이 걸려 넘어지려고 했다. 김 상병은 자꾸 힘없는 소리로 그냥 내려놓고 가라고 했다. 유 상병은 왼쪽의 낮은 구릉 쪽으로 피했다. 고지가 보이지 않은 구릉을 또 넘었다. 다행히 그곳은 직접 총알이 날아오지 않았지만 여기저기 박격포탄이 귀청을 때리는 폭음과 함께 흙먼지를 날리며 작렬했다.

날이 희부옇게 밝고 있었다. 절룩거리는 아군들이 그때까지 후퇴를 하고 있었다. 심지어 기어서 내려가는 전우도 보였다. 유 상병은 끙끙 앓는 김 상병이 점점 버거운 듯 자주 멈춰서 그를 추켜올리고는 이를 악물고 다시 걸었다. 계곡으로 내려왔다. 다시 얕은 등성이를 넘자 대피호가 있었다. 그 속에 김 상병을 내려놓고 잠시 숨을 돌렸다.

김 상병의 다리에서는 피가 계속 배어나왔다. 그의 군화끈을 풀어서 무릎 위를 조여맸다. 서둘러야 살릴 것 같았다. 유 상병은 점퍼를 벗어던졌다. 이를 악물고 다시 김 상병을 업고 걸었다. 포탄으로 패인 흙구덩이에 같은 소대의 최 상병이 누워있는 것을 보고 걸음을 멈췄다. 복부에 빨간 피가 배어나오고 있었다. 눈을 가늘게 뜨고 유 상병을 올려다봤다. 입을 들썩였지만 소리가 나지 않았다. 손을 위로 들었다가 힘없이 떨구었다. 데려가 달라는 손짓이었지만 유 상병으로서는 어쩔 수가 없었다. 김 상병도 점점 무게를 지탱하기가 힘들어 눈을 질끈 감고 그곳을 그냥 지나쳤다.

얼마나 걸었을까. 교통호가 나타났다. 그 속에 부상병들이 여기저기 누워있고 병사들이 들것으로 나르고 있었다. 유 상병은 김 상병을 업은 채 간신히 중대본부의 벙커에 도착했다. 위생병과 함께 들것에 싣고 임시 야전병원에 인계하고 나서 한숨을 돌렸다.

소대장을 찾았으나 보이지 않았다. 분대장도 없었다. 유 상병은 주먹밥을 한개 얻어먹고 벙커 바닥에 여기저기 누워있는 전우 틈에 누우려다 다시 벌떡 일어났다.

하늘에는 구름이 잔뜩 끼어 비가 올 것 같았다. 뇌성 같은 폭음이 진동하던 산천은 날이 밝으면서 마치 태풍 전야 같은 고요함에 잠겼다. 고요하다 못해 불타다 남은 주검 같은 무서운 기운이 감돌고 있었다. 격렬한 전투 후, 적과 아군이 모두 손실된 인원을 재편성하고 다음 전투를 위한 전력을 가다듬는 시간이었다.

유 상병은 총을 메고 벙커를 나섰다. 그가 내려왔던 교통호를 거슬러 올라가 최 상병이 있었던 곳으로 갔다. 그는 눈을 뜬 채 이미 싸늘하게 식어있었다. 유 상병은 군번 인식표를 입에다 물리고 주머니를 뒤졌다. 편지가 나왔다. 주소가 쓰여 있었다. 그것을 주머니에 넣고 하늘을 쳐다봤다. 그의 눈에서는 좀처럼 보지 못했던 눈물이 흘렀다.

유 상병은 한기가 드는지 몸을 떨었다. 그는 더 올라가서 여기 저기 대피호들을 살피고 다녔다. 벗었던 점퍼를 찾는 것 같았다. 갑자기 멈춰서더니 코를 벌렁거리며 전방을 응시했다. 불어오는 소슬바람에서 담배 냄새가 났다. 아니나 다를까. 조금 떨어진 구덩이에서 희미한 연기가 피어오르는 것이 보였다. 그는 발자국 소리를 죽여 조심스럽게 다가갔다. 도란도란 낮은 말소리가 들렸다. 한국말이 아니었다. 중공군? 유 상병은 긴장으로 몸이 얼어붙는 듯 하리를 굽힌 채 움직이지 못했다. 살며시 뒤돌아서 도망을 가다가 머뭇거리더니 입을 악물었다.

다시 돌아서는 그의 얼굴이 험상궂게 변해 있었다. 소총을 앞으로 겨누고 대피호를 멀리 돌아서 위쪽으로 올라갔다. 바위틈에 숨어서 구덩이 속을 살폈다. 아니나 다를까, 그 속에 방한복을 입은 중공군 일곱 명이 강아지새끼들처럼 옹기종기 앉아 있었다. 두 녀석이 담배를 피우며 낮은 소리로 이야기를 하고 있고 나머지는 흙벽에 기대어 자고 있었다. 유 상병은 허리를 굽혀 한발 한발 소리 나지 않게 구덩이로 접근했다. 살며시 일어서서 총을 갈기려다 멈추고 다시 엎드렸다. 그는 윗가슴에 매달린 수류탄을 조심히 뜯어냈다. 안전핀을 뽑았다. 수류탄을 구덩이에 던져 넣는가 싶더니 안전핀을 다시 꽂아 왼손에다 들었다. 다시 오른손으로 총을 들고 방아쇠에 검지를 걸었다.

벌떡 일어서 구덩이로 달려들며 "손들엇!" 총을 겨누고 고함을 질렀다. 동시에 재빨리 입으로 수류탄의 안전핀을 뽑아 물고 수류탄을 높이 들었다. 부릅뜬 눈에는 무서운 살기가 돌았다. 반항하면 함께 폭사할 것 같은 기세였다. 돌발적이고 번개 같은 기습에 놀란 중공군은 번쩍 손을 들었다. 총을 어깨에 기대놓고 자던 녀석들도 엉겁결에 모두 일어서 손을 들었다. 총들이 철그덕 소리를 내며 바닥으로 쓸어졌다. 유 상병은 총 끝으로 밖으로 나가라는 신호를 했다. 모두 손을 든 체 엉거주춤 구덩이 밖으로 나왔다.

나이가 약간 들어 보이는 두 녀석 외에는 꾀죄죄한 얼굴이 열대여섯쯤으로 보였다. 총은 버렸으나 몇 놈이 대검을 차고 있어서인지 유 상병은 거리를 유지했다. 수류탄을 높이 추켜들며 턱으로 앞으로 가라는 신호를 했다. 그들은 그 자리에서 우물거리고만 있었다. 유 상병은 다급했다. "가!" 수류탄 안전핀을 입에 문 체 냅다 소래기를 질렀다. 놀란 중공군은 걷기 시작했다. 중대본부의 벙커가 있는 오른쪽으로 가야하는데 놈들은 자꾸만 왼쪽으로 내려갔다. "오른쪽!"하고 외쳤다. 이번에는 빨리 가라는 소리로 알았는지 걸음을 재촉했다. 우선 하산만 하면 어느 부대건 아군을 만날 것이었다.

드디어 찻길이 나타났다. 거기에서부터 길 오른쪽으로 몰았다. 그 때 뒤쪽에서 차 소리가 났다. 미군 지프차였다. 상황을 판단한 미군 소령과 하사가 차에서 뛰어내렸다. 미군 소령은 권총을 빼들고 미군 하사도 총을 겨누며 중공군을 땅바닥에 앉혔다. 소령이 유 상병에게 수류탄을 치우도록 손짓을 했다. 그는 입에 문 핀을 수류탄에 다시 꽂고 가슴에 찼다. 그 사이 운전병은 무전을 하고 있었다. 조금 후 트럭이 왔다. 무장한 미군 다섯 명과 통역장교가 타고 있었다. 먼저 포로들의 몸을 수색하여 대검 등 무장을 해제시키고 트럭에 태웠다.

유 상병은 무기를 수거해야 한다고 말했다. 상황을 들은 미군 소령은 무장한 미군 2명이 엄호하도록 지시했다. 대피호에는 장총 다섯 자루와 따발총 두 자루가 고스란히 있었다. 그 외에도 탄띠 3개와 작은 가방 2개가 있었다. 미군들은 버린 종이쪽지와 휴지, 담배꽁초까지 남김없이 수거해서 돌아왔다.

소령의 지프차를 따라서 그들이 간 곳은 미9군단의 포병대대였다. 중국어통역장교가 대기하고 있었다. 포로들은 함께 온 미군과 통역장교가 다른 곳으로 데리고 갔다. 유 상병은 한국어 통역장교의 안내로 바라크 안의 사무실로 갔다. 미군 장교 세 사람이 앉아 있었다. 유 상병의 소속과 성명 군번 등을 묻고 30분가량 상황을 자세히 물었다. 그 사이 유 상병이 소속한 9사단 1대대장이 왔다. 대대장은 미군 장교와 만난 후 유 상병을 데리고 부대로 갔다. 대대장은 대단한 무공을 세웠다고 유 상병의 어깨를 두드리며 칭찬했다.

"뭘요. 싸워서 잡은 것도 아닌데…."

유 상병은 우연히 굴러온 호박을 주웠다는 듯 겸연쩍어 했다.

"아니야. 정찰하러 나와서 농땡이를 치다가 걸린 거야. 그들도 싸우다 죽느니 투항할까 상의하고 있었대. 어쨌든 위험한 상황을 혼자서 잘 해낸 거야. 미군은 적군 생포와 무기 노획이 큰 공적이다. 아주 중요한 정보까지 얻었어.”

대대로 돌아가서도 정보장교가 여러 가지를 물었다. 제28, 제30 양 연대는 많은 병력 손실로 재편성을 하느라 어수선했다. 유 상병은 새로 편성된 2소대에 배치되어 있었다. 고지를 잃고 사기가 떨어진 장병들은 침울했다. 낯선 소대장이 수고했다고 악수를 해주었을 뿐이었다.

피비린내 나는 전투 중에도 다가오는 설날을 손꼽고 있을 무렵이었다. 유 상병은 갑자기 정장을 하고 대대장에게로 오라는 지시를 받았다. 좋은 일 같은데 그는 정장이 없었다. 소대장이 새 전투복과 모자한 벌을 타다주었다. 조금 컸지만 급히 계급장을 달아서 입고 대대장에게로 갔다. 대대장은 그를 지프차에 태우고 미9군단의 포병연대로 데려갔다. 연병장에 많은 미군 장병들이 도열하고 있었다. 미군 상사가 대대장과 유 상병을 연병장으로 안내했다. 장병들 앞에는 마이크가 있고 그 옆에 미군 장교 두 명과 사병 다섯 명이 나란히 서 있었다. 유 상병은 그 바로 옆에 세웠다.

이윽고 연대장인 듯, 키가 크고 모자와 전투복 깃에 별 한 개가 그려진 미군 준장이 마이크 앞에 섰다. 장병들 앞에 선 지휘장교의 구령에 따라 장병들이 경례를 했다. 연대장이 짤막한 연설을 했다. 그리고 미군 상사가 제일 먼저 유 상병을 마이크 앞에 세웠다. 상사가 받쳐 든 쟁반에서 연대장이 상장을 집어 영어로 읽고 유 상병에게 주었다. 이어 훈장을 가슴에 달아주었다. 그리고 악수를 했다. 유 상병은 몸이 부들부들 떨리고 있었다. 박수 소리가 났다. 그다음 미군 장교가 훈장을 받았다. 계속하여 나머지 여섯 사람이 모두 훈장을 받았다. 갑자기 나

팔소리가 요란하게 울렸다. 다시 구령에 맞춰 전 장병이 일제히 수상자들에게 경례했다.

부대에서는 모두들 부러워서 훈장을 만져봤다. 빨강과 파랑 흰색의 줄무늬가 있는 수緩에 금빛의 별이 매달린 '실버 스타' 미국 은성무공훈장이었다. 별 가운데는 또 하나의 작은 은빛별이 나뭇잎 무늬의 둥근 테로 둘러싸여 있었다. 꿈만 같은 기쁨도 영광도 한나절뿐이었다. 어둠이 깔리면서 다시 작렬한 박격포탄의 흙먼지가 모두 쓸어가 버린 것이다. 중대는 바로 공격 명령을 받고 고지를 향해서 기어올라갔다. 30연대와 29연대가 교대하면서 백병전까지 벌이는 파상적인 공격을 했지만 탈환과 퇴각이 거듭될 뿐 많은 전우가 희생됐다.

마침내 10월 15일, 아군은 필사적인 육탄전으로 역습을 감행하여 적을 격퇴하고 완전히 고지를 확보하는 승리를 거뒀다. 모두 만세를 불렀다. 승리의 기쁨이 아니었다. 포연으로 그을린 얼굴에 눈물이 얼룩지고, 동공 속에는 사라져간 전우의 얼굴이 아롱져 있었다. 후일, 피비린내 나는 이 전장을 백마고지라고 불렀다.

정전협정이 체결되어 지긋지긋한 전쟁이 끝났다. 유칠동은 병장으로 진급하고 제대를 했다. 살아갈 집도 반겨줄 사람도 없지만 미국 '실버 스타'를 가슴에 품고 무작정 고향으로 돌아갈 수밖에 없었다. 뜻밖에 그를 기다리는 사람이 있었다. 동네에서 조금 떨어진 망골에서 어미 잃은 딸을 데리고 화전을 일구며 사는 산지기였다. 그 댁에 들어가 살던 다음 해, 그 집 딸과 눈이 맞아 결혼을 했다. 그리고 새로운 삶을 시작했다.

유칠동은 노쇠한 장인어른 대신 그의 손때가 절은 곡괭이로 손이 불어터지고 어깨가 휘어지도록 일했다. 야산을 일궈서 밭을 더 넓히고 품일은 빠지지 않고 쫓아다녔다. 해마다 먹고 남은 곡식을 팔고 품 삯을 모았다. 겨울 농한기에는 바다에 나가 해초를 뜯고 조개를 캐서 읍내 저자거리에 가서 팔았다. 먹고 싶은 것 침을 꾹 참고, 입고 싶은 것 눈을 절제하며 마누라에게 인심 잃어가면서 돈을 모았다. 그렇게 고생을 하면서도 옛날 허풍쟁이 버릇은 버리지 못했다.

"이래 뵈도 내가 미국 '실버 스타'를 탄 사람이여."

여러 사람과 어울리면 훈장 자랑부터 했다. 마을회관에서 그 이야 기를 또 꺼내면 나이 지긋한 어르신네들은 귀가 따갑도록 들었으니 그만 좀 하라고 핀잔을 주었다. 그런데도 달리 내놓을 것이 없는 그로 서는 자랑을 하지 않고서는 입이 근질근질하는지 참지 못했다.

나날이 즐겁던 그도 사람에게 따라다니는 희로애락을 면할 수 없 었다. 아들을 얻은 기쁨이 채 가시기도 전에 장인어른이 세상을 떠났 다. 그리고 만득의 귀한 자식 만기가 커가면서 속을 썩이기 시작했다. 못 배운 에비대신 공부하라고 소래기를 질러봐야 산골짜기의 메아 리만 돌아왔다. 만기는 읍내 장터에 광대 같은 굿패거리가 왔다 하면 어찌 그리 잘 알고 장터로 달려갔다. 장이 파하도록 쪼그리고 앉아 구 경에 빠져 있었다. 초등학교도 흐지부지 졸업을 못하고 말았다. 빈둥 빈둥 놀기만 하고 농사일도 싫어했다. 꼴을 보다 못한 유칠동은 마침 내 두들겨 팼다. 점점 불만이 쌓여가던 만기는 마침내 반항을 하기 시 작했다. 그가 열여덟 살이던 봄이었다. 에비에게 몽둥이로 맞은 다음 날 집을 나가버린 것이다.

유 영감에게서 망태기를 받아든 망골댁은 사온 것들을 꺼내서 살 펴봤다. 힐끗 영감을 돌아보았다. 소리는 나지 않았지만 입이 깍쟁이 라고 말했다. 자식이 떠나고 나서 애간장이 타버리고 할망구가 된 그녀는 영감보다 더 마음이 설렜다. 실은 달포 전, 이웃집 안동댁이 그의 아들이 집을 나간 만기와 편지 연락을 하고 있는 것 같다고 귀띔해 주었을 때 까무러치지 않은 것이 다행이었다. 놀란 망골댁의 벌렁거리는 가슴이 진정되기도 전에 다시 며느리와 함께 집에 온다는 기별을 전해준 것이다.

아들을 만난다는 기대에 잠을 설친 망골댁은 아침부터 안동댁과 음식을 장만하느라 바빴다. 유 영감은 아들을 어떻게 맞아야 할지 안절부절못하고 마당을 서성거렸다. 오후가 되어도 소식이 없었다. 해가 서산으로 뉘엿뉘엿 기울어질 무렵에 마을 아이들이 뛰어와서 범골로 까만 자가용차가 오고 있다고 법석을 떨었다.

"예말이요 차가 온다요. 만기가 자가용차를 타고 오는 모양이요."

"뭐? 차가 와?"

"자가용차로 온단 말이요."

자가용을 타고 온다는 자식이 자랑스러운지 망골댁은 호들갑스러웠다.

"만나면 뭐라고 해야 되는 거여?"

유 영감은 허둥거리며 엉뚱한 말로 물었다.

"아이고 우리 아들 이제사 오냐? 그러면서 서양사람들처럼 꼭 안아주시구려."

"액기, 그게 무슨 소리여! 아무리 반가워도 그렇지. 훈장까지 훔쳐 가지고 달아났던 놈을…"

"그럼 어쩔라요. 또 몽둥이로 패서 쫓아낼라요?"

망골댁은 말 못하고 살았던 속앓이를, 기어코 옛날 일을 빗대 그렇게 앙갚음했다. 유 영감은 아무 대답을 못했다. 상을 찌푸리고 안방으로 들어갔다. 퇴침을 베고 자는 척 누워있었다.

밖이 소란했다. 찻소리가 멎고 발자국소리에다 아들 만기의 말소리가 방안까지 들렸다. 망골댁이 유 영감을 불렀다.

"예말이요. 애들이 왔소."

유 영감은 대답을 않고 그대로 누워있었다. 망골댁이 방문을 열고 들어와 아들이 왔다며 일어나서 절 받으라고 어깨를 흔들었다. 마지못해 유 영감은 잠을 깬 척 눈을 부비며 일어났다.

"응? 만기가 왔다고?"

시치미를 떼고 아랫목에 앉았다. 만기가 들어와 무릎을 꿇고 넙죽 절했다. 그는 몰라보게 덩치가 커지고 의젓한 장년이 되어있었다. 청색 양복을 걸치고 파란 와이셔츠에 빨간 넥타이를 맨 꼴이 조금 촌스러웠지만 그는 아들을 쳐다보며 감개무량했다.

"아버지! 불효자식을 용서해 주십시오."

"흐흠? 왔냐? 철없을 때 일인 걸 뭐…. 안 죽고 무사히 살아 있었은께 됐다. 그래 장가를 들었다고?"

"예, 그냥 간단히 예 올리고 삽니다."

만기는 뒤를 돌아보며 아내를 불렀다.

"뭐하고 있어? 와서 절해야지. 어머니도 아버지 옆에 앉으셔야지요."

망골댁이 유 영감 옆에 앉았다. 요란한 옷을 입은 며느리라는 여자가 허연 이빨이 드러나게 웃고 들어왔다. 향수 냄새가 코를 찔렀다. 얼굴에는 하얗게 분칠을 했지만 늙수그레한 모습이 만기보다 나이가 많아 보였다. 그녀는 푹석 주저앉더니 발바닥을 맞대서 고이고는 이마에 손을 얹고 머리가 바닥에 닿게 절을 했다.

"아버님, 어머님! 좋은 며느리가 되겠습니다. 많이 예뻐해 주세요."

"오냐…."

유 영감은 한마디 대답을 했을 뿐, 첫 절을 하면서도 넉살 좋은 며느리에게 기가 질렸는지 덕담을 못하고 입이 얼어붙었다. 망골댁이 대신하여 애들은 몇이나 두었냐고 물었다. 만기가 재작년에 결혼하여 아직 애가 없다고 말하고 일어서더니 큰 가방을 들고 왔다. 거기서 부스럭 부스럭 뭔가를 꺼내기 시작했다.

"이건 아버지 옷이고 이건 어머니 것이에요. 그리고 잡수시고 건강하시라고…."

싸구려 포리에스텔 잠바와 월남치마 그리고 '만병고'라고 쓰인 제조사 불명의 약상자에다 바람이 **빵빵**하게 든 튀김과자봉지를 잔뜩 꺼내 놓았다. 망골댁은 무슨 선물을 이리 많이 사왔느냐고 혀를 내둘렀으나 유 영감은 슬쩍 흘겨보더니 그런 것은 관심이 없다는 듯 물었다.

"그래, 내 훈장을 가지고 왔담시롱?"

"아, 예. 가져왔습니다."

만기는 아내를 돌아보며 눈짓을 했다. 아내가 핸드백에서 우물쭈물 작은 상자를 꺼내서 만기에게 주었다. 그는 조심스럽게 아버지 앞에 놓았다. 유 영감이 고개를 갸웃하며 들어서 상자 뚜껑을 위로 들쳤다. 금빛이 찬란한 훈장이 들어있었다.

"어? 이것이 뭣이여?"

유 영감이 눈을 크게 뜨고 놀라며 외쳤다.

"아니어, 이건 내 훈장이 아니어! 미국 '실버 스타'가 아니랑께!"

유 영감은 버럭 큰 소리를 지르며 상자를 다시 아들에게 던지다 시피 밀쳤다. 그를 외면하며 못마땅한 심기를 헛기침으로 뱉었지만, 어디서 엉뚱한 훈장을 가져와서 내밀었다가 지청구를 들은 남기는 움칠하는 기색도 없었다. 뻔뻔하게 오히려 오장이 뒤집어지는 소리를 했다.

"아버지, 죄송합니다. 실은 그때 훈장을 팔았던 청학동 골동품상에 물어서 아버지 훈장을 사간 사람을 겨우 찾았어요. 그런 것 수집하는 사람인데 다행히 그 훈장이 아직 있습디다. 팔라고 했더니 엄청난 값을 달래서 할 수 없이 대신…."

"아직 있다고? 그건 보물이라 비쌀 수밖에…. 그런데 이걸 대신 가져왔단 말이냐? 허, 허 내참. 바보 멍청이 같으니라고. 이따위 것 아무 소용 없으니께 당장 가지고 가!"

훈장 상자가 날아가지 않은 것이 다행이었다. 노기가 머리끝까지 뻗친 유 영감은 벌떡 일어나 밖으로 나갔다. 가장 난감한 사람은 망골댁이었다. 영감의 입장도 안타깝고 아들의 처사도 딱했다. 코밑에 수염 자국이 거무스름한 어른이 되어 모처럼 돌아온 아들에게 함부로 말하기도 어려웠다.

"만기야 그럼 돈이 좀 들더라도 그것을 사오지 그랬냐."

조심스럽게 꺼낸 망골댁의 말이 떨어지기가 무섭게 시무룩한 아들을 제키고 며느리가 끼어들었다.

"어머님 그 것이 어지간히 비싸야지요. 우리는 요즘 사업에 몽땅 투자를 해서 올해는 여유가 없어서요. 내년에는 큰돈이 생겨요. 그 때 사드려야 하겠지만 없어져버리면 꽝이에요."

"느그 아비 죽어버리고 나면 무슨 소용이 있다냐. 그 훈장만 있으면 당장 국가유공자가 뭔가 되고 돈도 나오고 죽으면 국립묘지에 묻힌단다. 언제 내년까지 기다려."

"어머니, 어머니. 그럼 좋은 수가 있어요. 우선 돈을 좀 빌려주시면 사가지고 와서 국가유공자신청을 하고 내년에 저희가 돈을 꼭 갚아

드릴게요."

"얼마나 줘야 한디 그래?"

"삼천만 원 달란데요."

"뭐? 삼천? 느그 꼼쟁이 아배 들으면 펄쩍 뛸거다."

"마련할 수 있기는 하나요?"

만기보다 며느리가 더 집요하게 파고든 데는 뭔가 속내가 엿보였지만 순진한 망골댁은 어떻게라도 찾아주고 싶은 눈치였다.

"내사 모르겠다. 내 시집와서 둘이서 뼈 빠지게 번 돈 나는 구경도 못해봤슨께."

밖은 이미 어둠이 깔렸다. 망골댁은 밥상을 차렸다. 유 영감을 기다렸으나 소식이 없었다. 옆집 아이들에게 찾아보라고 시켰지만 허탕이었다. 할 수 없이 셋이서 먼저 식사를 했다. 닭백숙에다 돼지고기 삶아서 수육 썰어 놓고 전어와 갑오징어 굽고 시루떡까지 푸짐했다. 만기는 고루 맛있게 먹었다. 그런데 그의 아내는 상을 찌푸리고 젓가락으로 이것저것 헤집기만 할뿐 먹지를 않았다. 망골댁이 많이 먹으라고 했더니 소고기만 먹지 돼지고기는 안 먹는다고 했다. 닭고기라도 먹으라고 권하자 프라이를 하지 징그럽게 왜 삶았느냐고 불평했다. 전어는 뼈가 많아서 못 먹겠다고 젓가락을 던지다시피 내려놓았다. 망골댁은 민망하여 어쩔 줄을 몰랐다.

밤이 깊어서 유 영감은 막걸리 냄새를 푹푹 풍기며 비틀비틀 집으로 돌아왔다. 두 말도 않고 안방으로 들어와 드러눕더니 금방 코를 골았다. 망골댁은 잠이 오지 않았다. 20년 만에 돌아온 아들과 영감 사이에 훈장 때문에 얽힌 이 갈등을 어떻게 풀어야 할지 성이 득득 가셨다. 작은 방에 들은 며느리는 잠자리가 불편하다고 남기에게 신경질을 부리고 있었다. 만기는 렌트카 때문에 모레 돌아가자고 했다. 그녀는 돈을 마련해가지고 가야지 그냥은 못 간다고 눈을 흘기면서 남편을 꼬집었다.

일찍 일어난 유 영감은 또 나갈 채비를 했다. 망골댁이 옷깃을 잡아 당겨 아랫목에 앉히고 방문을 닫았다.

"예말이요. 훈장 어떻게 할라요?"

"어떻게 하기는 뭐를 어떻게 해?"

"삼천만 원만 있으면 찾는다요. 당신 평생소원인 것을⋯. 우선 찾으면 내년에 아들이 그 돈 다 갚아준다요."

"윗다메! 삼천만 원? 거봐, 그건 보물이라 그렇지. 그나저나 내사 모르겠소."

"잘 생각해 보시구려. 이번에 못 찾으면 없어질지도 모른다요. 그리고 마을회관 상 차려야 쓰겠소."

"마을회관이고 뭐고 다 집어치워!"

"유 영감은 아침밥도 먹지 않고 얼굴을 잔뜩 찌푸린 채 집을 나갔다. 며느리가 쪼르르 망골댁에게로 와서 속삭이듯 물었다.

"아버님 뭐라고 하셔요?"

"내사 모르겠다고 하시더라."

"어머니 이 기회를 놓치면 영 못 찾을지도 몰라요. 더 잘 말씀드려야 해요."

며느리가 시어머니에게 수작을 부리고 있는 사이에 유 영감이 다시 되돌아왔다. 그리고 만기를 불러 앉혔다.

"너, 내 훈장 다시 살 수 있담시롱?"

"예? 예, 예. 삼 삼천만 원만⋯."

"그럼 틀림없이 내 '실버 스타'를 찾아올 수 있단 말이제?"

"예, 예. 틀림없습니다."

"그리고, 명년에 그 돈 갚는다고?"

"예, 예. 그때는 여유가 생깁니다."

아들의 말을 듣고 유 영감은 아들을 똑바로 쳐다봤다. 그의 얼굴은 짜증이 묻어나 보였지만 남기는 태연했다. 유 영감은 아무 말 없이 일어서서 다락에서 뭔가를 찾아가지고 다시 집을 나갔다.

버스를 타고 읍으로 간 유 영감이 문을 밀치고 들어간 곳은 농협이었다.

"아이고, 아저씨 어서 오십시오. 오랜만이시네요. 건강하시지요?"

노인을 아저씨라고 부르며 반갑게 맞이한 창구 직원은 이미 저세상으로 떠난 전우 김두만의 아들 김 대리였다. 유 영감은 예금통장과 도장을 주면서 삼천만 원만 빼달라고 부탁을 했다. 평소에도 아버지의 은인이라고 섬기며 유 영감을 도와주고 예금도 관리를 해주는 그는 고개를 갸웃하면서 물었다.

"갑자기 삼천만을 어디다…. 전답이라도 늘리시려고요?"

"아니, 실은….”

농협 김 대리는 은성훈장을 잃어버린 유 영감의 사정도 잘 알고 있었다. 유 영감은 자식이나 다름없는 그에게 자초지종을 이야기했다. 김 대리는 깜짝 놀라며 그를 말렸다.

"20년 된 훈장을 찾았다는 것도 믿기 어렵고, 훈장은 명예지 실물 자체는 그렇게 값이 나가지 않은 것으로 알고 있습니다. 그리고 유공자 신청은 훈장증도 있어야 합니다. 더 잘 알아보시지요. 차라리 훈장을 받았던 날짜와 인적사항 등을 자세히 기록하여 미국영사관에 훈장

재발급신청을 하는 것이 좋을 것 같습니다."

가만히 듣고 있던 유 영감은 현기증이 나는지 이마를 짚고 비틀거렸다. 얼굴이 창백해지면서 눈동자가 일렁거려 보였다. 김 대리가 놀라서 뛰어나와 그를 부축했다. 다시 정신을 차린 유 영감은 무안한 듯 괜찮다며 허둥지둥 밖으로 나갔다. 그는 곧바로 장터 주막으로 갔다. 배가 고픈지 막걸리 한잔을 목마를 때 바가지물 마시듯 단숨에 비웠다. 다시 걸어 나와 읍내를 가로질러 흐르는 작은 냇가에 서 있는 정자나무 밑으로 갔다. 너럭바위에 엉성한 엉덩이를 붙였다. 깊은 한숨을 쉬고는 담배를 태워 물었다. 눈을 지그시 감고 오랫동안 무언가 곰곰이 생각하고 있었다. 눈에서 눈물방울이 두 줄기 얼굴로 흘러내렸다. 그는 부스스 일어나 다시 읍내로 비틀비틀 걸어갔다. 적진을 향하여 돌진하던 기개는 세월이 앗아가 버리고 행색이 너무 초라했다. 다시 농협으로 가서 힘없이 문을 밀치고 들어가 김 대리를 만났다.

"제대로 가르쳐 주어 고맙네. 잘 알았으니 걱정 말게. 그리고 다른 데 쓰겠으니 삼천만 원만 빼줄란가?."

눈을 크게 뜨고 의아한 표정을 하고 서 있는 김 대리에게 조용히 말했다.

"애비인 내가 제대로 가르치지 못하고 구박받다 나간 자식. 모처럼 장가들었다고 이십년 만에 집이라고 찾아온 자식 아닌가? 오죽이나 다급했으면 애비를 속였을라고…. 내가 살면 얼마나 더 살겠는가. 내사 죽으면 돈이고 훈장이고 무슨 소용이 있어. 남은 돈 있으니 영감 할멈 죽을 때까지 쓰면 됐제. 지야 가지고 가서 구워 먹든지 삶아 먹든지 알아서 할 것이고, 다시 볼지 못 볼지 모르는 자식, 죽기 전에 애비노릇이나 한번 하고 싶으이. 그래도 자네나 그 녀석이 애비가 나라를 위해서 목숨 내던지고 싸웠다는 것은 알 것 아닌가. 그러면 됐제."

　김 대리는 알게 모르게 고개를 끄덕였다. 유 영감은 천정을 쳐다보고 우두커니 기다리며 코를 훌쩍였다.

※ 2019년『문학사계』봄호

식칼

식칼

:

해가 지자 솔바람이 어스름을 깐다. 기태는 책을 덮고 기지개를 켠다. 배에서 꼬르륵 소리가 난다. 라면 봉지를 들고 부엌으로 나가더니 다시 들어온다. 또 현미를 불러 외식을 하려는 눈치였다. 휴대전화를 들자마자 먼저 요란한 벨소리가 울렸다. 송신자 번호를 본 기태의 안색이 어둡게 변한다. 현미의 전화가 아니었다.

전화기를 귀에 대자 어머니 옥촌댁의 목소리가 귓전을 때렸다. 다짜고짜 퍼떡 내려오라고 다급하게 소리를 질렀다. 기태는 몸이 얼음장처럼 굳었다. 멍하니 서있더니 허둥지둥 숄더백에서 책들을 꺼내고 내의와 칫솔을 챙겨 넣었다. 지갑을 열어보고는 다시 전화기를 들었다.

"나야, 급히 집에 내려가야 해. 여비 좀 빌려줄래?"

"돌아가셨어?"

"아냐. 아직…. 용산역으로 바로 와줘."

급할 때나 아쉬울 땐 항상 현미였다. 그녀는 사태를 짐작한 듯 더는 묻지 않았다.

용산역에는 현미가 먼저 와서 기다리고 있었다. 기태에게 다가와 아무 말 없이 두손을 꼭 잡았다. 그리고 쥐고 있던 봉투를 건넸다. 그와 똑같은 아픔을 겪었고 기태 집의 비극을 알고 있는 그녀는 눈시울이 젖어 있었다. 기태는 매표창구로 가서 표를 샀다. 22시 25분에 출발하는 막차였다. 기차가 출발하려면 3시간을 기다려야 했다. 현미가 더 초조한 것 같았다.

"더 빠른 차표가 없어?"

"아니야. 지금 가도 버스가 끊기고 없어. 어차피 새벽까지 기다려야 해."

"식사도 못했을 것 아냐. 그럼 식당으로 가."

기태는 아무 말이 없이 고개를 끄떡하고 현미를 따라갔다. 식사를 하면서 현미는 만약 돌아가시면 내려가겠으니 바로 연락을 해달라고 말했다. 그리고 빤히 눈빛을 쏘며 낮은 소리로 사랑한다고 속삭였다. 기태는 무표정한 채 밥을 먹었다.

개찰이 시작되기를 기다렸다가 그녀는 기태의 손을 잡은 채 승강장까지 따라 나갔다. 기차가 서서히 움직이자 희미한 등불 밑에서 현미는 손을 흔들었다. 점점 어둠속으로 묻히는 기차의 뒤꼬리를 망연히 바라보던 현미는 풀썩 그 자리에 주저앉았다. 참고 있던 눈물이 폭포처럼 쏟아졌다.

흐르는 세월 따라 그립고 아쉽고 어렵던 나날의 고통을 이겨내며 현미는 서서히 마음의 상처가 아물고 있었다. 자식을 잃고 화병으로 쓰러져 있다가 임종을 맞는 기태 아버지의 소식은 그녀의 가슴 한구석에 응어리져있던 아버지에 대한 그리움이 터진 것이리라. 현미는 눈물을 주체하지 못하고 캄캄한 승강장에 쪼그린 채 흐느끼고 있었다.

그들은 망월동 묘지에서 처음 만났다. 기태는 고등학교 3학년이고 현미는 2학년이었다. 뿔뿔이 흩어져 야산 어딘가에 가매장하여 놓았거나 장례식장 냉동실에서 떨고 있던 주검, 또는 화장하여 재가 된 영혼 들을 망월동에 이장하면서였다. 5·18 때 모두 혈육을 잃었지만 아버지를 잃은 현미의 불행은 형을 잃은 기태보다 더 컸다. 그녀는 아버지를 잃었을 때보다 단둘이 사는 어머니가 가끔 몰래 눈물을 훔치는 것을 볼 때 더 괴롭고 가슴이 아팠다.

그후 서로 안부를 묻고 위로하는 사이에 남매처럼 가까워졌다. 현미는 생각이 깊고 침착한 성격이었지만 감당하기 어려웠던 서러움과 아픔을 기태에게 의지하며 견디었다. 그리고 비탄을 극복하지 못하고 갈팡질팡하던 기태의 허리춤을 붙잡아 주었다. 두 사람은 서울의 대학교로 진학하면서 자주 만났다. 그리고 누구랄 것 없이 서로 사랑하게 되었다.

기차는 몸을 흔들어 대며 어둠을 뚫고 남쪽으로 달렸다. 만감이 교차하는 듯 기태는 등받이에 몸을 기대고 눈을 꼭 감고 있었다. 만약 상을 당하면 올봄 대학교를 졸업하고 백수건달 생활을 하고 있는 그가 가장이었다. 그렇다고 집안의 생계를 걱정하는 것은 아닐 것이었다. 두 누나는 출가했고 남은 식구래야 여동생과 어머니뿐, 원래부터 억척스런 그의 어머니가 집안 살림을 주도했다. 하지만 가족이 안고 있는 원한과 분노가 장남으로서 큰 부담이 아닐 수 없었다. 아들의 처참한 시신을 거두고 화병으로 쓰러져 운명을 맞는 아버지보다 호랑이 띠에 호랑이상으로 태어나 자식 죽인 놈을 내가 잡아 죽여야 한다고 이를 득득 가는 어머니 옥촌댁의 울화통은 어느 누구, 어떤 위로의 말도 달랠 수가 없었다.

기태는 감고 있는 눈에서 눈물이 흘러내렸다. 얼마나 지났을까. 미동도 않던 그가 두리번거리더니 핸드폰을 꺼내 시간을 보았다. 11시를 넘고 있었다. 옆 사람은 코를 골고 잤다. 광주역에 도착한 것은 자정이 조금 지나서였다.

버스터미널로 가서 대합실에 쪼그리고 앉았다가 다섯 시에 출발하는 첫차를 탔다. 버스가 시내를 벗어나면서 동쪽 하늘이 서서히 밝아왔다. 어느새 화순 너릿재 터널로 들어섰다. 기태는 얼굴이 굳으며 부르르 몸을 떨었다. 어두운 터널 속을 지나는 동안 한 맺힌 악몽이 몸을 옥죄이는지 눈을 질끈 감고 이를 악물었다.

형이 죽었다는 소식을 들었을 때 기태는 믿기지가 않았지만 허겁지겁 집을 나선 아버지를 따라 광주로 갔었다. 형 친구가 도청 근처에 있는 어느 건물로 안내했다. 강당 같은 곳이었는데 총탄에 무참히 나부라진 주검들이 하얀 천으로 덮여 나란히 누워있었다. 아버지는 차근차근 천을 들춰보며 형을 찾았다. 기태는 두려움에 몸을 떨며 아버지 뒤만 따라다녔다. 형은 동공이 멀겋게 퍼진 눈을 뜨고 마룻바닥에 누워있었다. 앞가슴이 뚫리고 피범벅인 참혹한 모습을 보고도 눈물이 나지 않았다. 기태는 제정신이 아니었다.

"얼마나 억울하고 원통하면…, 눈을 못 감느냐?"

아버지가 중얼거리며 얼음장처럼 차고 하얀 얼굴을 쓰다듬어 눈을 감겼다. 광목을 길게 찢어서 가슴을 동여 묶고 싸고 또 비닐로 싸서 돗자리에 둘둘 말았다. 간신히 지게를 구했다. 아버지는 아들의 시신을 짊어지고 시내를 벗어났다. 아들이 번가라 지려고 해도 맡기지 않았다. 몇 번을 쉬었는지 모르지만 화순까지만 가면 작은 트럭을 대절하여 고향까지 갈 수 있을 것이라고 했다.

멀리 너릿재 터널이 보이는 산밑 길 굽이에 사람들이 모여서 웅성거리고 있었다. 진압군들이 광주를 고립시키기 위해 통행을 막고 있다고 지나가지 말라고 말렸다. 지나던 버스에 총을 쏴서 죄 없는 시민이 무참하게 죽었다고 했다. 더구나 총탄에 쓰러진 주검을 지고 터널은 물론이고 잿길도 지나가면 무사하지 못할 거라고 했다.

부자는 산속으로 들어가 어두워지기를 기다렸다. 밤이 되어 다시 지게를 지고 군인을 피해 산을 올라갔다. 숲속은 칠흑처럼 캄캄했다. 옆으로 길게 뉘인 주검을 지고 빽빽하게 우거진 나무들을 헤치고 나갈 수가 없었다. 나뭇가지에 옷과 살갗이 할퀴고 덤불에 걸려 넘어졌다. 이를 악물고 발을 옮기던 아버지가 지게를 받쳐놓고 주저앉아 흐느꼈다. 기태는 그때서야 울음이 나왔다.

아버지는 기태에게 돈을 주며 헌 삽을 구해오라고 했다. 기태는 산 아래 마을로 내려갔다. 불빛이 보이는 집으로 들어가 삽을 팔라고 했다. 노인이 눈치를 챘는지 삽을 주면서 그냥 가져가라고 했다. 기태는 토마루에 돈을 놓아두고 나왔다.

어둠 속에서 소리를 죽여 산 중턱 나무가 없는 빈자리를 팠다. 깊이 팔 힘도 시간도 없었다. 겨우 시신이 묻힐 만큼 파서 눕히고 주위의 흙을 긁어모아 덮었다.

"여기서 조금만 누어 있거라. 조용해지면 고향 산천에 데리고 가서 양지바른 집 뒷산에 묻어주마."

슬픔과 피로에 감정도 마비되고 눈물마저 말라버렸다. 큰 돌을 주워다가 표적을 해놓고 어둠이 가신 잿빛 숲속을 기어서 재를 넘었다. 화순에 당도했을 때는 동이 훤히 트고 있었다. 부자는 자식과 형이 죽었다는 사실도 모든 생각이 멎어버렸다.

아버지는 유독 장남을 좋아했고 가족의 장래를 오직 그의 성공에 기대했다. 지방대학이지만 국립대학교 법과에 진학한 형을 위해서 어머니는 전답이고 기르던 소고 주저하지 않고 팔아서 뒷바라지를 했다. 판사가 될 거라고 동네방네 자랑했다.

장남을 가매장해놓고 돌아와 실성한 듯 지내던 아버지는 끝내 화병으로 몸져누웠었다. 형은 오 년 동안 너릿재 응달에 누워있었다. 망월동으로 이장할 때도 아버지는 일어나지 못했다. 내 자식 죽인 놈을 내 손으로 죽여서 지옥으로 끌고 가겠노라고 이를 갈며 반송장으로 십 년을 버텼다.

버스가 화순을 벗어나면서 기태는 손수건을 꺼내 이마에 맺힌 식은땀을 닦았다. 아직 초겨울의 늦은 해가 산 너머서 머뭇거리고 있었지만 구름 한 점 없이 맑은 아침이었다. 읍에서 또 마을버스를 타고 찻길이 있는 동네까지 가서 다시 낮은 산등성이를 걸어가야 했다. 마을 어귀의 작은 골짜기에 외따로 있는 집 앞에 아낙네들이 모여 웅성거리다가 기태를 보고는 비켜서며 혀를 끌끌 찼다. 기태는 무작정 안방으로 뛰어 들어갔다.

옥촌댁을 비롯하여 두 누나와 매형들이 아버지를 둘러앉아있고 청진기를 목에 건 의사가 지켜보고 있었다. 작은아들을 기다리고 있는 것인지 아버지는 아직 끈질기게 목숨을 움켜쥐고 있었다. 기태는 손을 잡고 아버지를 불렀다. 초점이 흐려진 눈을 치켜뜨고 들릴 듯 말 듯 말했다.

"그, 그놈들을 꼭 내손으로 죽여야 하는…. 눈을 감을 수가…."

다시 힘없는 소리를 간신히 잇다가 끝을 흐렸다. 그리고 눈을 감았다. 한줄기 눈물이 뺨으로 흘러내렸다. 원수를 갚지 못하고 떠나는 한을 풀어달라는 유언 같았다.

해가 질 무렵인 저녁때가 되어 더는 아무말도 못한 채 숨만을 가쁘게 쉬던 아버지는 딸꾹질을 시작했다. 아버지의 손을 꼭 잡고 있는 기태는 마지막 가시는 길을 지켜볼 뿐 머릿속이 텅 빈 사람처럼 아무 생각도 감정도 정지된 채 멍하니 지켜보고 앉아 있었다. 딸꾹질이 멈추자 기다렸다는 듯이 의사가 가슴에 청진기를 대보았다. 눈까풀을 벌리고 동공을 살폈다.

"운명하셨습니다."

의사의 선고를 들은 옥촌댁이 가슴을 쥐어뜯으며 울부짖었다.

"내 자식 죽인 원수 놈 꼭 잡아서 끌고 간다더니 왜 혼자 떠나시오!"

옥촌댁의 통곡이 시작되자 누나들의 울음소리가 어우러졌다. 아버지와 하직을 하는 순간인데도 기태는 울지 않았다. 울분이 가슴속에서 뭉쳐있겠지만 더이상 눈언저리로 올라오지를 않은 모양이었다. 그는 아버지를 애타게 부르지도 않았다. 그동안 가슴을 후벼 팠던 고통에서 벗어나, 편한 저세상에서 그리던 아들을 만나시라고 빌고 있는 것 같았다.

지붕위에는 허드레 흰 무명 적삼이 널리고 마을 사람들이 꾸역꾸역 모여들었다. 읍에서 친인척들이 헐레벌떡 달려왔다. 옥촌댁은 넋을 잃고 계속 사설을 이어갔다.

"사람 죽인 놈들은 떵떵거리고 살고 있는디, 어찌 자식 잃은 당신이 먼저 간다요. 분해서 못 살겠소. 아이고, 아이고…"

마을 사람들은 누가 시키지 안 해도 척척 장례준비를 시작했다. 아버지는 염을 하지 않았다. 생전에 내 자식은 염은커녕 상처도 꿰매주지 못하고 묻었는데 나만 염을 하고 가서 어찌 자식을 볼 거냐고 염을 하지 말라고 유언을 했다. 입은 옷 그대로 모시홑이불로 말아서 무명 베 한 필로 띠로 묶어서 입관했다.

사랑채에 진을 친 어른들은 절차를 논의하고 젊은 사람들은 상여를 메었다. 여인네들은 음식을 장만하느라 부산했다. 옥촌댁은 그 통에도 울고만 있는 성미가 아니었다. 울다 말고 이것저것 간섭하면서 장례준비를 지휘했다.

문득 기태가 집돼지를 잡아서 쓰자고 했다. 어머니는 이미 머슴 정센에게 잡아서 제수 쓰고 동네사람 배불리 먹이라고 일렀노라고 말하고 또 곡을 했다. 기태는 주먹을 불끈 쥐고 정센에게로 가서 돼지는 내가 잡겠다고 나섰다. 나이가 지긋한 정센은 상주는 제상 앞에 조용히 앉아 있어야 한다고 말렸다. 기태가 돼지를 잡자고 한 것은 죽이고 싶어서 안달하던 돼지였기 때문이다.

작년 겨울방학에 집에 왔을 때였다. 따사로운 햇볕이 내려쬐는 마당에서 노란 털이 보송보송한 병아리들이 어미닭과 모이를 쪼아먹고 있었다. 그때 난데없이 집돼지가 허술한 우리를 뚫고 나와 꿀꿀대며 집 마당으로 행차했다. 다섯 마리의 새끼가 줄줄이 따랐다. 옥촌댁이 끔찍이 보살핀 덕에 통통하게 살 찐 돼지는 뒤뚱뒤뚱 여기저기를 휘젓고 다녔다. 암탉이 꾹꾹대며 비상경계를 발령하고 날개를 잔뜩 부풀려 병아리들을 보호했다. 돼지는 마구잡이로 닭들을 쫓아내고 모이통을 차지했다. 겁 없는 병아리 한마리가 피하지 않고 옆에서 모이를 주어먹고 있었다. 애가 탄 어미닭이 꾹꾹대며 불러도 먹이에 정신이 팔린 병아리는 아랑곳하지 않고 아예 모이통으로 들어갔다. 갑자기 돼지가 꽥 소리를 지르며 병아리를 덥석 물고 흔들어서 팽개쳤다. 병아리는 발발 떨다가 뻗어버렸다.

순식간에 벌어진 참상에 화가 치민 기태는 마당으로 뛰어 내려가 바지게 작대기로 돼지를 사정없이 때렸다. 돼지는 소래기를 지르며 달아났다. 기태는 뒤따라가는 새끼돼지를 작대기로 팼다. 새끼돼지가 소래기를 지르자 어미 돼지가 꿀꿀대며 되돌아 쫓아왔다. 어미돼지를 다시 때리려고 작대기를 추켜든 순간 옥촌댁의 도가지 깨지는 목소리가 손목을 붙들었다.

"왜 돼지를 때려!"

"병아리를 물어 죽였어요."

"그까짓 병아리 한 마리 때문에 돼지를 때리면 쓰냐?"

토방에 서서 돼지를 때리지 말라고 나무랐다. 그까짓 병아리라니? 값으로 치면 병아리는 돼지 귀때기 값만도 못하다고 했다. 괴롭히면 근수가 빠지고 젖이 안 나와 새끼가 빨리 크지 않는다는 경제이론이었다. 기태는 어이가 없어 바지게 작대기를 던져버리고 돼지에게 물린 병아리를 살펴보았다. 이미 고개를 축 늘어뜨리고 눈을 감았다. 비명에 죽임을 당한 병아리를 두 손으로 받쳐 들고 뒷산으로 갔다. 어미 닭이 사립문까지 뒤따라오며 꾹꾹댔다.

병아리를 묻어주고 나서 기태는 그 돼지를 그놈이라고 불렀다. 씰룩씰룩 두 개의 뻥 뚫린 콧구멍하며 빈둥빈둥 놀면서 주는 것 처먹고 피둥피둥 살이 찐 꼬락서니에다 병아리를 잔인하게 물어 죽인 포악함이 영락없이 그놈과 닮았다고 생각했다. 그로부터 기태는 어머니에게 그 돼지를 잡아먹던지 팔자고 졸랐다.

옛날 농촌은 집집마다 돼지를 길렀으나 지금 돼지를 기르는 집은 기태네 뿐이었다. 환경문제 때문에 면에서 일반 가정에서는 기르지 않도록 계도하고 있었다. 그러나 공무원 아니라 누구도 옥촌댁의 억척스런 고집을 말리지 못했다. 하기야 집에서 음식 찌꺼기 먹고 자란 토종돼지의 쫄깃쫄깃한 맛은 사 먹는 고기에 비할 바 아니었다.

정센은 부엌에서 큰 식칼을 들고나와 뜰아래 샘으로 갔다. 샘가에는 아침마다 머슴들이 낫을 가는 목침처럼 뭉툭한 큰 숫돌이 놓여있다. 섬에서 캐왔다는 회색 수성암은 윗면이 달아서 말 등잔처럼 휘어졌다. 정센이 두 손으로 칼을 갈자 쓱쓱 쇠와 숫돌이 닳는 기분 나쁜 소리가 났다. 가끔 물을 부어 주면 칼날이 은빛으로 번쩍였다. 앞쪽을 갈고 뒤집어서 뒤쪽을 갈았다. 정센은 칼날에다 엄지손가락 지문을 살짝 대본다. 날이 잘 섰으면 칼날이 달라붙는 느낌이 난다. 정센은 칼날을 물로 씻었다. 식칼은 번쩍번쩍 빛이 나며 섬뜩한 살기가 돌았다.

정센과 실꾼 두 사람이 새끼줄을 들고 돼지우리로 갔다. 한사람이 낮은 울타리 너머로 허리를 굽혀 돼지의 뒷다리를 잡으려고 했다. 잘 잡히지 않는지 한사람이 작대기로 돼지를 몰았다. 실랑이 끝에 돼지의 목청이 찢어지는 소리가 났다. 드디어 뒷다리가 잡힌 돼지가 죽는다고 내지르는 소래기였다.

작대기를 들고 있던 사람이 다른 뒷다리를 마저 잡았다. 돼지는 허리가 장구통인지라 뒷다리를 잡히면 고개나 몸이 돌아가지 않기 때문에 꼼짝 못한다. 고래고래 소래기를 지르며 우리에서 끌려나왔다. 정센과 일꾼들은 옆으로 눕힌 다음 네 다리를 꽁꽁 굽싸서 돼지를 들고 샘으로 왔다.

그다음은 칼잡이가 할 일이다. 기태는 슬며시 제단을 떠나 마당가의 낮은 돌담 너머로 돼지를 잡는 것을 내려다봤다. 흥분이 되는지 두 주먹을 쥐고 있었다.

"누가 지를라요?"

머슴 정센이 번쩍거리는 식칼을 옷깃으로 닦으면서 주위를 둘러보고 물었다.

"그냥 자네가 지르소."

지르란 말은 목을 찔러 죽이라는 뜻이다. 정센은 옆으로 누워서 씩씩거리고 있는 돼지의 몸통을 무릎으로 누르고 왼손으로 돼지의 귀때기를 붙잡았다. 끙끙거리며 가쁜 숨을 쉬고 있던 돼지는 다시 요란한 소래기를 질러대며 요동을 쳤다. 일꾼 한 사람은 묶여 있는 뒷다리를 또 한 사람은 엉덩이를 붙들었다. 드디어 목에 칼을 댔다.

기태는 자신이 직접 칼을 지를 것처럼 주먹을 불끈 쥔 채 입을 앙다물었다. 칼이 목을 찔렀다. '꽥!' 귀청이 먹먹한 단말마의 소래기가 골짜기에 울리고 메아리쳤다. 이윽고 칼이 깊이 꽂히자 멱따는 소리가 뚝 그치면서 목에서 '푸─'하는 헛바람이 새어나오는 소리가 대신했다. 기도가 끊어진 것이다. 빨간 피가 솟았다. 칼과 머슴의 손은 선혈로 물들었다. 모두들 달려들어 돼지를 거꾸로 쳐들고 흐르는 피를 넓적한 오지그릇에 받았다.

두 사람이 큰 고무다라에 펄펄 끓는 물을 가득 퍼왔다. 돼지를 담그자 죽은 돼지가 마지막 몸부림을 쳤다. 머슴들이 돼지 몸통의 까만 털을 한 움큼씩 잡아 벗기자 하얀 살갗이 드러났다.

정센은 돼지의 목을 잘라 머리를 떼어냈다. 목이 잘린 돼지의 하얀 몸뚱어리는 흉측했다. 그리고 세워놓은 머리통은 영락없이 누군가 닮은 것 같았다. 기태는 눈에 야릇한 광채가 빛나며 진저리를 쳤다.

"정센 아저씨, 그 돼지머리, 누구 닮은 것 같지 않아요? 그 놈도 돼지처럼 칼로 모가지를 질러야 하는데…."

기태가 씩씩거리며 말하자 정센도 맞장구를 쳤다.

"그러고 보니 천벌을 받을 그놈 꼭 닮았네."

쪼그리고 앉아서 구경하던 아이들은 돼지 오줌보를 얻어 물을 빵빵하게 채워서 축구 놀이에 신이 났다.

매형이 달려와 돼지에 정신이 팔려 있는 기태를 불렀다. 상주가 무슨 돼지 잡는 구경을 하고 있느냐고 핀잔을 하며 데리고 갔다. 5·18민주유공자유족회 회장과 간부들이 조문을 와있었다. 그들은 영정에 묵념을 하고 나서 상주인 기태에게 정중히 조문했다. 기태는 뭔가 불만이 있는 듯 오만상을 찌푸리고 앉아 있었다. 이윽고 참지를 못하고 입을 열었다.

"희생을 당한 사람은 고사하고 유족들마저 화병으로 죽어 가는데 살인자들은 떵떵거리고 살고 있으니 유족회는 무엇을 하고 계신 겁니까?"

불평을 늘어놓은 기태는 내가라도 응징을 하겠으니 광주진압작전에 참가한 부대의 지휘관들 이름과 소재지를 자세하게 알려달라고 말했다. 유족회 회장과 간부들은 묵묵히 듣고는 가는 한숨으로 대답을 대신했다. 기태가 다시 말을 하려고 하자 매형이 먼 산골까지 조문을 오신 분들이니 그런 이야기는 다음에 하라고 나무랐다. 회장은 기태의 양손을 꼭 쥐며 그 마음 충분히 이해한다며 광주에 오면 유족회 사무실에 한번 들르라고 했다. 그들이 떠날 때 기태는 집 앞까지 나가서 정중하게 전송하며 불평한 것을 사과하고 상경할 때 들르겠다고 했다.

다음날 집 뒷산에 아버지의 안장을 마쳤다. 옥촌댁과 출가한 누나들만 슬피 울었지 상주인 기태는 묘 앞에 비정하리만치 굳은 표정으로 멀뚱멀뚱 눈을 뜨고 있었다. 어른들이 시키는 대로 잔을 올리고 절을 했어도 초점이 고정되지 않은 채 뭔가를 골똘히 생각하는 것 같았다.

기태는 삼우를 지내고 바로 떠나기로 했다. 아침 식사를 마치고 부엌에서 설거지가 끝나기를 기다렸다. 새참이 되어 아무도 없는 것을 확인하더니 부엌으로 살며시 들어갔다. 창이 없는 부엌은 아궁이 연기로 새까맣게 그을어 낮에도 컴컴했다. 동공을 익힌 뒤 항상 칼을 꽂아 놓는 문 오른쪽 선반 밑을 보았다. 벽에 큰칼 세 개가 꽂혀있었다. 그중에서 날이 번쩍이는 칼이 돼지를 잡았던 것임을 알 수 있었다. 그 식칼을 뽑아서 옷자락에 감췄다. 바가지로 물동이의 물을 떠서 한 모금 마시고는 밖으로 나왔다. 살며시 방으로 들어가 신문지로 둘둘 말아서 가방 속에 넣었다.

지쳐서 누워있던 옥촌댁은 기태가 작별 인사를 하러 안방으로 들어가자 벌떡 일어났다. 갑자기 그의 바지자락을 움켜잡고 다른 손으로 방바닥을 때리며 울기 시작했다. 눈물을 쏟았지만 울음소리는 사설이었다.

"느그 아버지까지 가버렸으니 우리는 억울해서 어찌 산다냐…. 내가 기력 찾으면 올라가마. 내가 느그 형 죽인 놈 잡아 죽이고 네 아버지 원수를 꼭 갚을랑께…"

기태는 옷이 미어지도록 붙잡은 옥촌댁의 손을 간신히 뜯어내고 살며시 일어났다. 그리고 눈을 감고 잠시 서 있었다. 그리고 맹세를 했다.

"어머니, 제가 원수 놈 꼭 잡아 죽일거에요. 너무 속 썩히시지 마시고 건강하세요."

기태는 연방 뒤통수를 때리는 어머니의 사설을 들으며 방을 나왔다. 토방에서 기다리던 누나가 문밖까지 따라 나와서는 아무 말이 없이 봉투를 주었다. 그리고 돌아서서 손수건으로 눈물을 닦고 있었다.

기태는 가방을 든 손이 부르르 떨렸다.

광주에 도착한 기태는 5·18민주유공자유족회를 찾아가려다 말고 바로 역으로 향했다. "가봤자 똑같은 소릴 거야 재기랄, 무엇하는 사람들인가? 그들을 응징할 방법은 고사하고 지금껏 밤낮 조사만 하면 어쩌란 말인가." 중얼거리고 있는데 전화벨이 울렸다. 현미였다.

"괜찮아? 언제 올 거야? 꼭 갔어야 했는데…."

"광주에 왔어. 장례는 잘 치렀어. 오지 말라고 일부러 늦게 전화한 거야."

"기차로 올 거지? 역으로 나갈께."

"어느 편으로 갈지 몰라. 나올 필요 없어."

"필요 없다니 왜?"

"글쎄…."

평소에는 마중을 나오지 않으면 섭섭하던 기태가 대답의 꼬리를 흐린 채 전화를 끊었다. 그는 기차에 올라 시내를 벗어나면서 안고 있는 가방을 살며시 열어보더니 다시 닫았다. 그리고 눈을 감았다.

현미는 기태의 쪽방에 와서 기다리고 있었다. 조심스럽지만 반갑게 맞는 그녀와는 달리 기태는 말이 없이 시큰둥했다. 현미가 가방을 받으려고 했지만 두 손으로 움켜잡고 주지 않았다. 현미가 식사하러 가자고 했다. 기태는 고개를 옆으로 저었다. 전 같으면 다녀온 이야기를 늘어놓았고 또 먼저 식사를 하자고 했을 것인데 오늘은 그냥 돌아가라고 했다.

갑자기 변한 기태의 태도에 현미는 머리를 갸우뚱했다. 아버지를 여읜 충격 때문이라고 생각했는지 내일 다시 오겠다며 일어섰다. 기태는 내일은 바쁜 일이 있으니 시간이 나면 전화하겠다고 했다. 현미는 기태를 똑바로 쳐다봤다. 뭔가 말을 하려다 말고 시무룩한 표정으로 집을 나갔다. 그녀가 나가자 기태는 가방을 열고 옷가지와 수첩과 세면용품을 꺼냈다. 바닥에 남아 있는 식칼을 들어냈다. 돼지를 잡던 그대로 금속의 번쩍번쩍 반짝였다. 마른 수건으로 조심히 한번 닦고 다시 신문지로 말아서 가방에 넣었다.

한 시간이 멀다고 걸려오던 기태의 전화가 이틀이 지나도 깜깜무소식이었다. 현미는 아무래도 뭔가 이상했다. '마음이 변한 걸까?' 중얼거리며 벌떡 일어나 집을 나섰다. 무작정 기태집으로 갔다. 그는 집에 없었다. 방문에 열쇠가 잠겨 있지 않은 것으로 미루어 멀리 가지는 않은 것 같았다. 잠겼더라도 열쇠를 갖고 무시로 드나들던 현미는 방으로 들어가서 기다렸다.

좁은 방바닥에 옷들이 흐트러져 있었다. 항상 가방에 넣고 다니던 노트도 나뒹굴고 있기에 챙겨주려고 가방을 열었다. 그 속에 뭔가 신문지로 아무렇게나 말아 싼 묵직한 것이 들어있었다. 꺼내서 신문지를 풀어본 현미는 기겁을 했다. 날이 번쩍거리는 식칼이었다. 두근거리는 가슴을 달래며 조심조심 다시 싸서 가방에 집어넣었다.

심장이 뛰는 소리가 진정되기도 전에 기태가 라면을 사가지고 돌아왔다. 기태는 왜 왔느냐고 퉁명스럽게 물었다.

"왜 오다니? 언제는 오지 않았어? 처음 찾아온 사람처럼 왜 이래?" 현미는 시치미를 떼고 물었다.

"…"

"왜 사람이 그렇게 변한 거야? 아직도 아버지 생각이 나서 그래?"

기태는 대답을 못했다. 얼굴을 찡그리고 방바닥에 있는 가방을 책상 밑으로 치웠다. 항상 점심때 찾아오면 기태는 좋아했다. 집 앞의 분식집에서 김밥을 함께 먹거나, 라면을 먹고 싶을 때는 현미가 끓여주기를 바랬다. 현미는 살며시 가태가 사 온 라면 봉지를 들고 부엌으로 나가 라면을 끓였다. 그때까지 기태는 방에서 내다보지를 않았다.

쟁반에 라면을 받쳐 들고 방으로 들어온 현미는 깜짝 놀랐다. 기태가 눈물을 흘리고 있었다.

"왜 우는데? 아버지 생각이 나서 그래? 제발 무슨 일인지 말 좀 해줘."

전에도 기태는 가끔 형 생각이 나고 울분이 끓어오를 때면 눈물을 흘릴 때가 있기는 했지만 현미의 성화에도 아무 대답이 없이 계속 눈물을 흘리기만 했다.

"모든 것이 운명이라고 생각해. 붇기 전에 라면이나 들어."

그 말이 끝나기 전에 기태는 애처로운 눈으로 현미를 보며 힘없이 말했다.

"현미야. 이제부터 나는 할 일이 있어. 당분간 너하고 헤어져야 할 것 같아. 너를 위해서야."

"뭐라고? 헤어진다고? 세상에. 어떻게 오빠 입에서 그런 말이 쉽게 나와? 무슨 일인데 그래?"

"너까지 신세를 망치고 싶지 않아서야. 이해를 해줘."

"무슨 영문인지 모르지만 나는 아버지를 잃고 슬픔과 좌절의 시간을 오빠 하나 의지하고 살아왔어. 몰라서 그래?"

"알아. 그러니까 더 괴로운 거야. 하지만 나는 형은 물론이고 돌아가신 아버지와 몸져누운 어머니에게 맹세를 했어. 나는 꼭 원수를 갚아야 해. 나만 편하자고 그대로 산다는 것은 차라리 죽는 것보다 괴로워."

"원수를 갚는다고, 오빠가? 어떻게 그런 생각을 하는데…?"

"나는 비명에 죽임을 당한 형이나 화병으로 돌아가신 아버지의 앙갚음을 하려는 개인문제가 아니야."

"그럼?"

대답소리가 커지면서 빨라졌다.

"선량한 시민을 무참히 살상하고 정권을 찬탈한 그들은 떵떵거리고 살고, 나라를 위해 싸우다 억울하게 죽은 사람과 유족은 바보가 되는 세상을 그대로 두니까 비참한 역사가 되풀이되는 거야. 제주 4·3사건, 여순반란사건, 마산의거, 4·19, 5·18, 불행은 변함없이 거듭되고 있어. 백범 암살범 안두희를 인간쓰레기라고 외치며 '정의봉'으로 처단한 박기서 선생이 아니었으면 그는 세상을 비웃으며 천수를 누렸을 게 아냐? 불의는 반드시 정의로운 국민의 응징을 받는다는 역사가 이루어져야 해. 진정한 사과만 해도 분이 풀리겠어. 이십여 년 진상을 밝히라고 외치고만 있는 우리를 그들은 얼마나 바보로 여길까. 나 자신이 너무 미약한 존재인 게 더 괴로운 거야."

그는 흥분하여 대들 듯이 장황한 열변을 토하면서 부르르 떨었다.

"그건 백번 옳은 말이지만 자기만 영웅이야? 지금 사회가 이 문제에 대해서 노력하고 있지 않아? 그럴수록 우리는 더 정신을 차리고 바르게 열심히 사는 것이 앙갚음이야. 언젠가 그들은 반드시 벌을 받을 거야."

현미는 어이가 없는지 목구멍으로 기어들어가는 말을 해놓고 천장만 쳐다봤다.

"미안해. 나는 어쩔 수 없어. 나와 만났다는 이유만으로 네가 다치게 돼. 모든 일이 끝날 때까지 나를 내버려 둬. 나도 괴롭지만 서로의 관계가 없어야 하는 거야. 서로의 마음만 변하지 않으면 언젠가 우리는 다시 만나리라 믿어."

"자기의 괴로움만 다고 나는 뭐야, 나 생각은 털끝만큼도 안 해? 그래서 나를 버리고 오빠만 만세 부르면서 감옥에 가면 다야? 돌아도 보통 돈 게 아니네. 알아서 해."

잔뜩 얼굴이 부운 현미는 문을 박차고 나왔다. 지금까지 기태와 사귀면서 화를 낸 것은 처음이었다. 집으로 돌아와서도 안절부절 어쩔 줄을 몰랐다. 하루를 가만히 참지 못해 다음날 다시 기태를 찾아갔다. 의외로 그는 끙끙 앓고 누워있어서 깜짝 놀랐다. 온몸이 불덩이처럼 뜨겁고 옷이 땀으로 흥건히 젖어있었다. 병원에 데리고 가려해도 화가 나서 그러니 곧 낳을 거라며 거절했다. 현미는 뛰어나가서 우선 해열제를 사 왔다.

"내가 너무 심한 말을 해서 화난 거야? 오빠가 걱정되어 견딜 수가 있어야지. 약을 먹어야 해. 기운을 차려야 복수를 하든지 말든지 할 거 아냐."

약도 먹지 않으려는 것을 얼레고 달래서 겨우 기태를 일으켰다. 그는 못 이기는 듯 약을 입에 털어 넣고 다시 드러누웠다.

"그 돼지를 빨리 만나야 하는데…."

기태는 끙끙 앓으면서 헛소리를 중얼거렸다.

"돼지가 누군데?"

"그, 그 돼지같이 생긴 놈. 콧구멍 두 개가 빵 뚫린 놈. 살인마…. 아이고 머리야."

"만나서 어쩔 건데?"

"우리집 돼지처럼 멱을 지를 거야."

현미는 제발 마음을 진정하라고 달랬으나 막무가내로 계속 흥분하여 중얼거리다 잠이 들었다. 집으로 돌아온 현미는 고민을 하다가 어머니에게 이야기를 하지 않을 수 없었다.

"걱정이구나. 형과 아버지를 잃고 분노를 참지 못한 복수심 같구나. 복수심을 해소하는 방법은 크게 두 가지란다. 하나는 복수를 하는 것이고 다른 하나는 복수심을 다른 마음으로 바꾸는 것이다. 강박증으로 인한 망상장애나 충동조절장애 같은 병이면 더 큰 걱정이다."

"어머니 말씀이 맞는 것 같아요. 정신적 괴로움으로 나타나는 불안정하고 비정상적인 병이 틀림없어요."

"망상장애 건 충동조절장애 건 이런 증상은 말린다고 해결될 일이 아니다."

부부가 함께 교사였던 어머니는 심하면 의학적인 치료를 받아야 하겠지만 자기 고집대로 복수를 하던지 또는 어떤 계기로 잘못된 생각이란 것을 스스로 깨달아 다시 심리적 안정이 되지 않으면 쉽게 치유가 되지 않을 거라며 거정을 했다.

"그런 증세가 심한 것 같아요. 어떻게든 빨리 치료하지 않으면 안 되는데…. 자기 결심대로 복수를 하던지 또는 어떤 계기로 잘못된 생각이란 것을 스스로 깨달아 다시 심리적 안정이 되어야 한다? 그럼 어떻게 해야 한담…."

"행여 무모한 일을 하지 않도록 잘 살펴야 하겠구나."

"그래요 어떤 사정 어떤 경우라도 기태가 끔찍한 범행을 하도록 보고만 있을 수 없어요."

다음날 현미는 죽을 써서 아침 일찍 그를 찾아갔다. 다행히 열이 내려 있었다.

"집에서 곰곰이 생각해 보니 오빠 말이 맞았어. 나도 그런 녀석들을 그대로 두면 절대 안 된다고 생각했어."

갑자기 어재와 다른 소리를 하며 입을 앙다물고 주먹까지 불끈 쥐어 보인 현미를 보고 기태는 어리둥절했다.

"너는 안 돼. 끼어들어서는 안 돼. 제발 당분간 나를 잊어줘."

"오빠를 마음대로 잊을 수 있다면 나도 좋겠네. 오빠와 헤어진다는 것은 상상도 하기 싫어. 오빠만 원수야? 나는 아버지를 잃었어. 우리는 공동 운명이야. 내가 꼭 그 돼지 목을 따고 말거야."

뜻밖에 팔을 걷어붙이고 나서는 현미의 태도에 기태는 난감한 것 같았다. 고군분투하던 참에 원군을 만났으니 싫지 않겠지만 그래도 거절했다.

"내 뜻을 이해하고 도와준다니 고맙지만 네가 개입하면 안 돼."

"그렇지만 사실 돼지는 우리 힘으로 어렵다는 생각이 들어. 우선 만날 수가 없거든."

"그래서 고민하는 거야. 나라는 돈을 들여서 그런 녀석을 경호하고 있으니 말이지. 돼지를 못 잡으면 돼지 새끼라도 잡을 거야. 그래 맞아, 우리집 돼지가 병아리를 물어 죽이던 때 내가 새끼 돼지라도 때려죽이고 싶었어."

"하기야 꿩 대신 닭이란 말은 있지만…. 그럼, 새끼를 만나면 어떻게 할 건데?"

"그건 내가 알아서 할 거니까…."

"하지만 돼지 새끼는 죄가 있는 것은 아니야. 혼내기만 하지 절대 상해를 입혀서는 안 돼. 알았지? 약속하면 내가 새끼 돼지의 소재를 알아봐 줄께."

기태는 그 말을 듣고 얼굴에 화기가 돌았다. 현미는 막무가내로 덤비는 성격인 기태를 달래면서 자신을 믿도록 구체적인 계획을 제안

했다.

"정말? 그래 알았어. 약속할게. 그렇지만 너는…."

"아니야, 어차피 나도 아버지 원수를 갚아야지. 그러지 않고는 잠도 못 자는 걸. 혼내고 나면 우리는 정말 마음 편히 살 수 있을 거야."

얼마 후 현미는 돼지 새끼의 회사를 알아냈다. 매일 가서 동태를 살폈다. 일주일에 삼사일 대개는 오전에 대머리가 벗겨진 돼지 새끼가 에쿠스를 타고 출근했다. 가장 확률이 높은 일시는 월요일이고 11시경이었다. 돼지 새끼의 소재와 동태를 파악했다는 현미의 말을 들은 기태는 눈에 불꽃이 번쩍였다. 다음 주 월요일에 그를 혼내겠다며 흥분을 감추지 못했다.

월요일 아침 현미는 김밥을 마련하여 기태 집으로 갔다. 7시 전인데 기태는 벌써 일어나 있었다. 밤새 긴장이 되어 잠을 설쳤다며 몹시 피곤한 기색이었다. 현미는 조금 일찍 집을 나서야 한다고 빨리 식사를 하라고 재촉했다. 기태는 일어나 수건을 목에 걸고 부엌으로 나갔다. 칫솔에 치약을 묻혀 입에 물고 마당의 수도가로 갔다. 그 사이, 현미는 재빨리 가방을 안고 뒤돌아 앉아 신문지에 싼 것을 들어냈다. 그리고 다시 집어넣었다. 가방을 제자리에 두고 부엌으로 나갔다. 밥상에다 김밥과 된장국을 차려 왔다. 세수를 하고 들어온 기태가 김밥을 먹는 동안 현미는 꼭 혼내기만 해야 한다고 다짐했다. 식사를 마치고 잠바를 걸친 기태는 가방을 왼쪽 어깨에 걸치면서 말했다.

"따라오지 말고 집에 가서 기다리고 있어. 나는 죽는 한이 있어도 현미는 모르는 일이라고 할 테니까. 알았지?"

현미는 알았으니 걱정하지 말라며 함께 집을 나섰다. 기태는 버스 정류장으로 총총히 발걸음을 옮겼다. 현미는 기태의 비장한 표정을 보며 눈시울이 젖었다. 기태가 골목을 벗어나자 현미는 어딘가에 전화를 걸었다. 그리고 큰길을 건너 반대편에서 택시를 탔다. 먼저 그 회사 근처에 도착하여 숨어서 망을 보고 있었다.

이윽고 기태가 나타났다. 회사 건물 앞을 왔다 갔다 서성거렸다. 한참 시간이 흐르고 11시가 되어도 차가 나타나지 않았다. 거리마저 태풍 전야같이 조용했다. 그때였다. 까만 승용차가 건물 앞에 멎었다. 대머리가 벗겨진 남자가 내리는 것이 보였다. 기태는 그리로 슬금슬금 다가가며 가방의 지퍼를 열고 손을 집어넣었다. 뭔가 망설이는가 싶더니 남자를 향해 돌진했다. "이 자식!" 그가 돌아보기도 전에 기합 소리와 함께 가방에서 칼을 꺼내 힘껏 옆구리를 찔렀다. 남자는 비틀했지만 쓰러지지 않았다. 기태가 다시 달려들었다. 그가 피하면서 기태를 밀어제쳤다. 기태가 제물에 넘어지면서 들고 있던 식칼이 땅바닥에 떨어지며 쨍그랑 소리가 났다. 그때 경찰차의 사이렌 소리가 났다. 남자가 기태를 발로 걷어찼다.

"그만! 차지 마세요!"

날카로운 여자의 목소리가 그 남자의 발차기를 멈췄다. 현미였다.

"죄송해요, 몸이 아픈 사람이니 이해를 해 주세요."

현미는 기태를 두 팔로 감싸며 대머리에게 사정했다. 경찰들이 달려왔다. 기태의 손목에 수갑을 채웠다. 현미가 땅에 떨어진 것을 주워서 보여주며 소리쳤다.

"전화했지 않아요? 이걸로 겁을 주려고 했던 거였어요."

꽃삽이었다.

"겁을 주려고 했더라도 협박죕니다."

기태는 주저앉아 울었다. 어디선가 기자들이 나타나 연방 사진을 찍었다. 현미가 기태의 등을 토닥이며 말했다.

"잘했어. 정말 잘한 거야. 이제 됐어. 이제 후련해?"

기태는 현미의 손을 꼭 붙잡고 "엉엉" 큰 소리로 울었다.

※ 2023년 『문학사계』 여름호

이데올로기의 유산

이데올로기의 유산

.
.
.
.
.
.

6월의 마지막 토요일, 과외 교습을 끝낸 덕진은 충장로로 발걸음을 재촉했다. 이글거리는 해가 핏빛 노을에 싸여 서서히 산마루를 넘고 있었다. 거리는 벌써 가게마다 전등불이 반짝이고 사람들이 북적대어 한결 번화했다. 그는 책방으로 들어가 책장을 훑어보다 꼰지발을 딛고 맨 위 선반에서 책 두 권을 뽑아냈다. 선물이니 예쁘게 싸 달래서 어깨에 걸친 책가방에 넣고 뒷골목으로 돌아갔다.

"김덕진!"

누군가 부르는 소리에 덕진은 뒤를 돌아보고 흠칫했다. 수상한 두 청년이 느릿느릿 다가왔다.

"잠깐 따라와."

인상이 좋지 않은 땅딸막한 청년이 위아래를 훑어보며 끌고 가려고 협박했다.

"무슨 일인데요? 저는 지금 바쁜 일이 있어서요."

"따라오라면 따라와! 터지기 전에."

덕진은 그들의 정체를 아는 것 같았다. 안색이 창백해지며 피하려고 했지만 다른 녀석이 눈을 홉뜨고 다짜고짜로 옷자락을 붙들고 끌고 갔다. 그곳에서 멀지 않은 허술한 건물의 지하실이었다. 한쪽에 회의탁자와 책상들이 놓여있고 그 주위에 서너 사람이 제멋대로 앉아 담배 연기를 내뿜고 있었다. 바닥에는 난장판이 끝난 장바닥처럼 종이나부랭이가 너저분하게 흩어져 분위기가 스산했다.

땅딸막한 청년이 접이식 의자를 들고 와서 덜컥 놓으며 앉으라고 했다. 그리고 벽 모퉁이에 세워놓은 각목 무더기에서 한 개를 뽑아 왔다. 덕진을 쏘아보며 낮은 소리로 가방을 열어보라고 했다. 덕진은 어색하게 웃으며 책이라고 말했다. '쾅!' 갑자기 각목이 책상을 내리쳤다.

"열라면 열어!"

기겁을 한 덕진이 열려고 하자 그를 끌고 온 녀석이 가방을 낚아채서 포장지로 싼 책을 꺼내 펼쳤다.

"백범일지? 내 그런 줄 알았어. 어젯밤 네가 충장로에 삐라 뿌렸지?"

"무슨 삐라요? 나는 모릅니다."

"이 새끼, 맞아야 불겠어? 가방은 왜 메고 다녀?"

"아이들 가르치는 책입니다. 나는 정말 모릅니다."

"백범일지도 가르쳐? 정말 안 불래?"

"그게 아니고…."

"이 새끼가!"

미처 말을 꺼내기도 전에 각목이 어깨를 내리쳤다. 강한 타격에 덕진은 반사적으로 벌떡 일어났다. 얼굴이 이글어지고 몸을 비틀며 꿈틀거렸다. 또다시 각목이 내리쳤다. 왼손이 본능적으로 막았다. '탁' 소리와 '악' 소리가 동시에 났다. 덕진은 땅바닥에 주저앉아 공포에

질린 눈으로 그를 쳐다보며 손목을 주물렀다. 복날 개 패듯 다시 때렸다. '뚝' 각목이 두 동강이 나면서 벽으로 튀었다. 덕진은 부들부들 떨면서도 나는 아니라고 극구 부인했다. 의례 벌어지는 일인 듯 탁자 주위에 앉아 있는 사람들은 쳐다보지도 않았다.

"그러니까 솔직하게 불어."

씩씩거리며 다시 각목을 들고 왔다. 그때 지하실로 들어온 사람이 있었다.

"어? 김덕진 아냐?"

덕진이 뒤돌아보고 깜짝 놀랐다. 사범학교 동창이었다. 덕진은 두들겨 맞고 있는 꼬락서니가 창피한지 고개를 떨어뜨렸다. 동창이 각목을 휘두른 친구를 말렸다.

"그냥 보내. 그럴 친구 아니야."

"빨간 줄쳐진 녀석이야."

"알아, 그래도 그럴 친구 아니라니까."

때리던 청년은 상을 찌푸린 채 각목을 구석에 던지고 손을 털면서 밖으로 나가버렸다. 덕진은 깊은 한숨을 토했다. '살았구나.' 하는 안도라기보다 동문에게 부끄러운 모습을 보인 것이 한심한 모양이었다. 허둥지둥 책을 집어넣고 "미안해." 모기 같은 소리를 흘리며 지하실을 빠져나갔다. 밖은 이미 어둠이 깔리고 약속시간은 30분이 지나고 있었다. 머리가 흐트러지고 셔츠가 찢겼지만 아랑곳하지 않고 맞은 손을 주무르며 골목길을 반달음으로 걸어갔다. 그리 멀지 않은 곳에 있는 중국식당 앞에서 가픈 숨을 진정했다.

빨간 칠을 한 식당문을 밀치고 들어가 홀을 둘러봤다. 외진 구석에 조용히 앉아 있는 혜련의 뒷모습이 보였다. 덕진은 조심스럽게 다가

가 어정쩡 의자에 엉덩이를 걸쳤다.

"미안해, 오래 기다렸지? 오다가 어떤 단체 애들한테 끌려간 통에…."

눈을 뜬 혜련이 찢긴 옷과 멍이 들고 퉁퉁 부은 손을 번갈아 보고 깜짝 놀랐다.

"어머! 끌려가서 맞았어? 어떤 단첸데?"

"학련이던 동창 덕분에 풀려났는데 학련은 아닌 것 같아."

"세상에…. 그럼 그 청년단일 거야. 그 사람들은 법도 없고 잘못 걸리면 죽는데. 경찰도 꼼짝 못한다니까 신고해봤자 소용없어. 도리어 보복만 당하게 되니까 운이 없었다고 생각하고 잊어버려야해. 식사고 뭐고 얼른 병원에 가."

구슬이 굴러가듯 명랑한 목소리와 달리 혜련은 애잔하게 바라보는 눈에 이슬방울이 번쩍였다. 작년 봄 여중을 졸업하고 은행에 입사했지만 여태 학생 티를 벗지 못하더니 오늘은 흰 블라우스에 연분홍색 레이스 재킷을 걸친 모습이 눈부시게 예뻤다.

"병원은 가지 않아도 되겠어. 찜질하면 낳을 거야. 생일 축하해. 이건 선물. 혜련이 존경하는 백범 선생님의 일지 상하권이야."

"백범일지? 읽고 싶었는데. 고마워. 그러고 보니 모레가 김구 선생님이 돌아가신지 벌써 일주년이네. '어허 여기 발 구르며 우는 소리… 님이여 듣습니까.' 노래 소리가 아직도 귀에 생생해."

책을 펼치다가 이번에는 사랑이 잔뜩 고인 눈으로 덕진을 빤히 바라봤다.

"나는 감시를 당하고 있는가봐. 책 때문에 더 곤욕을 치렀어."

"책 때문에? 우리 아버지도 김구 선생님을 왜 싫어하신지 모르겠어. 이 책도 보시면 야단치실 거야."

"내가 알기로는 김구 선생님은 좌익이 아닌데 좌우합작을 주장해서 우익들이 좌익으로 몰았던 거야. 사상은 자유지만 우리나라는 너무 극단적이고 과격한 것 같아. 그건 그렇고 오늘은 맛있는 것 먹자"

"자기가 사줄 거야?"

"걱정 마. 오늘 사례비 받았어."

"모질게 번 과외비를 축내라고? 그럼 선물 사줬으니까 싼 것 먹을래."

혜련은 웃는 눈을 곱게 흘기더니 다시 걱정스러운 표정으로 말했다.

"그나저나 빨리 취직이 되어야 할 텐데…."

"너무 걱정하지 마. 어떻게 되겠지."

"아버지는 그렇다 치고 오빠는 죄가 없지 않아."

"그게 연좌제란 거야."

그렇게 대답했지만 깊은 한숨을 쉬는 덕진의 얼굴은 어두웠다.

"오빠, 우리 내년에 결혼하자."

뜬금없이 혜련이 얼굴을 가까이 대며 속삭였다.

"?…"

어리벙벙한 덕진은 눈만 크게 떴지 직답을 피했다.

"아버지 허락을 받을 수 있겠어?"

"상관없어. 정 반대하면 집을 나올 거야. 알았지?"

"그건 안 돼. 부모님의 뜻을 거스르고 결혼해서는 결코 행복할 수 없어."

"사랑보다 행복한 게 뭔데?"

아버지를 닮아서인지 혜련은 성격이 단순하고 적극적이었다. 주장은 바로 결정이었고 덕진은 항상 어정쩡 따라갔다. 하지만 오늘은 입을 다물었다. 사랑보다 행복한 것, 간단히 설명할 수 없는 질문이라서 대답을 회피한 것은 아니리라. 그들 부모의 서로 다른 정치사상은 민족을 분열하고 동족상잔의 비극을 부른 끔찍한 화근이 아닌가? 덕진이 입에 담기 싫은 고뇌의 흔적이 얼굴에 나타났다.

두 살 차이인 그들은 초등학교를 같이 다녔다. 그 지방은 당시 6년제이던 중학교가 없었다. 덕진은 광주 사범학교로 진학했고 혜련도 같은 도시의 여중학교에 입학했다. 타향에서 서로 만나면 얼굴을 붉히고 지나치던 그들이 오빠 동생하고 지내게 된 것은 덕진이 졸업반인 6학년 때였다. 여름방학을 하여 고향으로 가는 기차에서 우연히 만났다. 시커먼 연기를 푹푹 내뿜는 석탄열차가 터널을 빠져나오면 너나없이 콧구멍이 시커멓게 그을었다. 서로 쳐다보며 웃다가 혜련이 손수건으로 덕진의 얼굴을 닦아주면서 낯가림이 가셨다. 그리고 친해지더니 이성을 느끼기 시작했고 좋아하게 되었다.

학교는 반탁이다 찬탁이다 혼란했지만 덕진은 열심이 공부했다. 친구들이 몰래 돌려보던 마르크스의 자본론이나 헤겔의 변증법 같은 책도 멀리했다. 그러나 혜련과는 자주 만났다. 학생은 영화관람도 금지하던 시대였다. 하물며 연애하다 들키면 퇴학이었다. 사복을 입은 혜련이 한결 성숙하게 보였고 누구랄 것도 없이 서로가 죽고 못 살 만큼 사랑이 깊어갔다.

사범학교는 졸업하면 초등학교 교사 발령을 받는다. 읍사무소 서기로 근무하며 힘겹게 외아들을 뒷바라지하던 그의 아버지도 한시름 놓았다. 덕진은 어린 꿈나무들에게 열정을 쏟았고 교직자의 보람을 느꼈다. 그러나 주말이면 딸네집에 가서 농사일을 도울 만큼 부지런하고 성실했으며 인정이 많아서 인심이 좋던 아버지가 여순사건

때 빨간 물을 뒤집어 쓸 줄을 누가 알았으랴.

덕진이 당숙 때문이라고 원망한 것도 무리한 말이 아니었다. 서울 법대를 졸업한 당숙 김창기는 김씨 가문의 희망이었다. 학벌이 짧은 덕진의 아버지는 사촌형인 그를 부러워하고 좋아했다. 서울에 사는 그는 방학 때뿐만 아니라 대학을 졸업하고도 가끔 고향에 와서 덕진의 집에서 머무르다 가곤 했다.

들판이 황금색으로 빛나던 10월이었다. 전라남도의 동남부가 발칵 뒤집혔다. 덕진의 고향에도 순천에서 들이닥친 군인들이 군청과 경찰서를 점거하고 미처 달아나지 못한 경찰과 공무원은 물론이고 지방 유지와 군경의 가족들까지 잡아갔다. 그때 갑자기 당숙이 나타났다. 그는 군인들과 합류하여 군청에 머물며 덕진 아버지를 데리고 바쁘게 돌아다녔다.

불과 4일 만에 세상이 뒤바뀐 이른바 여순민중항거사건이었다. 다시 경찰과 군인이 들어와 진압이 되고 폭동을 일으킨 군인과 당숙은 바람처럼 사라졌다. 그러나 많은 사람이 학살당했다. 그때서야 덕진은 당숙이 남조선노동당 간부라는 것을 알게 되었다.

자의든 타의든 여순사건에 가담한 자들은 무사하지 못했다. 광주 형무소로 보내기도 했지만, 이때도 지방마다 즉결처분했다. 덕진 아버지는 간신히 죽음을 면했다. 적극적으로 가담하지 않은 정황이 참작 되고 평소에 인심을 얻은 덕이었다. 그러나 사건의 주요 인물인 김창기의 행방을 캐는 혹독한 고문에 온몸이 골병들고 빨갱이란 낙인이 찍혔다. 여기저기 불려 다니며 시달리다가 다음 해 국민보도연맹에 가입하게 되었다.

이 여파로 덕진도 교직에서 쫓겨났다. 여순사건이 일어났던 그해

연말, 교장이 상부의 지시라고 면직을 통고했다. 하늘이 무너지는 충격이었지만 아버지 때문임을 알고 순순히 물러났다. 그 후 집으로 형사들이 들이닥쳐 하숙방을 이 잡 듯 뒤지기도 했지만 사상에 관심이 없고 나라를 사랑하는 교직자였던 그가 죄 될 일은 없었다. 그러나 취직을 하려고 이력서를 들이밀면 어디나 신원조회에 걸렸다. 이름에는 빨간 줄이 쳐지고 우익 단체의 감시를 받게 된 것이다.

반면에 혜련의 아버지 박상출은 해방 후의 어수선한 시국이 출세의 기회였다. 양조장으로 부를 쌓은 그는 정치판에 뛰어들었고 육군이 창설되자 큰아들을 입대시킬 만큼 철저한 반공주자로 무장했다. 드디어는 그 고장의 대한청년단 단장 감투를 썼다. 대한청년단은 여순사건 후 좌익 세력을 견제하고 정치적 지지 기반을 위해 이승만 대통령에 의해 조직된 우익 단체였다. 정점에 신성모 국방장관이 군림한 청년단은 지방까지도 경찰서장을 좌지우지할 만큼 막강한 세도를 누렸다.

작은 고을에서 덕진과 혜련의 할아버지 때는 두 집안이 사이좋은 이웃이었다. 그러나 세대를 거치면서 학력과 재산, 그리고 사상이라는 정치적인 이념이 서로 융화할 수 없는 신분으로 갈라놓은 것이다. 양쪽 집안에서는 자식들이 서로 친하게 지내는 것을 어렴풋이 눈치 채고 있었다. 덕진의 집에서는 모른 척 했으나 혜련이 아버지는 빨갱이 집안의 그를 절대 만나서는 안 된다고 엄히 단속했다.

일요일 아침의 여유로움, '오빠, 우리 내년에 결혼하자.' 어제 그녀의 속삭임을 되새기고 있는 것일까? 햇빛이 창문으로 방안을 넘보는 데도 덕진은 마냥 누워있었다. 난데없이 혜련이 헐레벌떡 뛰어와 3·8

선에서 전쟁이 일어났다고 호들갑을 떨었다. 꿈이 아니었다. 농담도 아니었다. 거리가 어수선하고 전파사 앞에는 많은 사람이 모여 심각한 표정으로 라디오 소리에 귀를 기울이고 있었다. 공산군은 38선을 넘어 소련제 T-34탱크를 앞세우고 물밀 듯이 남하하고 있다는 긴급 뉴스였다. 한국군은 이를 막을 전투기는커녕 무기도 없다고 시민들은 발을 동동 굴렸다.

시간이 갈수록 절망적인 전황에 시민들은 안절부절못하고 불안에 떨었다. 정부가 대전으로 이전했다는 뉴스를 듣고 벌어진 입을 다물기도 전에 서울이 함락되었다는 소식에 넋을 잃었다. 불과 3일만이었다. 드디어 학교는 휴교령을 내렸고 피난이 시작됐다. 다시 혜련이 뛰어왔다.

"군청 트럭이 내일 오전 10시에 도청에서 출발한데. 그편에 내려오라고 집에서 기별이 왔어. 함께 가야해."

적이 파죽지세로 남하하고 이웃들이 피난을 떠나는 판국에 우물우물하고 있을 때가 아니었다. 덕진은 다음 날 아침 일찍 손가방을 들고 도청으로 달렸다. 혜련을 비롯하여 고향으로 가려고 많은 사람이 모여 있었다. 그들은 간신히 트럭에 올라탔다. 뿌연 흙먼지를 뒤집어쓰고 군청에 도착한 것은 밤 10시가 넘어서였다.

"직장은 아직 못 구했느냐?"

덕진의 절을 받은 아버지가 입을 뗀 첫마디였다. 긴박한 전황보다 직장을 묻는 낮은 목소리에는 자식에게 미안함이 깔려있었다. 덕진은 웃는 표정으로 대답을 대신했다. 그리고 미군이 부산으로 상륙하여 오산에서 방어태세를 구축했다고는 하나 아군은 계속 남쪽으로 밀리고 있다고 전황을 알렸다. 아버지는 무심해 보였지만 눈에서 광채가 번쩍했다 사라졌다.

정부는 드디어 전국에 비상계엄령을 선포했다. 고을에서는 처녀 총각이 도시처럼 자유롭게 만날 수 없었다. 약속한 날 밤 덕진은 뒷골 으슥한 신사터에서 혜련과 만났다. 서로가 으스러지게 껴안을 뿐 말이 필요 없었다. 그들은 하루걸러 밤마다 그렇게 만났다.

정부가 대구로 옮겼다는 뉴스를 들은 다음 날이었다. 캄캄한 새벽에 뜬금없이 당숙이 노인으로 변장을 하고 나타났다. 아랫방에서 방문을 걸어 잠그고 아버지와 무언가 속삭이고 갔다. 아버지는 바로 허둥지둥 옷가지를 챙겼다. 그리고 당분간 숨어있어야 한다고 서둘러 집을 떠났다.

외지에서 많은 사람이 피난을 왔다. 북한군이 곧 들어올 것이라는 소문이 나돌았다. 고을의 분위기가 뒤숭숭하고 살벌했다. 갑자기 경찰과 대한청년단 등 우익 단체에서 사상이 의심되는 사람이나 보도연맹원을 잡아들였다. 덕진의 집에도 경찰이 두 번이나 와서 아버지 김창민과 당숙 김창기를 찾고 집을 수색하고 갔다.

여름 해가 중천에서 열기를 내뿜는 한낮이었다. 한 청년이 혜련의 집 초인종을 길게 눌렀다.

"누구세요?"

집에 혼자 있던 혜련은 뜰로 내려가 대문을 열었다. 대한청년단 군단부의 사무국장이었다.

"안녕하세요? 단장님 계신가요?"

"이 시간에 아버지가 집에 안 계신 줄 아시잖아요?"

혜련은 쌀쌀맞게 반문했다.

"긴급한 보고사항이 있어서요. 어디 계신지 모르세요?"

"저는 몰라요."

사무국장은 단장의 사위가 되고 싶어서 안달하는 사람이었다. 혜련이 덕진을 좋아한다는 것도 알고 있었다. 그럴수록 단장의 환심을 사려고 경찰과 협력하며 열성적으로 반공운동을 했다. 단장도 청년단을 똑 부러지게 맡고 있는 그를 애지중지하는 외동딸의 사윗감으로 저울질하고 있었다. 그래서 혜련은 그를 몹시 싫어했다. 모른다고 쏘아붙이고 돌아서는데 그가 다시 불러 세웠다.

"잠깐만요, 그럼 아버지와 연락이 되시면 급히 사무실로 오시도록 말씀드려 주세요. 덕진씨와 친하셔서 알려드린 건데 사찰과에서 김창민씨가 숨어있는 곳을 알았데요. 곧 체포하러 간다나 봐요."

"그, 그게 나와 무슨 상관이 있어요?"

혜련은 말을 더듬을 만큼 숨이 막히는 소리였으나 짐짓 시치미를 뗐다.

"그래요? 그럼 됐네요."

그는 능글맞게 피식 웃음을 흘리고 돌아서 나갔다. 덕진 아버지의 사정을 알고 있는 혜련은 다급했다. 집 문을 잠그고 고을을 가로 흐르는 개천을 지나 헐레벌떡거리며 덕진의 집으로 줄달음쳤다. 이야기를 듣고 덕진은 얼굴이 하얗게 변했다. 고맙다는 말을 던지고 바로 집을 뛰쳐나갔다. 좁은 골목길을 빠져나가 고을을 벗어나서는 뛰었다. 숨이 차면 걷고 또 달려갔다. 십리 밖에 있는 옛날 할아버지가 살던 농촌으로 갔다. 덕진은 마을 앞을 지나 작은 산골짝에 외따로 엎드려 있는 초가로 들어갔다. 선산의 산지기 집이었다. 담장 옆 작은 밭에 노파가 엎드려 일하고 있었으나 덕진은 바로 집으로 들어가 아버지를 불렀다. 아버지가 방문을 빠끔히 열고 내다봤다.

"아버지, 겨, 경찰이, 여기 계신 것을 알았데요. 곧 체포하러 올 거에요. 빨리 피하셔야 해요."

가픈 숨을 몰아쉬며 다급하게 쏟아낸 덕진의 말을 듣고 아버지는 토마루로 나왔다.

"알았다. 너 뒤를 따라온 사람 없었지?"

"네? 뒤 따라온 사람이라구요? 없었을 거에…."

덕진의 대답이 끝나기도 전에 두 사람의 남자가 자전거를 끌고 사립문으로 들어왔다.

"최형사, 빨리, 김창기를 찾아! 김창민 씨는 잠깐 저와 같이 가시지요."

놀랄 틈도 없이 선임인 듯 나이가 조금 들어 보이는 형사가 소리치면서 익숙한 솜씨로 덕진의 아버지 손목에 수갑을 채웠다. 덕진의 아버지는 얼굴에 핏기가 가시며 그 자리에 얼어붙어있었다. 젊은 형사가 방과 마루, 부엌을 낱낱이 수색했다. 그러나 김창기는 발견하지 못했다.

"갑시다."

덕진이 아버지는 말없이 그들을 앞서 걸었다.

"아버지!"

덕진은 외마디 아버지를 부르며 땅바닥에 주저앉았다. 그리고 땅을 치며 울기 시작했다.

"너무 걱정하지 마라. 괜찮을 거다."

아버지는 먼 산을 쳐다보며 의연한 모습으로 걸어갔다. 정신을 차린 덕진은 소매로 눈물을 훔치면서 산등성이의 지름길을 달려갔다. 가슴이 찢어지는 아픔을 참고 한달음에 읍으로 돌아갔다. 혜련의 집이었다. 문을 두들겼다. 기다리고 있었던 듯 혜련이 나왔다.

"아버지는?"

"잡혀가셨어."

"뭐? 잡혀가셨다구?"

"응, 형사들이 내 뒤를 따라왔던 것 같아."

"그럼, 그 사람이…?"

혜련은 무엇을 생각한 듯 눈을 깜박이다 고개를 갸웃하며 물음표를 던지더니 얼굴이 파랗게 질렸다.

"그 사람이라니?"

"아니, 아무것도 아니야."

"우리집 일이라면 거절하실지 모르지만 아버지께 잘 말씀드려서 나오시게 할 수 없을까?"

"그래야지, 잘 말씀드려서 꼭 나오시도록 할께."

"부탁해."

"잘 될 테니까 너무 걱정하지 마."

집으로 돌아온 덕진은 어머니에게 알리지 않을 수가 없었다. 어머니는 얼굴이 창백해지면서 진저리를 쳤다.

"심상치 않구나. 이 일을 어쩌면 좋으냐."

시름과 불안에 밤을 지새운 모자는 날이 밝고 또 해가 질 때까지 기다려도 아버지가 돌아오지 않았다. 다시 밤이 되어 잠을 자지 않고 소식을 기다렸다. 한밤중인 새벽 두 시경이었다. 또 당숙이 왔다. 무서운 얼굴이었다.

"어젯밤 놈들이 아버지를 학살했다. 구악산 골짝이다. 아버지의 시신을 수습해야 한다."

어머니는 혼절했다. 덕진도 털썩 그 자리에 주저앉았다. 그사이 당숙은 보이지 않았다. 어머니가 깨어났으나 그대로 몸져누웠다. 덕진은 눈물을 흘리며 안절부절못하다가 어머니를 뉘어둔 채 집을 나섰다. 뿌옇게 동이 트고 있었다. 멍하니 눈의 초점을 잃고 새벽길을 걸어갔다. 시골로 시집가서 농사를 짓고 사는 누님에게로 갔다. 소식을 듣고 누님은 통곡했다. 매부는 묵묵히 무명베와 이불홑청, 그리고 삽과 괭이 가마니, 새끼 등을 챙겨서 바지게에 지고 집을 나섰다. 누님은 어머니에게로 달려갔다.

구악산 자락에 이른 덕진은 산꼭대기를 쳐다봤다. 가파르게 솟은 산 정상의 거대한 바위가 금방 굴러떨어질 것 같이 험상궂었다. 매부를 따라 칙칙한 소나무 숲을 헤치고 골짜기로 들어갔다. 여순사건 때 우익과 좌익이 번갈아 사람을 죽인 곳이었다. 나무가 없는 평활한 풀숲에 손이 뒤로 묶인 수십구의 시신이 피를 흘리며 나뒹굴어 있었다. 인간이 인간을 이렇게 잔인하게 죽일 수가…. 차마 눈을 뜨고 볼 수 없는 처참한 모습에 덕진은 왈칵 울음을 터뜨렸다. 조심스럽게 시신을 넘어 다니던 매형이 아버지를 찾았다. 눈을 멀거니 뜨고 있었다. 가슴과 아랫배에서 시뻘건 피가 흘렀다. 벌리고 있는 입에서 피거품을 조금씩 토했다. 아직 살아있었다. 가냘프게 숨을 몰아쉴 때마다 구멍 난 폐에 고인 피가 흘러나온 것이다.

덕진이 "아버지!"를 부르며 옆에 무릎을 꿇고 앉자 아버지는 고개를 힘없이 옆으로 떨어뜨렸다. 목메어 부르는 아버지 소리가 골짜기에 메아리쳤지만 아버지는 동공이 열린 채 심장이 멎었다. 덕진은 어떻게 해야 할지 모르고 실신하여 앉아 있었다. 아침 해가 떠오르며 골짜기를 밝히자 숲속의 형장은 소름이 돋는 주검과 토할 것 같이 역겨운 피비린내에 더욱 비참했다. 눈물을 흘리고 있던 매부가 허겁지겁 시신을 수습했다. 정신을 차린 덕진이 함께 호청으로 싸서 무명베로 동여맸다. 다시 가마니를 펼쳐서 싸고 새끼로 묶었다.

그때서야 사람들이 허둥지둥 올라왔다. 통곡과 울부짖는 소리에 골짜기도 따라 울었다. 매부는 시신을 바지게에 지고 계곡을 내려왔다. 시오리를 걸어서 할아버지 산소로 갔다. 겨우 무릎 깊이의 구덩이를 파고 가마니로 싼 시신을 눕히고 흙을 덮었다. 그러나 봉분을 쓸 흙도 경황도 기력도 시간, 아무것도 없었다. 겨우 구덩이를 메우고 주위에서 큰 돌덩이를 주워다 표적을 놓았다. 두 번 엎드려 절하고 산을 내려왔다.

짧아진 가을 해는 이미 서산을 넘고 있었다. 세찬 하늬바람이 곡소리를 내며 스쳐갔다. 읍내는 사람이 별로 눈에 뜨이지 않고 거리가 텅 빈 것 같아 을씨년스러웠다. 매부는 어머니에게 가고 덕진은 혜련의 집으로 달려갔다. 입을 악물고 초인종을 길게 눌렀다. 대답이 없자 막무가내로 문을 두들겼다. 웬 노파가 문틈으로 얼굴을 내밀었다. 혜련을 만나야 한다고 말했더니 고개를 저었다. 불안한 기색으로 주위를 한번 둘러보고는 어젯밤에 모두 피난을 가고 집에는 아무도 없다고 했다. 덕진은 힘없이 주저앉았다. 다시 벌떡 일어났다. 배신감에 악이 받치는지 이를 악물고 집 문을 주먹으로 마구 두들겼다. 주먹에서 피가 흘렀다. 다시 주저앉아 엉엉 울었다.

다음날 오후였다. 당숙이 십여 명의 사람들을 거느리고 덕진의 집으로 왔다. 아버지는 남조선 해방을 위해 위대한 희생을 했노라고 덕진을 위로했다. 인사는커녕 멍하니 서 있는 덕진에게 이제 때가 왔으니 용기를 내라며 손을 이끌고 군청 청사로 데리고 갔다. 인민군의 환영 준비를 서둘러야 한다고 덕진에게 이것을 준비해라 저것을 사오라 일을 시켰다. 다음날 새참에 당숙은 인공기와 플래카드를 든 사람들을 이끌고 읍내 초입의 고갯길로 갔다. 뙤약볕에서 한 시간쯤 기다리고 있는데 인민군을 실은 트럭 한 대가 나타났다. 차가 멈추고 지휘관인 듯 빨간 견장을 단 인민군이 내렸다. 당숙이 앞으로 나가 악수를 하고 그들을 맞았다.

군청에는 조선민주주의인민공화국 인민위원회 간판이 걸렸다. 당숙은 위원장 감투를 썼다. 그는 아버지의 원수를 갚아야 한다며 덕진을 내무서에 배속시켰다. 6·25 전쟁을 혁명 과정이라 주장했던 인민군이 점령 지역의 치안 유지를 목적으로 설치한 경찰이었다. 이른바 반혁명세력, 반동분자의 색출과 체포, 인민재판, 처형까지 담당하는 곳이었다. 그러나 인민위원회나 내무서의 모든 일은 지도원 동무라고 부르는 정치보위원이 뒤에서 조종했다.

내무서의 체포자 목표 1호는 대한청년단 단장 박상출이었다. 이번 학살을 주도한 것이 그라는 소문까지 나돌았다. 내무서는 그를 잡으려고 눈에 쌍불을 켰으나 이미 경찰과 군청 간부, 주요 유지들과 목천항에서 배를 타고 도피해버리고 없었다. 피난을 가지 못한 경찰, 대한청년단원, 군인, 군청 및 면사무소의 공무원 등은 물론이고 그들의 가족과 아무 죄가 없는 마을 이장까지 잡아들였다. 중죄인으로 분류한 자는 경찰서 유치장에 가두었다. 군청 창고와 관청건물 지하실도 만원이었다.

푸르딩딩한 인민복에 빨간 완장을 찬 덕진은 눈을 까뒤집은 내무서원 답지 않게 의욕이 없었다. 매사에 소극적이고 사무실에 처박혀 내근만 했다. 그날도 밤늦게 일을 끝내고 터덜터덜 집으로 걸어오는 모습이 측은해 보였다. 대문을 밀치려는데 "오빠!" 속삭이듯 부르는 소리가 들렸다. 덕진은 귀신에게 홀린 듯 머리털이 곤두섰다. 살며시 뒤를 돌아봤다. "오빠! 혜련이야." 시골 아줌마 형색을 했지만 분명 혜련이었다. 놀란 덕진은 엉겁결에 들어오라는 손짓을 하고 집으로 들어갔다. 누워있던 덕진 어머니가 어정쩡 일어났다. 혜련은 큰절을 했다. 눈에서 눈물이 줄줄 흘렀다.

"어머님 죄송해요. 그날 저녁 아버지에게 말씀드렸더니 알았으니 걱정마라고 하셨어요. 다음날 아버지가 집에 돌아오시지 않았어요. 그 다음날 오후에 갑자기 청년단 사람들이 와서 인민군이 쳐들어온다고 빨리 피해야 한다며 어머니와 나를 트럭에 태웠어요. 경황없이 목천항으로 갔는데 아버지가 배에서 기다리고 계시더군요. 배를 타고나서 아버님이 불행을 당하신 걸 알았습니다. 오빠를 만나지 않고 그냥 떠날 수가 없었어요. 배가 떠나기 직전 혼자 몰래 내려서 읍까지 걸어왔습니다. 바로 찾아와 용서를 빌려고 했는데 무서워서 숨어있다가 이제야 왔습니다. 제 잘못으로 아버님이 돌아가셨어요. 저를 용서하여 주십시오."

체포자 목표 1호인 박상출의 딸과 빨간 완장의 내무서원이 마주 앉아 있었다. 덕진의 표정은 착잡해 보였지만 용서를 빌러 가족과 헤어져 죽음을 무릅쓰고 찾아온 연인이었다. 이야기를 들은 덕진과 어머니는 가슴에 뭉쳐있던 배신감이 눈처럼 녹는 것 같았다. 어머니가 물었다.

"저런! 그럼 지금 어디가 있느냐."

"옛날 식모였던 언니집에 숨어있습니다."

"아서라, 네가 무슨 죄가 있겠느냐. 옷가지 챙겨가지고 우리집으로 오너라."

"어머님, 저는 괜찮습니다."

"아니다, 여기로 오렴. 아무데나 있다가 들키면 곤란할 것이니라."

덕진도 체포되면 무사하지 못할 것이라며 집으로 오기를 권했다. 혜련은 희미한 전등불에 유난히 빨간 덕진의 완장을 바라보며 말했다.

"아닙니다. 제가 와있으면 오빠가 곤란할지도 몰라요. 제가 잘 숨어있겠습니다."

서로가 안위를 염려했지만 그녀는 끝내 사양하고 떠났다. 밤새 궁싯거리고 잠을 설친 덕진은 출근하면서도 침울했다. 내무서는 어젯밤 거물을 채포했다고 모두 흥분하여 떠들썩했다. 영창을 본 덕진은 그만 기절초풍했다. 어젯밤, 시골 아줌마 형색 그대로의 혜련이 무릎을 세워서 팔로 깍지를 끼고 엎드려 있지 않는가? 덕진은 맞닥뜨린 엄청난 사태에 난감하다 못해 얼이 빠진 것 같았다. 서로가 말은커녕 눈짓도 할 수 없는 입장이었다. 덕진은 하루 종일 안절부절못하고 사무실을 들락날락하다 퇴근했다.

혜련은 잔인한 취조에 시달렸다. 김창민의 체포에 가담한 경위, 그리고 그녀의 아버지 박상출의 행방을 가혹하게 추궁했다. 끝내 덕진의 이름을 밝히지 않는 혜련의 진술은 어딘가 아귀가 맞지 않았다. 혹독한 고문을 당했다. 몸과 얼굴이 찢기고 반죽음이 됐다. 끔찍한 비명이 들릴 때마다 덕진은 몸을 떨며 가슴을 움켜쥐었다. 내무서에서는 인민재판을 준비하고 있었다. 혜련은 결국 죽음을 당하게 될 운명임은 의심할 여지가 없었다.

덕진은 더는 괴로움을 견디지 못하고 당숙을 만났다. 어쩔 수 없이 박혜련과 사랑하는 사이라고 실토했다. 아버지가 체포당한 경위를 사실대로 설명하고 그녀는 죄가 없으니 선무공작단이라도 봉사할 기회를 주기를 애원했다. 채 말이 끝나기도 전에 고함이 귀청을 때렸다.

"너 이놈! 그녀는 수백 명의 혁명 동지를 죽인 대한청년단장 박상출의 딸이니라. 상부에서도 이미 중죄인으로 분류한 자거늘 사랑을 한다고? 혁명정신이 썩어빠진 녀석 같으니라구. 간악한 모함에 빠져 아버지를 희생시킨 너도 책임을 면치 못하리라. 인민재판이 열리고 나면 그녀를 직접 죽여 네 죄를 씻고 아버지의 원혼을 달래야 한다."

눈을 부릅뜬 위원장 앞에서 덕진은 더이상 입을 열지 못했다. 그녀를 직접 죽이라는 말에 충격을 받은 듯 얼굴이 창백하여 몸을 부들부들 떨며 물러났다.

어느덧 덕진의 아버지가 비명에 간지도 한 달 보름이 훌쩍 지났다. 덕진은 몸져누운 어머니 대신 누님과 가까운 암자에 가서 사십구제를 지내 원혼을 달래고 명복을 빌었다. 그리고 그날 밤 모처럼 어머니 옆에서 잤다. 인민재판이 열리면 혜련을 죽일 텐데 자신 때문이라고 한탄하며 눈물을 흘렸다. 어머니는 당숙을 만나서 혜련을 구해보겠다고 했다. 덕진은 예전의 당숙이 아니고 사람들을 잡아 죽이려고 눈에 쌍불을 켠 악귀라며 소용없는 일이라고 만류했다. 아버지가 희생된 것도 당숙 때문이라고 치를 떨었다. 자신도 사람을 잡아들이는 일도 싫고 공산주의도 싫다고 내무서를 그만두겠다는 뜻을 비쳤다.

아침 일찍 누님이 차려준 아침밥을 먹고 집을 나섰다. 덕진의 당직 날이었다. 해가 지자 분주하던 내무서도 한산했다. 당직은 두 사람이었다. 다른 당직자는 잠깐씩 자리를 비웠다가 막걸리 냄새를 풍기며 돌아오곤 했다. 자정이 넘자 그는 의자에 앉아 꾸벅꾸벅 졸았다.

덕진이 무료한 듯 일어서서 기지개를 켜더니 영창 앞으로 갔다. 10

여명의 남자는 모두 누워서 자고 있었다. 여자 칸에는 세 사람이 누워서 자고 혜련은 여전히 팔로 감싼 무릎에 얼굴을 파묻고 엎드려있었다. 사랑하는 애인이지만 현실은 좌, 우의 적대관계에 있는 집안의 딸과 아들이고 구속되고 구속한 대립의 관계였다. 덕진은 철창 사이로 망연히 그녀를 바라보다 야릇한 비웃음을 흘리며 머리를 저었다. 그녀를 철창으로 걸라놓은 이데올로기를 비웃는 의미가 아니라면 무자비한 당숙을 원망하는 것이리라.

덕진은 살짝 창살을 두들겨 혜련을 깨웠다. 그녀가 피멍 투성인 얼굴을 들고 게슴츠레한 눈으로 바라봤다. 마주친 시선은 사랑과 미안함, 그리고 위기가 뒤섞인 복잡한 심경이 전류처럼 흘렀다. 덕진은 입에 검지를 세워 말을 막았다. 그러나 혜련은 고개를 살레살레 저었다. 모든 것을 포기한다는 뜻인 것 같았다.

덕진은 벽 쪽으로 걸어가 총가에서 총을 집어 들었다. 옆에 있는 캐비닛에서 탄창을 꺼내 살며시 총에 장착했다. 걸려 있는 열쇠꾸러미를 들었다. 졸고 있는 당직자에게 다가가 흔들어 깨웠다. 눈을 부비며 하품을 하는 그에게 인민위원장이 긴급히 취조할 일이 있으니 지금 바로 박혜련을 압송해오라는 연락이 왔다고 말하며 열쇠를 주었다. 당직자가 고개를 갸웃하며 영창 문을 열었다. "박혜련, 나와!"덕진이 불러내는 소리를 듣고도 혜련이 머뭇거렸다. "빨리 나오지 못해!"낮으나 앙칼진 재촉에 그녀가 엉금엉금 밖으로 나왔다. '찰그닥!' 덕진은 노리쇠를 당겨 총알을 장전했다. 그리고 총구로 당직자의 가슴을 찍으며 속삭이듯 외쳤다.

"손들고 돌아섯!"

당직자가 놀라며 눈알의 흰자위가 뒤집어졌다.

"안으로 들어갓! 반항하면 쏜다."

당직자를 힘껏 떠밀어 영창으로 들여보내고 문을 닫았다. 다시 자물쇠를 채웠다. 영창에 갇힌 사람들이 모두 일어나 순식간에 벌어진 광경을 넋을 잃고 바라봤다. 덕진은 총을 어깨에 걸치고 혜련의 팔을 끌어 재빨리 사찰계를 나와 복도를 통하여 건물 뒤쪽 주차장으로 나갔다. 오랫동안 쪼그리고 앉았던 혜련이 잘 걷지를 못했다.

"빨리!"

덕진이 속삭이며 차가 드나드는 철문에 딸린 작은 쪽문의 쇠막대 빗장을 옆으로 당겼다. 문을 살며시 열고 혜련을 내보내고 덕진이 나가려고 할 때였다.

"서랏! 움직이면 쏜다!"

뒤에서 외치는 소리가 뒷덜미를 움켜쥐었다. 주춤하던 덕진이 어깨에서 총을 벗어들고 뒤돌아섰다. 순간 '따르르르…' 따발총 소리가 밤하늘에 메아리쳤다. 덕진은 물젖은 종이처럼 흐무러졌다. 가슴에서 빨건 피가 솟았다. "오빠!" 혜련이 소리를 지르며 되돌아왔다. 덕진은 땅바닥으로 풀썩 꼬꾸라졌다. 혜련이 "오빠!"를 외치며 덕진의 가슴에 엎드려 감쌌다. 인민군 한 사람과 정치보위원이 달려와 비웃음을 흘리며 말했다.

"내래 그럴 줄 알았음메."

"지도원 동무, 죄, 죄송합니다. 혜, 혜련은 죄가 없습니다. 살려주세요. 부, 부탁…, 으음."

덕진이 실눈을 뜨고 들릴 듯 말 듯 애원하는 소리가 끝을 맺지 못하고 꺼졌다. 그리고 다시 혜련에게 말하다가 숨이 멎었다.

"혜, 혜련…, 미, 미안해. 부모님들…."

덕진은 조용히 눈을 감았다. 혜련이 울부짖었다. 보위원은 인민군에게 시체를 치우라고 말하고 몸부림치는 혜련을 질질 끌고 갔다.

그리고 삼 일 후였다. 유엔군의 인천 상륙작전에 성공하여 서울을 수복했다는 뉴스가 들렸다. 거리가 또 뒤숭숭했다. 며칠 후 인민군과 인민위원회나 내무서의 완장을 찬 사람들이 보이지 않았다. 그리고 바로 경찰이 나타났다. 그들을 맞이한 것은 여기저기 나뒹굴고 있는 시체였다. 내무서 지하실에는 나이 스물두 살, 막 피어난 장미꽃 같은 혜련이 칼에 찔린 가슴 밑 복부에서 빨간 피가 흥건히 흘러나오고 눈을 뜬 채 반드시 누워있었다.

※ 2023년 『한국소설』, 3월호

하얀 민들레꽃

하얀 민들레꽃

::::::

산 동네에 가려고 퇴근을 서둘렀다. 버스를 기다리는 동안에도 상견례가 걱정되어 골머리가 찌뿌둥했다. 우리는 이미 결혼을 약속한 거나 다름없는 사이라서 남기에게는 상견례라고 말했지만 사실은 맞선이었다. 어머니와 삼촌은 그를 보기는커녕 이름도 듣지 못했다. 그러나 남기는 두 사람을 구면이나 다름없이 용모와 성미까지 자상하게 알고 있었다. 나의 이야기를 통해서 은연중 좋지 않은 인상을 갖고 있어선지 만나는 절차를 몹시 부담스럽게 생각하기에 상견례라고 둘러댄 것이다.

"그냥 둘이서 결혼하면 안 돼? 직장의 면접이라면 불합격을 당해도 그만이지만 이건 아니지 않아."

덩치에 어울리지 않게 어린애 같은 푸념을 듣고 실소를 하면서도 남기보다 더 걱정이 되는 사람은 나였다. 어머니도 문제지만 사사건건 참견하는 외삼촌이 더 성가신 존재였다.

실은 남기와 상견례를 하게 된 것만도 어렵사리 이루어진 일이었다. 토요일 오후였다. 어머니가 평소와 달리 일직 집에 돌아와 안방에서 나를 불렀다. 또 무슨 야단을 하려나 마음을 조이며 앞에 꿇어앉았다. 뜻밖에 얼굴에 미소를 띠며 편히 앉으라고 했다. 어머니가 나를 그렇게 상냥하게 대한 것은 난생처음이었다. 어리둥절하여 눈만 깜박이고 있는데 고개를 비스듬히 숙이고 게슴츠레한 눈을 치뜨며 선을 보라고 말했다. 처음에는 귀를 의심했다. 분명히 선이란 소리 같았으나 밑도 끝도 없는 말이라서 도무지 종잡을 수가 없었다. 다시 좋은 신랑감과 맞선을 보기로 약속이 되었다고 했다.

말뜻을 알아들은 순간 날벼락을 맞은 듯 몸이 부들부들 떨렸다. 다른 사람과 선을 본다는 것은 남기와 헤어질 수 있다는 배신이고 그렇지 않다면 상대를 속이는 일이 아닌가? 지금까지는 어머니에게 어떤 말도 거절을 못하고 살았지만 딴 사람과 선을 보는 일만은 죽었으면 죽었지 따를 수 없었다. 그러나 한번 내뱉은 자기주장은 끝까지 몰아붙이는 어머니의 고집을 어떻게 빠져나가야 할지 엄두가 나지 않았다. 아버지만 집에 계셨더라도…. 그러나 그분은 이미 도움이 될 처지가 아니었다.

나는 코흘리개 때부터 어머니에게 구박을 받고 살았다. 걸핏하면 쥐어박는 고약한 악습이 있어서 대꾸는커녕 앞에서는 울지도 못했다. 정이라곤 털끝만큼도 없었고 계모가 아닌가 의심했다. 아버지가 집에 있을 때는 주먹만 불끈 쥐고 눈만 흘겼지 때리지는 못했다. 이혼한 뒤로도 허구한 날 술에 취해 밤늦게 돌아와서 불쑥 내 방으로 들어왔다. 광대뼈가 쩍 벌어지고 뻘건 얼굴은 영락없는 도깨비 같았다. 무서워서 잔뜩 웅크리고 있으면 머리를 쥐어박으면서 실증이 날 때까지 들볶았다. 게다가 삼촌까지 이따금 손찌검을 했다.

외삼촌은 결혼한 후에도 자기 집처럼 드나들며 사사건건 간섭했다. 그는 아버지에게 품고 있는 앙심을 나에게 앙갚음한 것이라고 치부할 수 있지만 어머니는 본디부터 악독한 성격인지 그렇지 않다면 모녀가 상극의 운명으로 태어났기 때문인지 알 수가 없었다. 어쩌면 남매가 과거의 불행한 생활에서 생긴 욕구 불만이나 증오심이 아닌가도 생각해 보았다. 이도저도 아니라면 내가 아버지의 사랑을 독차지 나머지 상대적으로 달고 온 동생이 소외를 당한다고 여기고 시새움한 것이리라.

학교에서는 공부를 잘했어도 이러한 집안 환경에서 주눅이 든 나는 말도 없고 웃음을 잃은 우울한 성격이 되었다. 회사에서도 맡은 일만 열심히 하는 구어박은 생활을 했다. 미남이고 멋쟁이였던 아버지를 닮아서인지 집적거리는 남자도 많았지만 거들떠보기도 싫었다. 이렇게 허드레 인간처럼 살면서도 주말에 남기와 만나는 때만은 즐겁고 행복했다.

아버지와 어머니는 모두 월남민이었다. 늦은 나이에 우연히 만나서 결혼했다고 들었다. 어머니는 시집을 오면서 삼촌을 달고 온 모양이었다. 부부의 용모나 성격이 어린 내가 보기에도 서로 맞바꾸었으면 좋을 만큼 딴판이고 남들처럼 아기자기한 정도 없었다. 그러나 크게 싸우는 일은 없었다. 싸움소처럼 서로의 힘이 팽팽하면 뿔을 맞부딪쳤겠지만 한쪽이 꼬리를 내리고 피하면 싸움이 되지 않았다.

어머니는 집안일을 좌지우지했고 분수에 넘는 사치를 하며 친구들과 어울려 다녔다. 반면에 아버지는 절약을 미덕으로 여기며 집안을 돌보았고 마누라가 하는 일은 간섭하지 않았다. 이런 생활이 오래가지 못했다. 온순한 황소 꼬리에 불을 댕긴 악동은 삼촌이었다. 평화를 유지하던 부부 사이의 균형이 출렁거리더니 끝내는 깨지고 만 것이다. 그때 나는 처음 본 아버지의 불꽃같은 성질에 놀랐고 그는 가정의 평화를 위해 여태껏 모든 것을 참고 살았다는 것을 알았다.

아버지가 처남을 처음부터 미워한 것은 아니었다. 친동생처럼 따뜻이 건사했는데도 얹혀사는 주제에 자주 사고를 쳤다. 그도 누나와 딴판으로 키만 장대처럼 길었지 삐쩍 마른데다 성격이 소심하고 우멍했다. 고등학생 때부터 술을 마시고 빈둥빈둥 놀면서 대학도 가지 못했다. 외박이 잦아지면서 잊을만하면 경찰서에서 보호자를 불렀다. 너그럽던 아버지도 그를 싫어하기 시작했다. 동생을 끔찍이 아끼는 어머니는 처남을 괄시한 때문에 착한 애가 삐뚤어져 간다고 도리어 아버지를 탓했다. 마침내 가족으로서도 용서할 수 없는 일이 벌어진 것은 올 것이 일찍 왔을 뿐이라고 생각했다.

오로지 회사와 집만을 시계추처럼 오가던 아버지가 정년이 되어 퇴직했다. 그 때 우리는 방 세 칸짜리 빌라에서 불편 없이 살고 있었다. 어머니는 퇴직금을 보태서 아파트로 이사를 하자고 졸랐다. 이유는 친구들에게 창피하다는 것이었다. 아버지는 마누라의 성화를 견디다 못해 예금 적금 전 재산을 털어 강남에 아파트를 사서 이사했다. 그리고 마땅한 일자리를 찾지 못해 친구들과 바둑을 두며 소일했다.

어느 날, 아버지가 술이 거나하게 취해서 밤늦게 돌아왔다. 원래 술을 잘 마시지 못한 체질이었으므로 그렇게 취한 적은 드물었다. 방에 들어가자마자 옷을 입은 채 누워서 코를 골기 시작했다. 어머니가 옷을 벗기려다 힘이 부치는지 삼촌을 불렀다. 아버지는 그대로 아침까지 일어나지 않고 잤다.

다음날 아침식사 때였다. 어머니와 식탁에 앉아 아버지를 기다렸다. 안방에서 뭔가를 찾고 있던 아버지가 낭패가 가득한 얼굴을 내밀며 혹시 내 지갑 못 봤느냐고 물었다. 어머니는 양손을 벌리며 움츠린 목을 갸웃했고 나는 고개를 저었다. 아버지는 큰소리로 삼촌을 불렀다. 그때까지 자다가 엉거주춤 나타난 삼촌에게 똑같이 혹시 내 지갑 못 보았냐고 물었다. 혹시 못 봤느냐고 물었는데 그는 대뜸 왜 나를 의심하느냐고 눈을 까뒤집고 대들었다. 덩달아 어머니가 눈을 홉뜨며 술 마시고 다니면서 어디다 빠트려 놓고 애매한 처남에게 죄를 뒤집어씌우느냐고 핏대를 세웠다. 죄라는 말을 들먹인 어머니의 섣부른 참견이 도리어 불신의 불을 댕기는 불쏘시게였다. 아버지의 얼굴에 분노가 번졌다. 집안은 없어진 지갑에 대한 범인을 추궁하는 취조실 분위기로 변했다.

"네가 손댔지?"

순하기만 하던 아버지의 목소리가 집안이 울릴 만큼 큰 데는 확신이 엿보였다. 아마도 어젯밤 취중에 그들이 옷을 벗긴 일을 어렴풋이 기억하는 것 같았다.

"내가 손댔다니, 밥 좀 얻어먹고 있다고 애매한 사람을 도둑으로 몰아도 돼?"

한 옥타브 높은 소리의 말대꾸는 고사하고 반말로 덤빈 것이다.

"뭐야 이놈!"

"누구더러 이놈이야!"

"이자식이!"

갑자기 주먹빰이 날아간 건 나도 상상 못했던 돌발 사건이었다. 삼촌 코에서 뻘건 피가 터졌다. 짐승의 포효 같은 소래기를 지르면서 코를 감싸고 뛰쳐나갔다. 조금 후 그는 경찰을 데리고 왔다. 파출소로 달려가 폭력을 당했다고 매형을 고발한 것이다.

날떠퀴가 좋지 않았던 걸까? 아니, 화를 참지 못한 죄였다. 아버지는 경찰서까지 연행되어 훈계를 듣고 돌아왔다. 그로부터 안개 같은 장막이 부부 사이를 가리더니 곧장 돌이킬 수 없는 파경으로 치달았다. 이혼서류를 내밀며 도장을 찍으라는 어머니의 끈질긴 요구를 아버지는 석 달을 더 버티지 못했다. 부부의 궁합이 나빠서 그 지경이 되었는지는 모르지만 내가 눈치 챈 사실은 삼촌이 뒤에서 이혼을 부추긴 것이다. 서로 아파트를 차지하기 위해 소송까지 벌어졌는데 아버지는 전 재산을 탈탈 털리고 집에서 쫓겨났다. 패인은 오로지 숫보기의 실수였다. 아무리 쥐어 살았을망정 어쩐다고 아파트를 사면서 계약부터 등기까지 마누라에게 맡길 일이던가?

결국 아버지는 여행을 떠나듯 가방 하나를 끌고 집을 나갔다. 현관에서 울먹이는 소리로 나를 불렀다. 나는 따라가서 살고 싶었으나 어머니가 놓아주지 않았을 뿐만 아니라 아버지도 거둘 자신이 없었던지 데리고 가려고 하지 않았다. 떠나는 아버지를 차마 내다보지 못했다. 방안에서 다음날 아침까지 소리 없이 울었다.

누가 되었던 선을 보라는 어머니의 말을 무턱대고 거절할 수는 없었다. 남기와의 관계를 밝히기로 작정했다. 그것이 성질이 고약한 어머니의 억지를 에둘러서 거절하는 방법이고 정당한 이유라고 생각했다. 나는 정색을 하고 사귀고 있는 사람이 있다고 말했다. 주먹이 날아올 줄 알고 몸을 움츠렸으나 뜻밖에 웃음소리가 나서 얼떨떨했다. 함지박 만하게 벌어졌던 입을 다물더니 다시 구렁이가 기어가는 것 같은 낮은 목소리로 속삭였다.

"굼벵이도 뒹구는 재주가 있었구나."

나는 온몸에 소름이 돋았다. 차라리 주먹으로 얻어맞는 것보다 끔찍했다. 기특하다는 말인지 비웃음인지 겁박인지 조차 분간을 할 수가 없었다. 그리고는 다시 냉정한 소리로 연애하고 결혼은 다른 것이라고 말했다. 사귀는 사람이 어떤 사람이냐고 묻지도 않았다. 내 말은 아예 무시한 채 상대방과 약속을 하였으니 꼭 만나야 한다고 다짐했다.

나는 오랫동안 사귄 사람과 결혼하도록 허락해 달라고 애원했으나 어머니는 딸의 행복을 위해서라고 모정을 내세워 내 말은 묵살했다. 억척스런 고집을 꺾을 자신이 없었다. 나는 입을 다물고 방으로 들어왔다. 밖은 비가 세차게 내렸다. 빗방울이 유리창을 두들겼다. 창문으로 새어나간 불빛에 비를 맞고 있는 나무들이 비쳤다. 조락이 시작된 잎들이 떨며 울고 있는 것 같았다. 이윽고 한잎 두잎 바람에 날려 유리창을 스치고 지나갔다. '바람이 떨군 것일까 아니면 스스로 떨어진 걸까?' 여태까지 나무를 보고도 자연, 식물, 그런 의미 말고는 무심히 살았지만 계절 따라 쇄락해가는 모습이 불쌍했다. 방안은 절망의 막장이었다. 나는 참았던 눈물이 나며 애상곡을 흥얼거리듯 흐느꼈다. 눈물이 절망을 씻어준 듯 뻐근했던 눈알이 조금은 시원해졌다. 나는 이 난관을 벗어날 길을 곰곰이 생각해 보았다.

결혼은 두 사람의 마음과 몸이 합해야 이루어지는 것. 함부로 강제나 위계로는 이루어질 수 없는 인간의 성스러운 인륜적 관계라고 알고 있었다. 맞닥뜨린 현실은 그러한 생각이 부질없는 이상이었다는 것을 느꼈다. 쫓기던 강아지도 막다른 골목에서는 돌아서 물 수밖에 없지 않겠는가. 도저히 승복할 수 없는 강요를 벗어날 길은 자신의 의지와 힘이고 행동밖에 없다는 것을 깨달았다. 비참한 감정에서 벗어나려고 숨을 크게 쉬어 두근거리는 가슴을 진정했다. 이제 나도 성인이라는 자긍심을 다졌다. 거절, 반항, 권리, 오랫동안 내면에 억눌려 있던 나의 성정을 일깨웠다. 말로만 듣던 용기를 내보기로 했다. 나로서는 두들겨 맞거나 집을 쫓겨나더라도 죽기 살기로 대항하는 것만이 절대적 용기였다.

이를 악물고 거실로 나가려는데 어머니가 들어왔다.

"이 에미는 오직 딸의 행복을 위해서야. 너무 좋은 자리라 그래. 에미 말만 들으면 너는 돈방석에 앉게 될 거다. 이제 우리도 딸 덕 좀 보자구나."

미쳐 내가 말을 꺼내기도 전에 어르고 달래고 꼬드겼다. 언제부터 나를 그렇게 사랑했는지 모르지만 진심이건 위선이던 도저히 따를 수 없는 나의 인생 문제였다.

"싫어요. 내가 싫은 사람과 죽어도 살 수 없어요."

나는 왈칵 짜증을 내며 단호하게 떼거리를 썼다. 강제로 보내면 죽어버리겠다고 엄포를 놓았다. 산등성이에 박힌 바위처럼 꿈쩍도 안 할 줄 알았던 그녀가 의외로 주춤하는 낌새를 느꼈다. 선을 보라는 좋은 일에 왜 짜증이냐고 무척 조심스럽게 나를 달랬다. 더 깊이 생각해 보라며 슬그머니 한 발짝 물러났다. '뜸을 들이는 거겠지….' 언제 또 본성이 폭발할지 몰라 긴장을 늦추지 못하지만 혹독한 사람이 왜 갑자기 이렇게 부드럽게 변하는지 이상한 생각이 들었다. 무슨 꿍꿍이 속이 있는 것 같다는 의심이었다.

또한 절박한 나로서는 그것은 조여드는 덫의 틈새였다. '그렇다. 그 틈새에다 쐐기를 박는 거다.' 거절하기 어려운 명분이나 조건의 협상을 걸면 이 난관을 빠져나갈 수 있는 길이 열릴 것 같은 생각이 들었다.' 나는 어머니에게 수 싸움을 걸었다.

"그러면….'

첫마디를 던져놓고 여운을 남긴 채 입을 다물었다. 관심을 유도하는 떡밥이고 상대의 몸이 달기까지 뜸을 들인 것이다.

"그러면 뭔데. 말을 해보렴."

아니나 다를까, 입질이 왔다. 나의 요구조건에 무게를 실으려고 보챌 때까지 조금 더 기다렸다.

"얼른 말해봐."

그때서야 못이긴 척 일단 선을 보겠다는 패를 던졌다. 어머니는 반색하며 나의 두 손을 덥석 잡았다. 그 순간을 놓칠세라 선을 보되 내가 사귀고 있는 사람도 똑같이 보자고 요구했다. 두 사람 중에 오직 당사자가 좋은 사람으로 엄정하게 정하자는 조건의 협상을 내건 것이다. 내 나름 남기라는 상품에 자신이 있었다. 체격도 좋고 미남인데다 공부도 잘하여 트집을 잡힐 데가 없다고 믿었다. 어머니는 고개를 숙이고 잠시 생각에 잠겼다가 마지못한 듯 그럼 네가 말하는 청년을 먼저 보자고 말했다. 드디어 협상이 이루어진 것이다.

남기를 처음 만난 것은 대학교 2학년 때였다. 이혼한 아버지는 마포의 허술한 쪽방에서 혼자 살았다. 평소에는 내게 부담을 주지 않으려고 자주 오지 말라던 아버지에게서 그곳 동네 다방으로 잠깐 왔으면 좋겠다고 전화가 왔다. 무슨 일인가 걱정되어 택시로 달려갔다. 다방에는 아버지와 낯선 노인, 그리고 젊은 청년이 함께 앉아 차를 들고 있었다. 주저하고 서 있는 나에게 아버지는 최 감사와 아들 남기라고 소개했다. 청년의 옆자리를 가리키며 앉으라고 했다. 소식을 모르다가 만난 절친한 고향 친구이니 서로 가족처럼 지내라고 당부했다. 최 감사가 아버지의 어깨를 툭 치면서 말했다.

"이 친구는 내 생명의 은인이야."

"새삼스럽게 또 그 이야긴가? 은인은 무슨…."

아버지는 멋쩍게 웃으며 최 감사의 이야기를 사양했다.

"아니야, 은인이지. 초등학교 육학년 때야. 둘이 산에 갔다가 내가 높은 바위에서 굴러떨어져 의식을 잃었어. 나보다 체구가 작은 이 친구가 들쳐 업고 십리 길을 뛰어간 거야. 병원에서 조금만 늦었으면 못 살렸다고 하더래."

옆에서 은근한 미소를 띠며 살짝 고개를 숙여 인사하는 남기라는 청년은 첫눈에 멋이 있어 보였다. 용모는 물론이고 조용하고 부드러운 대화에 나도 모르게 이끌렸다. 매정한 어머니와 단 둘이 살면서 외로울 때마다 누군가 의지하고 싶던 나는 그로부터 남기를 스스럼없이 오빠라고 불렀다. 우리는 자주 만났고 어느새 사 년, 그는 곧고 묵직한 성격이면서도 잔정이 있었다. 외롭고 구박만 받고 살다가 인정을 알고 사랑을 알게 되었다.

그는 문학의 길을 택했다. 신랑감의 인물이 아무리 좋더라도 직장이 없이 소설을 쓰고 있다면 어머니에게는 딱 좋은 거절의 빌미일 것이 틀림없었다. 자신은 출신학교조차 분명하지 않으면서 문학가를 글쟁이라고 무시하는 소리를 자주 들었기 때문이다. 게다가 아버지가 손수레를 끌고 폐지를 줍는 일을 한다는 사실이나 산동네의 허름한 집도 큰 걸림돌이었다. 어머니가 사람을 평가하는 기준은 돈이고 강남이고 몇 평짜리 아파트였다. 모처럼 이루어낸 상견례지만 어떻게 이겨낼지 걱정이었다.

아버지와 헤어진 어머니는 차지한 강남의 아파트를 연때 좋은 동생과 이리저리 굴리더니 복부인으로 변신했었다. 대박을 친 건지 횡

재를 했는지는 모르지만 갑자기 흥청망청 돈을 물 쓰듯 했다. 큰 아파트로 이사하고 가정부를 들이는가 하면 핸드백과 옷이 명품으로 바뀌었다. 삼촌은 외제차를 타고 우쭐댔다. 악바리로 소문난 어머니는 남자들도 맞부딪히기를 꺼렸지만 강남 업계에서 큰손 김 회장님으로 통했다. 모든 것을 돈의 가치로 따지고 돈만 아는 졸부가 된 것이다.

하지만 연애건 중매결혼이건 양 당사자가 백퍼센트 만족하여 이루어지는 경우는 흔치 않다. 하찮은 결함은 장점으로 가리거나 중매쟁이가 능란한 말재주로 얼렁뚱땅 구슬려서 성사가 되는 법이다. 남기의 약점들도 적당히 둘러대거나 감출 수밖에 없었다.

남기는 서울 변두리의 산동네에 살고 있었다. 나는 버스 종점에서 내려 얼기설기 늘어선 판잣집을 지나 언덕길을 올라갔다. 시야가 트이면서 양지바른 산기슭에 질펀하게 펼쳐진 밭과 그 위쪽에 외롭게 서있는 과녁빼기집이 남기와 그의 아버지 그리고 하얀 강아지 백구의 터전이었다. 허름하지만 자연에 안긴 한옥은 평화롭고 포근했다. 남기를 만나고 싶거나 새장 같은 아파트 생활이 답답할 때면 나는 가끔 이곳에 왔다.

가을이 깊어가는 산동네는 더욱 소박하고 고요했다. 뒷산에서 초록의 향기를 싣고 불어오던 시원한 바람은 벌써 소슬하여 마음이 쓸쓸했다. 석양이 비낀 집 뒤의 잡목 숲은 푸른빛을 잃고 갈색으로 변했고 산비둘기의 울음소리가 구슬프게 들려왔다. 한 쌍의 까치가 지저귀며 날아갔다. '쟤들은 어떻게 짝이 되었을까?' 숲으로 살아져간 궤적을 바라보며 까치의 사랑 이야기를 들었으면 싶었다. '훨훨 날아다니다가 서로 사랑하게 되어 짝을 맺었겠지….'

나는 밭두렁길을 걸어가면서, 혹시라도 끝물에 외롭게 피어있는 민들레꽃이 있는지 찾아봤다. 꽃은 보이지 않았지만 봄이 되면 무수한 사람들의 발길에 밟히고 눈 속에 묻혔다가 다시 싹이 나고 예쁜 꽃을 피운 민들레꽃을 나는 좋아한다.

밭에는 제법 크게 자란 배추가 보기 좋게 열을 지어있었다. 최 감사는 여름에는 상추와 들깨 등 남새를 심고 가을에는 김장배추를 심어 동네에 나누어준다. 그는 해마다 나를 위해 김장을 주말에 했다. 정겨운 집에 와서 김장을 하는 날은 행복했다. 언젠가 이 집의 주인이 될지도 모른다는 생각을 하면서 혼자 얼굴을 붉히곤 했다. 도와주러 온 이웃 아주머니들이 그런 내 표정을 눈치라도 챈 듯 남기 색시라고 놀렸다. 나는 부끄러우면서도 그 말이 싫지 않았다.

비스듬히 기울어진 함석때기 문짝은 항상 빠끔히 열려있었다. 나는 문을 밀치고 들어가 무겁게 감돌고 있는 정적을 깨웠다. 담 밑에서 가을볕을 이불삼아 낮잠에 빠져있던 백구가 꼬리를 흔들며 반겼다. 백구집 옆에는 평행봉이 서 있고 아령과 역기가 놓여있다. 집에서 글만 쓰는 남기는 매일 아침저녁 거르지 않고 열심히 운동을 했다.

인기척을 듣고 남기가 뛰어 나와 나를 맞았다. 그는 신춘문예에 응모할 단편소설을 쓰고 있었다. 제목이 '달동네의 봄'이라고 했다. 학생 시절 문학을 하고 싶었다던 최 감사는 아들이 선택한 길을 흡족하게 생각했다. 남기가 취직을 하려고 해도 신춘문예에 등단한 후에 하라고 말렸다. 판자때기를 얼기설기 붙여서 세운 담장이 비스듬히 기울어도 최 감사는 고치려고 하지 않았다. 글쓰기에 더없이 좋은 환경을 등단할 때까지 손대고 싶지 않다고 했다. 담장 밑에는 하얀 꽃이 피는 민들레 한 포기가 자라고 있다. 나는 신기해서 애지중지 밭가에 있는 퇴비 무더기에서 부엽토를 한 움큼 집어다가 뿌려주기도 하고 가물 때는 물도 주었다.

지난여름, 하얀 민들레가 포기 채 짓이겨지고 시들어 있었다. 아연실색한 나는 다급하게 오빠를 불렀다. 내가 그 꽃을 좋아하는 줄 아는 그는 미안해하며 안절부절못했다. 가끔 백구를 찾아와서 밥을 빼앗아 먹는 심술궂은 수캐가 밟아 뭉개버린 모양이었다. 다시 살아날 가망이 없는 것 같아 몹시 마음이 아팠는데 올봄 다시 싹이 돋아났고 하얀 꽃이 피어나 나를 감동시켰다. 나는 '순결'이라는 이름을 지어주고 하얀 민들레 꽃을 가슴에다 심었다.

최 감사가 나를 기다리고 있었다. 그는 이혼한 친구의 딸이 애잔한지 나를 무척 예뻐했다. 나도 아버지나 다름없는 따뜻한 정을 느꼈다. 평소에는 별로 말이 없지만 마주 앉으면 개성의 부잣집 맏아들이었다며 옛날이야기를 들려주었다.

"공부를 썩 잘해서 아버지가 중학교를 서울로 보내주셨어. 반 친구들의 이름도 다 외우기 전인 6월에 전쟁이 터졌지 뭐야. 개성은 서울에서 멀지 않지만 갈 수가 없게 되었지. 엄벙덤벙 서울에 머물며 전쟁이 끝나기를 기다리다가 인천 상륙작전으로 아군이 북으로 밀고 올라가기에 간신히 개성으로 갔지. 그러나 집이 불타버리고 없더군. 가족을 찾아 돌아다니다가 일사후퇴 때 다시 서울로 쫓겨 온 거야. 하숙집에는 하숙비가 밀려서 다시 들어가지 못하고 우왕좌왕하다 고아가 되고만 거야. 남북이 뒤바뀌는 전란 속에서 학교는 고사하고 배가 고파서 죽겠더라구. 신문 배달, 구두닦기 닥치는 대로 했지. 그날 번 돈으로 국밥 한 그릇을 사 먹으면 세상에 부러운 것이 없었어. 자신이 벌이를 한다는 것이 얼마나 가치가 있는 것인가를 그때 깨달았어. 넝

마를 줍다가 어느 동향인을 따라 손수레를 사서 폐지 줍는 일을 시작한 거야."

옛날의 고단했던 삶을 회상하는 듯 눈을 지그시 감고 잠시 말을 멈췄다. 휴전이 되면서 개성은 북한 땅이 되어 가족과 영영 헤어지고 만 것이다. 그는 한숨을 내쉬고 이야기를 이었다.

"함께 고생하던 몇 사람이 힘을 모아 작은 수동기계 하나를 사서 골판지공장을 시작했어. 힘든 일을 도맡아서 열심히 했지. 작은 공장은 골판지로 이름이 날만큼 알뜰한 기업으로 성장했어. 배움을 계속하고 싶어서 야간 고등학교를 다녔는데 주위에서 좋은 배필을 소개해주더군. 결혼해서 남기를 낳은 거야. 남기가 중학교 입학하기 전이었어. 행복이란 무엇인가를 어슴푸레 알만한 때 에미가 암으로 쓰러졌지 뭐야. 순탄했던 삶이 다시 비틀리기 시작한 거야."

그는 밖을 바라보며 잠시 촉촉해진 눈을 깜박였다.

"에미와 사별하고 삶의 의욕을 잃었어. 차라리 에미를 따라가고 싶더군. 그러나 남기의 천진한 얼굴을 보며 눈물로 애통한 마음을 삭힐 수밖에…. 회사를 그만두고 한동안 정신 나간 사람처럼 거리를 헤매다가 조용히 그녀를 기리며 살고 싶어서 한적한 여기로 온 거야. 퇴직금도 회사에 투자해버리고 다시 손수레를 끌었지. 회사에서는 나를 매년 감사로 선임해주더군."

이야기를 끝낸 최 감사는 멋쩍게 웃으면서 말했다.

"길 가에 핀 민들레처럼 끈질기게 살아온 거야. 옛 동료들이 가끔 궁색스럽게 또 손수레냐고 핀잔하지만 놀면 뭣해? 에미 생각만 나지. 우리만 호사스럽게 살면 미안해서…. 꼼지락거려야 건강에 좋고 자식에게 사는 법도 가르치는 거지."

이야기를 듣다가 오로지 집을 벗어나고 싶어서 회사를 다니고 있는 자신이 부끄러웠다. 어머니는 용돈을 넉넉히 주겠다고 취직을 못 하게 했다. 간신이 허락을 받은 데는 월급을 몽땅 어머니에게 맡긴다는 치사한 약속을 하고서였다. 구두쇠라 그런 줄만 알고 뒤통수에다 빈 주먹질을 했으나 그게 아니었다. 용돈은 달란 대로 군소리 없이 주면서 용처를 꼬치꼬치 밝혔다. 그리고는 은근슬쩍 요즘 혹시 아버지에게 가느냐고 물었다. 월급이 아버지에게 흘러가는 것을 경계하는 심보였다. 나는 용돈이나 옷값에서 조금씩 떼어 모았다가 남기와 만나거나 쪽방에서 혼자 사는 아버지에게 갔다. 아버지는 어렵게 살면서도 용돈을 드리면 한사코 마다했지만 몰래 두고 왔다.

안방은 좁고 어두컴컴해도 둘러앉아 언 몸을 녹이는 화롯불처럼 따뜻하고 아늑했다. 윗목에는 낡은 궤짝이 있었다. 그 위에는 인자해 보인 남기 어머니의 사진이 놓여 있다. 최 감사는 조심스럽게 사진을 내려놓았다. 궤짝을 열고 속에서 옷들을 끄집어냈다. 양복이 나오자 이리저리 살펴보더니 따로 놓았다. 거기에 와이셔츠와 넥타이 그리고 중절모자도 들어있었다. 자질구레한 옷들은 주섬주섬 다시 집어넣었다. 부인의 사진을 제자리에 올려놓고 잠시 눈길이 멎었다. '여보, 남기가 결혼할 때가 되었소.' 하는, 그리움 가득한 소리가 들리는 것 같았다.

최 감사는 나에게 꺼낸 양복을 보여주었다. 옛날 잘나가던 마카오 양복이었다. 새 옷이나 다름없이 깨끗했지만 윗옷은 깃이 손바닥만큼 넓고 바지통은 치마처럼 홀렁한 구식 스타일이었다. 그러나 세련된 청회색의 고급 옷감이라서 칠십 노인에게는 그런대로 어울릴 것 같았다.

벽에 걸린 고물 괘종시계가 일곱 시를 쳤다. 나는 부엌에 나가 밥을 차리려고 일어섰더니 최 감사가 남기에게 봉투를 주며 밖에 나가서 함께 식사하라고 말했다. 그리고 나에게는 남기가 잘 맞는 양복을 사도록 도와주라고 부탁했다. 공부만 열심이지 패션에는 무감각한 아들이 딱한 모양이었다. 그는 세탁소에 맡긴다고 옷가지를 보자기로 쌌다. 내가 맡기겠다고 해도 굳이 마다하고 들고 나갔다. 최 감사도 상견례가 신경이 쓰이기는 우리와 마찬가지인 것 같았다.

봉투에는 백만 원이 들어있었다. 남기는 별다른 표정이 없었으나 나는 놀랐다. 폐지는 운이 좋은 날 아침저녁 손수레 가뜩 두 탕을 해야 고작 이삼만 원을 손에 쥔다고 들었기 때문이다. 나가서 식사를 하자는 남기의 말을 못들은 척하고 나는 부엌으로 나갔다. 전기밥솥에 밥이 있고 냉장고에는 김치와 시금치나물, 된장국이 있었다. 둘이서 오붓하게 저녁밥을 먹고 나갔다.

백화점은 이미 폐점시간이 지나 이름난 아웃렛으로 갔다. 남기에게 옷을 직접 고르라고 했다. 그는 아무 옷이면 어떠냐고 했지만 나는 사치를 좋아하는 어머니와 잘난 척하는 삼촌에게 트집을 잡혀서는 안 된다고 단단히 준비를 하라고 일렀다. 그는 탈의실서 고른 옷을 입고 나와 멀찌감치 서 있는 나를 훔쳐본다. 내가 고개를 살짝 저으면 퇴짜였다. 세 번째 고개를 옆으로 젓고 나서 안 되겠다 싶어 내가 감색 정장을 골라주었다. 그가 양복을 입은 모습은 처음 보았다. 너무 멋이 있었다. 고개를 위아래로 세게 끄덕였다.

설렘과 불안이 교차하는 마음을 다독이며 어머니와 삼촌을 따라 호텔의 식당으로 갔다. 웨이터의 안내로 '예약석'이라는 표찰이 놓인 테이블에 자리했다. 약속 시간 십 분전이었는데 삼촌은 앉자마자 손목시계를 들여다보면서 그들은 왜 이렇게 시간관념이 없느냐고 짜증을 부렸다. 혹시라도 지각하여 트집을 잡히면 어쩌나 초조하고 불안하여 입구 쪽만 바라보고 있었다. 드디어 1시 정각, 어김없이 남기와 최 감사가 나타났다. 안도의 한숨을 내쉬며 마음속으로 잘 되기를 빌었다.

중절모자를 눌러 쓴 의젓한 노신사와 정장 차림의 남기가 들어서자 홀이 꽉 차 보였다. 현란한 샹들리에 불빛이 은은한 청회색 광택이 나는 마카오 양복을 입은 최 감사의 품위를 돋보였다. 모두 일어나서 인사를 했다. 최 감사는 모자를 벗어들고 인사를 했고 남기는 허리를 기역자로 꺾어서 공손하게 절했다.

삼촌은 최 감사에게 명함을 주었다. 그리고 명함을 달라는 듯 두 손을 그대로 내밀고 있었다. '아차, 최 감사의 명함을 만들어 드리려고 했는데…,' 깜박 잊은 것을 후회했다. 삼촌은 평소에도 만나는 사람마다 명함부터 주는 버릇을 알기 때문에 난감했다. 보나마나 명함에는 '주식회사 제일부동산투자개발' 전무이사라고 거창한 직함이 적혀 있겠지만 별 것 아닌 복덕방, 좋게 말해서 부동산중개업소다. 사업상 목적보다는 알량한 자신을 과시하는, 시쳇말로 '지라시'나 마찬가지로 아무에게나 뿌렸다. 사실인즉 두 사람 모두 부동산중개사 자격증을 따지 못해 자격증을 가진 사장을 허수아비로 앉혀 놓은 회사였다. 감투를 좋아해서 어머니는 김 회장, 덩달아 삼촌은 전무로 행세했다.

'이름 석 자라도 찍힌 명함을 만들어 드렸으면 좋았을 것을…' 마음을 조이는 사이 최 감사는 태연하게 서서 모자를 왼손에 바꿔들더니 안주머니에서 지갑을 꺼냈다. 그 속에서 서슴없이 명함 한 장을 뽑아서 삼촌에게 주었다. 명함을 받아서 들여다본 삼촌은 눈이 동그래지며 머리를 굽실했다.

"한일제지 감사시군요."

그리고 어머니 귀에다 대고 무언가 속삭였다.

상견례는 시종일관 어머니의 시시콜콜한 질문이 이어지는 통에 긴장을 놓을 수가 없었다. 남기의 집안 형편을 꼬치꼬치 물으면서 중지에 커다란 사파이어반지를 낀 손을 자주 놀리고 또 핸드백에서 뭔가를 꺼내는 척 만지작거렸다. 나는 명품을 과시하는 어머니의 버릇을 익히 알고 있기 때문에 민망했다. 삼촌이 처음으로 남기에게 학교를 묻더니 다시 전공을 물었다. 남기가 문창과라고 대답했다. 어머니는 삼촌을 쳐다보며 문창과가 뭐냐고 물었고 그도 대답을 못하고 나를 쳐다봤다. 내가 문예창작과, 말하자면 문학을 배우는 학문이라고 말했다. 그때서야 어머니는 꼬투리를 잡았다 싶은지 남기를 꼬나보며 그럼 글쟁이가 될 거냐고 물었다. 남기가 대답하기 전에 내가 끼어들어 대학원에 진학하여 국문학 교수가 될 거라고 둘러댔다. 서로 짠 각본은 아니었지만 잘 넘어가고 있었다.

어머니는 입을 오리주둥이처럼 내밀고 몸을 빌빌 꼬며 최 감사에게 홀몸이시라고 들었는데 아들에게 얹혀 살 거냐고 물었다. 그는 따로 살 것이니 염려하지 마시라고 대답했다. 예상했던 대로 만약 결혼을 하게 되면 살림집은 몇 평 정도를 생각느냐고 물었다. 최 감사는 원하시는 대로 마련하여 주겠다고 대답했다. 삼촌이 그럴 재력이 있느냐고 비꼬는 투로 물었다. 어떻게든 퇴짜를 놓을 꼬투리를 잡으려는, 마치 국회의 인사청문회 같다는 생각이 들었다. 그때, 어머니 핸드폰에서 요란한 벨 소리가 울린 통에 대화가 끊겼다.

"네, 네 우리 전무를 바꿔드리겠습니다."

어머니의 전화를 받아든 삼촌은 일어서서 큰소리로 통화했다.

"매물이 있다고요? 50억이요? 물건만 좋으면 잡지요. 지금 결정을 하지 않으면 놓친다구요? 네 네, 그럼 곧 가겠습니다. 잠깐 우리 직원 좀 바꿔주세요."

전화기를 든 채 삼촌은 어머니에게 또 귓속말을 했다. 그리고 다시 통화를 했다.

"너 퇴근하지 말고 우리가 갈 때까지 그 손님과 기다리고 있어. 큰 물건이니까 차 좀 잘 대접하고."

전화가 끝나기도 전에 어머니는 이만 바빠서 가봐야 하겠다며 일어섰다. 서로 잘 생각해 보자는 말로 작별인사를 했다. 최 감사와 남기도 일어섰으나 나는 너무 결례가 된 것 같아서 머뭇거리고 앉아 있었다. 어머니가 눈을 부라리며 빨리 가자고 재촉했다. 나는 어정쩡 일어서며 뒤에 따로 가겠다고 말했다.

"빨리 따라와!"

상판이 일그러지며 윽박지르는 통에 나는 아무소리 못하고 뒤따라 나갔다. 최 감사와 남기도 인사는커녕 내쫓기다시피 식당을 나갔다.

현관에서 차를 기다리는데 남기가 고개를 숙인 채 최 감사를 따라 터덜터덜 정문 쪽으로 걸어가고 있었다. 그들의 뒷모습이 몹시 처량해 보여 콧등이 시큰했다. 삼촌 차가 호텔을 빠져나가면서 다시 그들이 보도로 걸어가는 것이 보였다.

"그래 감사란 사람이 고물차도 없냐? 뭔가 이상해⋯."

삼촌은 중얼거리며 과시라도 한 듯 엑셀러레이터를 붕 밟았다. 두 사람은 남기의 이렇다 할 흠을 잡지 못하여 안달하는 듯, 삼촌은 자꾸만 최 감사를 걸고넘어지려 하고 어머니는 쓸데없이 돈만 썼다고 투

덜댔다.

토요일 오후, '어머니는 남기를 어떻게 생각하고 있을까?' 걱정을 하고 있는데 느닷없이 삼촌이 나타났다. 함께 갈 데가 있으니 차에 타라고 했다. 어디를 갈 거냐고 물어도 빨리 나오라고만 독촉했다. 서둘러 옷을 갈아입고 차에 탔다. 아뿔싸, 창 밑에 최 감사의 명함이 놓여 있지 않는가? 하필이면 집 주소가 적혀있었다. 놀라는 사이, 차는 속력을 내서 거리를 달렸다. 네비게이션이 연방 길을 안내하는 소리를 시끄럽게 지껄여댔다. 들으나마나 산동네 쪽이었다. 깨부수고 싶도록 미웠으나 나는 될 대로 되라고 눈을 감아버렸다.

차는 좁은 밭둑길을 비비적거리며 올라갔다. 최 감사가 보였다. 폐지가 조금 실린 손수레를 담벼락 옆에 끌어다놓고 있었다. 손뼉이라도 치고 싶던 명함이 오히려 화근이 될 줄이야…. 차를 집 앞에 바짝 세우고 삼촌이 내렸다. 차 소리에 뒤를 돌아본 최 감사가 깜짝 놀랐다. 나는 무안하여 차에서 내릴 수가 없었다. 삼촌은 최 감사에게 인사도 없이 다짜고짜 말을 걸었다.

"여기가 한일제지공업주식회삽니까?"

"안녕하십니까. 여기는 저희 집입니다. 회사는 용산에 있습니다."

최 감사는 몸가짐을 바로 잡고 예의 바르게 대답했다.

"그래요? 한일제지 폐지 줍는 감사란 말씀이십니까?"

삼촌은 비웃음이 잔득 묻어있는 야릇한 표정으로 빈정거렸다.

"회사 감삽니다."

"웃기시네."

삼촌은 꼬투리를 잡았다는 듯 거만한 표정으로 인사는커녕 막말을 뱉고 돌아섰다. 차까지도 무례하게 밭고랑을 뭉개고 거칠게 돌아 바퀴

자국을 남기며 빠져나왔다. 나는 안타까워서 뒤를 돌아봤다. 최 감사는 아무렇지도 않다는 듯 손수레에 실린 폐지를 정리하고 있었다.

집으로 돌아온 삼촌은 못 볼 것을 본양 입에 게거품을 물고 허겁을 떨었다.

"어쩐지 감이 이상해서 가봤지. 판잣집에서 폐지 줍고 사는 사람들이야."

놀란 어머니는 내 딸이 넝마주이 집으로 시집이라니 천부당만부당하다고 혀를 내둘렀다.

"이제 약속대로 진짜 신랑감을 만나 보자구나."

내 어깨를 다독이며 새살거렸다. '진짜라니? 그럼 남기는 가짜란 말인가?' 속으로는 불쾌했지만 나는 맥이 빠져 대구할 힘이 없었다.

"회장님, 그 댁에 바로 연락을 하지요"

삼촌은 휴대폰을 꺼내들고 설쳤다.

"그래야지. 당장 연락해서 빠른 시일 안에 날을 정하자고 해."

두 사람은 꿍짝이 척척 맞았다. 삼촌은 전화를 하고나서 이달 내로 날을 잡아서 알려주기로 했다며 흥분했다.

"엄청난 부잣집 맏며느리가 되는 거다."

부자란 말이 토할 것 같이 역겨웠다. 돈 많은 사람은 싫다고 중얼거렸더니 철딱서니 없는 바보라며 눈을 흘겼다. 바보란 말이 맞는지도 몰랐다. 어머니가 사람을 평가하는 기준을 뻔히 알면서도 모정의 엄정한 선택을 기대했던 자신이 실수한 바보였다. 두 사람 모두 선을 봐서 오직 좋은 사람으로 정하기로 한 조건, 좋은 사람이란 어머니에게는 결국 돈이고 강남인줄 알면서 정한 명칭이였다. 인물은 저리가라고 돈, 더구나 산동네에서 폐지 줍는 최 감사가 까발려진 마당에 나는 승산이 없었다. 아무리 머리를 쥐어짜도 협상을 깨트릴 구실은 고사하고 어떤 변수도 생각나지 않았다.

어차피 다른 사람과의 맞선을 피할 수 없다면? 맞다. '딱지! 상대의 마음에 들지 않아서 거절을 당하면 될 것 아닌가? 그렇지, 딱지를 맞으면….' 분명히 패자부활전 같은 변수였다. 그러나 손뼉을 칠 일은 아니었다. 열쇠는 상대가 가지고 있는 것. 피동적인 입장인 나로서는 어떻게든 밉보이는 것이 마지막 한수였다.

이럴 때는 남기가 도와주거나 대책을 세워 주기를 바라는 마음이 간절했지만 그는 아예 연락이 없었다. 상견례 때의 실망에다 삼촌이 집으로 찾아간 충격이 컸던 것 같았다. 내가 찾아갔으나 전과 달리 장마에 삼베옷 걸친 사람 모양 후줄근하니 늘어져 있었다. 선을 볼 수밖에 없다는 이야기를 해도 실뚱머룩한 얼굴로 묵묵부답, 한숨만 내쉴 뿐이었다. 어떻게 하면 좋으냐고 물어도 도무지 해결을 하겠다고 나설 의지가 보이지 않았다.

너무 답답한 남자, 물 빠진 갯벌에 얹혀 낮잠 자는 조각배처럼 아무 쓸모가 없는 사람. 그래도 그가 좋은데 어쩌랴. 설령 그가 나서봤자 뾰족한 수가 있을 것 같지도 않았다. 도리어 실의에 빠진 그의 기운을 북돋아 주고 싶었다. 다시 아버지를 찾아갔다. 피할 수 없다면 일단 선을 보라고 했다. 보고 나서 결혼에 대한 최종적인 결정은 네 권리라고 했다. 강제로 밀어붙이면 내가 가만있지 않을 터이니 너무 걱정하지 말라는 말을 듣고 용기를 얻었다.

선을 보기로 한 날이 고작 일주일 앞으로 다가왔다. 갑자기 어머니가 옷을 사러 가자고 했다. 밉게 보일 궁리를 하고 있는 판에 새 옷이라니? '차라리 비키니를 입고 패션쇼를 하라지.' 나는 딱 잘라 거절했다.

허드레옷은 아니더라도 평상복을 걸치고 갈 요량이었다. 억지로 밉
보이기는 예쁘게 보이기보다 더 어려웠다. 평소에도 별로 화장을 하
지 않지만 선을 보러간 날은 얼굴에 로션도 찍어 바르지 않고 나섰다.
어머니가 왜 화장을 안 했느냐고 불평했다. 나는 아무 대답을 않고 차
로 가서 앞자리에 앉았다. 뒤통수에서 불편한 심기를 참는 듯 한숨 소
리가 들릴 뿐 더는 나를 거스르지 않았다.

저녁 만찬 시간에 맞춰 도착한 약속장소는 삼류라기에는 좀 그렇
고 이류보다는 후진 호텔이었다. 부자라는 사람이 택한 장소치고는
쩨쩨하다는 생각을 하며 엘리베이터를 탔다. 이층에 있는 식당에는
여종업원이 대기하고 있다가 우리가 도착하자 별실로 안내했다. 어
머니와 상판이 비슷한 중년부인과 쪼다 같은 남자가 먼저 와있었다.
걔는 어정쩡 일어서서 어머니에게 고개를 끄덕하고 나서 흘끗 나를
쳐다봤다. 부인이 앉은 채 몸을 돌려 나의 손을 덥석 잡았다. 언제 날
봤는지 모르지만 전 보다 더 예뻐졌다고 말해서 밉보이려는 판국에
못마땅했다.

부인과 어머니는 서로 잘 아는 사이인 것 같았다. 부인이 우리는 신
경 쓰지 말고 젊은 사람끼리 잘 해보라는 말로 소개를 대신했다. 항상
콧대가 하늘을 찌를 듯이 높던 어머니와 삼촌은 왠지 그들에게 절절
매는 것 같았다. 맞선 상대인 남자는 두 눈이 따로따로 양쪽을 곁눈질
하고 있어서 첫눈에 정나미가 떨어졌다. 턱도 뾰족하니 길고 어딘가
어수룩하여 얼간이 같아 보였다. 게다가 머리가 마치 닭벼슬처럼 정
수리에만 수북하게 뻗쳐있는 이상한 꼬락서니였다. 허벅지까지 내
려온 까만 재킷은 미여 터지도록 좁고 넥타이는커녕 빨간 셔츠의 목
단추는 풀어헤친 채였다. 나는 마주 보지 않으려고 고개를 숙이고 앉

아 있었다.

웨이터가 와서 부인에게 공손히 절을 하고 컵에 물을 따랐다. 삼촌이 대뜸 메뉴를 달라고 했다. 웨이터는 손을 앞으로 부비며 사모님이 이미 회장님댁의 지정 만찬 정식을 주문하셨다고 공손하게 대답했다. 문화인인 척 나섰다가 무안을 당한 삼촌은 입을 삐쭉하고 돌아앉았다.

식사는 호텔 수준에 비하면 성찬이었다. 언뜻 작은 호텔이지만 며느리에게 맡길 생각이란 소리가 들렸다. 이 호텔의 오너임을 짐작했다. 식사를 하면서 어머니들은 다이아 반지가 어떻고 드레스가 어쩌고 시시덕거렸다. 냉장고다 살림집이다 이미 성사가 된 듯 주로 결혼식과 신접살림에 대한 이야기를 해서 웃긴다 싶었다. 무슨 뜻인지는 모르지만 부인이 사돈이 되면 그까짓 건 포기할 수도 있다는 말을 했다. 삼촌은 가끔 얼간이에게 말을 걸었고 그는 어눌한 소리로 대답했다. 나에게는 한마디도 묻는 사람이 없었다. 애써 상을 찌푸리고 음식이 나오는 대로 먹는 둥 마는 둥 끌쩍이다 접시를 물렸다.

식사를 끝낸 어른들은 두 사람만 남겨놓고 자리를 떴다. 나는 거북하여 시종 눈을 내리깔고 있었다. 그가 어느 쪽에 잘 가느냐고 첫마디를 걸어왔다. 어눌한 소리에다 무슨 뜻인지 잘 몰라 그를 쳐다봤다. 어디서 노느냐고 다시 물었다. 마지못해 직장에 다닌다고 대답했다. 그는 돈을 벌로 다니느냐며 피식 웃었다. 나는 더는 입을 다물었다. 그는 주로 보석이며 명품 이야기를 떠들었다. 그리고 이 호텔을 자기가 맡게 될 것이라며 거만하게 웃었다. 나는 얼간이 같은 소리를 듣고 싶지 않았다. 빨리 이 자리를 벗어나고 싶을 뿐이었다. 찻잔의 남은 커피를 마저 마시고 시계를 봤다. 벌써 한 시간이 지나고 있었다.

나는 이만 가겠다고 일어섰다. 그는 나이트클럽으로 자리를 옮기자고 했다. 술도 못 마시고 춤도 추지 못한다고 고개를 저었다. 잠깐 우리 호텔의 나이트클럽을 구경만 하고 가라고 다짜고짜 손을 잡고 끌고 가려고 했다. 손을 뿌리치고 도망치다시피 밖으로 나왔다. 마침 엘리베이터가 멎고 손님이 내리기에 바로 들어가서 1층을 누르고 닫힘을 눌렀다. 닫히던 문이 다시 열리며 그가 탔다. 그는 1층 버튼을 눌러 취소하고 지하 1층을 눌렀다. 엘리베이터가 멎자 등을 떼밀었다. 싫다고 해도 중요한 이야기가 있으니 음료수 한잔만 하고 가자고 옷자락을 끌었다. 거절하려면 화를 낼 수밖에 없었다. 어머니의 입장을 생각해서 더는 야박하게 굴지 못하고 음료수만 들고나오기로 마음먹고 따라갔다.

나이트클럽이란 곳은 처음이었다. 입구에서 웨이터가 굽실거리며 안으로 안내했다. 문을 열자 밴드 소리가 귀청을 때렸다. 캄캄한 공간에서 섬광처럼 번쩍이는 조명에 남녀가 언뜻번뜻 노출되며 강렬한 리듬을 따라 미친 듯이 흔들어대고 있었다. 웨이터는 홀의 가장자리로 돌아서 방으로 안내했다. 말로만 듣던 룸살롱인 듯, 어둠침침하고 폐쇄된 방이었다. 나는 약간 불안했다.

소파에 앉자마자 바로 턱시도를 입은 다른 웨이터가 들어왔다. 머리가 땅에 닿게 인사를 했다. 얼간이가 나에게 뭘 들겠느냐고 묻기에 오렌지 주스라고 말했다. 그는 찐한 오렌지 주스 한잔과 자기의 위스키를 가져오라고 주문했다. 그리고 안주머니에서 지폐를 뽑아서 세어보지도 않고 그에게 주었다. 그는 머리를 조아리며 뒷걸음질로 물러나갔다. 얼간이는 지배인이 인사차 온 것이라고 뽐내며 자세를 고쳐 나를 마주보고 앉았다. 흘겨보는 눈이 무서워서 나는 자꾸 외면을 했다.

노크 소리가 나고 또 다른 웨이터가 오렌지 주스와 위스키 병을 가져왔다. 그는 위스키를 잔에 따르더니 나의 행복을 위해 건배하자고 잔을 들었다. 무슨 의미인지는 몰랐지만 마지못해 나도 주스 잔을 살짝 들었다. 그는 단숨에 잔을 비웠고 나는 목만 축였다.

빨리 가야한다고 나는 이야기를 재촉했다. 그는 떠듬거리는 소리로 내가 항상 마음속에 그리던 이상형의 여자라고 말을 꺼냈다. 정식으로 프러포즈를 한다고 했다. 싫다고 잘라 말하기에는 너무 가까운 거리고 좁은 공간이어서 어떻게 대답을 해야 할지 당황스러웠다. 나는 대답을 못하고 있었더니 자기가 마음에 들지 않느냐고 다시 물었다. 무어라고 대답을 안 할 수가 없어서 갑자기 오게 되어 아직 결혼에 대해 생각을 못했다고 얼버무렸다. 그의 크게 뜬 눈의 흰자위가 나를 무섭게 노려봤다. 어머니들이 이미 결혼하기로 약속을 했는데 무슨 말이냐고 역정을 냈다.

뭔가 꿍꿍이속이 있는 것 같다고 의심은 했지만 나는 다만 협상을 실행하기 위해 온 것이었다. 이 자리에서 나의 의사를 분명히 밝히지 않으면 안 되겠다고 생각되어 용기를 내서 말했다.

"미안하지만 나는 이미 결혼을 약속한 사람이 있습니다."

그는 깜짝 놀란 듯 눈을 치뜨며 헉하고 입을 벌렸다. 목을 비틀어 나를 노려보며 어머니가 아니냐고 물었다. 나는 고개를 저었다. 어떤 사람이냐고 묻기에 평범한 사람인데 학교에서부터 오랫동안 사귄 사이라고 말했다. 그는 다시 돈이 많은 집이냐고 물었다. 나는 또 고개를 저었다. 그는 부모들의 결혼 약속을 어기면 집안이 낭패를 당하는 일이 벌어질 것이라고 협박 같은 소리를 했다. 나는 무슨 말인지 알 필요도 없고 더이상 대화의 기치를 느끼지 않아 입을 봉했다.

그는 잘 알았다면서 그럼 집안끼리 가까운 사이니 서로 친구로 지내자고 했다. 나를 포기한다는 뜻이 분명했다. '다행이다.' 안도의 한숨이 나오며 긴장이 풀렸다. 살짝 고개를 숙여 고맙다는 인사를 했다. 그는 위스키를 다시 따랐다. 그럼 자기의 앞날을 위해서도 건배해 달라고 잔을 들었다. 나는 홀가분한 마음으로 건배하고 남은 주스를 마셨다.

자기 자랑을 한참동안 늘어놓던 그는 생뚱맞게 자기네가 어머니의 부동산중개업소에 30억 원을 투자한 사실을 아느냐고 물었다. 순간 정수리를 얻어맞은 것 같은 충격을 받았다. 갑자기 나에게 살살거리고 여기 와서는 절절매는 어머니에 대한 의문이 풀리면서 나는 인신매매를 당하고 있다는 모욕감과 위기감을 동시에 느꼈다. 그 자리에 더이상 머물러서는 안 될 자리였다.

이만 가겠다고 일어섰다. 덥석 그가 나의 손목을 잡았다. 뿌리치려고 했지만 잡은 손은 강하고 나의 손은 힘이 없었다. 그의 얼굴이 벌겋게 상기되고 비틀린 눈에서 야릇한 광채가 빛났다. 겁이 나서 다시 뿌리치고 일어서려는데 나를 소파에 쓰러뜨렸다. 무턱대고 거친 손이 블라우스의 옷깃을 헤집고 가슴을 더듬었다. 나는 온 몸을 비꼬며 필사적으로 밀어냈다. 옷이 찢어지는 소리가 난 바람에 그가 주춤했다. 지금 몸이 좋지 않다고 다음에 만나자고 애원했다. 나를 놓고 바로 앉으며 미안하다면서 포기하기 전에 마지막으로 한 가지만 부탁을 하겠다고 했다. 그가 무슨 말을 하던 들을 필요가 없었다. 나는 옷매무새를 고치고 흐트러진 머리를 쓰다듬었다. 그리고 일어나려다 다시 주저앉았다.

술이 취한 것 같았다. 몸에서 힘이 빠져나가고 다리와 손이 축 늘어지는 것을 느꼈다. 빨리 가야 한다는 조바심에도 일어서지 못했다. 조금만 더 앉아있고 싶었다. 기분이 좋았다. 점점 정신이 몽롱하다가 눈앞이 안개 낀 밤거리처럼 뿌옇게 흐려오더니 아무것도 생각이 나지 않고 머릿속이 텅 비었다. 잠이 몰려왔다. 눈이 감겼다. 뜨려고 해도 눈꺼풀이 열리지 않았다.

깊은 산속으로 얼간이가 끌고 갔다. 따라가지 않으려고 안간힘을 썼다. 그의 손을 뿌리치고 도망하다 절벽으로 굴러떨어졌다. 다시 미궁을 헤매다가 어둠 속에서 희미한 불빛이 가물가물 보였다. 안개 같은 장막이 걷히면서 머리가 멍멍하기도 하고 지근거렸다. 나비처럼 공간을 떠도는 자신을 의식했다.

꿈이었다. 식은땀이 나고 목이 말랐다. 빨리 집에 가야한다는 조바심에 몸을 일으키려다 뒤로 넘어져 있어서 현기증이 일었다. '어, 왜 내가 누워있을까…?' 어딘가 딴 세상 같은 생소한 분위기의 느낌에 슬며시 눈을 떴다. 몸뚱이가 침대에 누워있는 것을 알았다. 정신이 번쩍 들었다. 담요를 덮고 있었다. 아랫도리가 허전하여 손을 대보고 기겁을 했다. 바지는커녕 팬티도 입지 않은 알몸이었다. 가랑이가 쓰리고 뻐근했다. 생리와는 다른, 끈적끈적한 이질물이 흘러나오는 것 같아 소스라치며 몸을 일으키려다 상체를 지탱할 힘이 없어 다시 누워버렸다.

코골이 소리에 캄캄한 공간이 출렁거렸다. 옆에 사내가 누워 있는 것이 어슴푸레 보였다. 머리가 얼간이의 요상한 머리였다. 배에다 담요를 두르고 윗도리를 벗은 채 모로 누워 코를 골고 있었다. 시큼한 술

냄새에 역겨움이 일었다. 뭔가를 알아차린 순간 겁결에 침대에서 굴러 떨어지다시피 내려왔다. 옷을 찾았으나 침대 위에는 없었다. 카펫 바닥을 무릎으로 기면서 여기저기 손을 휘저어 더듬었다. 옷나부랭이가 손에 걸렸다. 잡히는 대로 쓸어안고 욕실 문을 찾아 들어갔다. 가슴이 두근거리고 몸이 마구 떨렸다. 허둥지둥 팬티를 입다가 발이 걸려서 넘어지려다 벽을 붙잡고 간신히 발을 꿰었다. 거꾸로 입은 것 같았지만 고쳐 입을 경황이 없었다.

바지를 입고 웃옷을 걸쳤으나 신발과 핸드백을 찾아야 했다. 침대 머리맡에 어렴풋이 핸드백이 보였다. 두근두근 뛰는 심장 소리가 그를 깨울 것만 같아 숨을 멈추고 고양이 걸음으로 다가가 살며시 집어 들고 뒷걸음으로 물러났다. 신발이 보이지 않았다. 슬리퍼가 발에 걸렸다. 그냥 끌고 방을 빠져나왔다.

엘리베이터가 하강하는 순간, 숨이 멎고 오금이 저려 마치 지옥으로 떨어지는 것 같았다. 가랑이 사이가 얼얼하여 다리를 벌리고 서 있었다. 1층에 내려 벽 모퉁이에 몸을 가리고 주위를 살폈다. 다행이 로비에는 인적이 없었다. 살금살금 문쪽으로 걸어가는데 안내 데스크에 앉아 컴퓨터를 하던 직원이 흘끗 쳐다봐서 움찔했으나 그는 바로 못 본 척 고개를 돌렸다. 현관에 모범택시가 서 있었다. 뒷자리에 앉아 가쁜 숨을 참고 간신히 집의 위치를 말했다. 택시가 캄캄한 거리를 달리는 동안 아무 생각이 나지 않았다.

아파트단지는 깊은 잠에 빠져있었다. 택시에서 내리자 다리가 물 젖은 종이처럼 흐무러지려고 해서 집 현관 엘리베이터까지 간신히 걸어갔다. 문의 번호키를 누르려다가 갈 데만 있다면 발길을 돌리고 싶어 한참을 망설였다. 살짝 눌렀는데도 삑삑 소리가 어찌나 크게 복도에 울리는지 심장이 쪼그라지는 것 같았다. 다행히 방으로 들어갈 때까지 어머니의 기척이 없었다.

　속옷을 챙겨 화장실로 갔다. 팬티에 미끈미끈한 점액이 묻어 징그럽고 비릿한 냄새에 토할 것 같았다. 악랄한 만행의 흔적, 증거? 샤워 캡을 꺼내서 그걸로 팬티를 접어서 쌌다. 아랫도리에다 샤워 꼭지를 대고 물을 품어댔다. 더러운 체액이 남김없이 빠져나오도록 속 깊이 센 물줄기를 쏘았다. 몸에 묻은 부정한 오물과 악마의 손때가 남지 않도록 몇 번이나 거듭해서 비누로 씻고 헹궜다.

　침대에 나부라져 '나는 어젯밤 도대체 어떻게 된 것인가?' 눈을 감고 꿈이었기를 바랐다. 잊어버리고 싶어 고개를 흔들어도 악몽 같은 기억이 되살아났다. '왜 룸살롱에 따라들어 갔을까.' 후회하며 머리를 쥐어뜯었다. 눈물도 나오지 않았다. 눈물은커녕 분노가 치솟았다. 이 일을 어떻게 감당해야 할지 엄청난 중압감과 증오심이 골머리를 짓눌렀다. 어두운 천정에 남기의 얼굴이 나타났다가 또 악귀 같은 얼간이가 어른거렸다. '더럽힌 몸, 순결, 여자에게 생명과 같다는 순결을 잃은 나는 이제 어떻게 해야 하나? 절망에 몸을 떨었다.

　'여자가 지켜야 한다는 정조란 무엇이고 누가 정한 규범인가? 남녀 간에 넘어서는 안 되는 선이 있다면 나는 어디까지 선을 넘은 걸까? 옛날에는 남녀칠세부동석도 선이 아니던가? 이것은 윤리네 도덕이네 옛날 호사가들이 만든 인간의 허울이야. 사람은 이성적 동물이라고? 동물이기는 마찬가지 아닌가. 결혼, 쾌락, 종족번식, 성이 인간의 속성? 아니 본질인 거야. 의식이 없는 불가항력인 육체를 강제로 희롱 당한 경우도 정조를 잃은 건가?'

　오만 헝클어진 생각에 휘둘려 머리가 돌아버릴 것만 같았다. '남기에게 고백해야 할까? 그럼 우리의 아름다웠던 사랑은….' 남기가 이 사실을 알았을 때의 충격과 파장은 차라리 죽음보다 비참할 것이었다. 아버지도, 어느 누구에게도 말할 수도 없고 도움을 청하거나 대신해 줄 수 있는 일이 아니었다. '감추고 산다면? 아니야, 더럽힌 몸뚱어리를 감추고 양심을 속이면서 평생 치욕을 견디고 사는 것은 차라리 죽는 것보다 더 고통스러울 거야.'

창밖은 동이 트고 있었다. 도어 핸들이 덜컥거렸다. 어머니가 들어오면서 농담인지 진담인지 웃음 섞인 말소리가 났다.

"새벽까지 놀다 온 것을 보니 마음에 딱 들었던 모양이구나. 이제 시집갈 준비를 서두르자구나."

나는 분노가 치솟았으나 애써 아무 일도 없었다는 듯 입을 다물었다.

"폐지 줍고 사는 집으로 가겠다고 우길 가 싶어 걱정했는데 다행이다."

어느새 왔는지 삼촌이 초를 쳤다. 나는 벌떡 일어나서 어머니를 쏘아보며 고함을 쳤다.

"나는 걔하고는 죽어도 결혼하지 않을 거에요. 절대!"

두 사람은 서로 마주보며 피식 웃었다. 어머니가 나가면서 눈짓을 하자 삼촌도 따라서 문을 닫고 슬며시 나갔다. 그들은 이미 결혼을 다 된 밥으로 여기는 눈치였다. '혹시라도 까발린 걸까? 엄청난 범죄를 설마.' 머리를 흔들었으나 문득 어머니와 삼촌이 쳐놓은 올가미였는지 모른다는 의심이 일면서 진저리가 났다.

아무리 무자비한 올가미에 걸린 참새라 할지라도 찍소리도 못하고 죽을 수는 없었다. 앙갚음을 하지 않고서는 억울해서 어찌 눈을 감을 수가 있겠는가. 그러나 내가 할 수 있는 보복은 얼간이를 고소하는 방법뿐이었다. 그러나 깊이 생각해보면 세상에 추한 사건이 까발려지고 아버지와 남기가 엄청난 고통과 오욕을 당하는 일이었다. '이미 지워진 운명. 복수는커녕 모든 것을 가슴에 안고 차라리 깨끗이 죽자.' 그렇게 마음을 정하자 모든 괴로움이 가시고 눈물이 쏟아지기 시작했다.

회사를 사직했다. 집에다는 강릉에서 회사의 워크숍이 있다는 핑계를 대고 공항으로 갔다. 하늘 높이 떠오르는 비행기에서 아래를 내려다보았다. 아파트들이 성냥갑처럼 보였다. 그 속에서 아웅다웅 살고 있는 인간들이 불쌍하다는 생각이 들었다. 제주공항에 내려 서귀포로 갔다. 해변가의 아담한 호텔에 들어 이틀 동안 '어떻게 하나.' 생각하다가 누워서 잠만 잤다.

사흘째 아침이었다. 남기의 꿈을 꾸며 늦잠을 잤다. 전화벨이 울렸다. 잠결에 무심히 휴대폰의 통화를 터치하고 귀에다 대는 순간, '얼간이!' 머리털이 곤두서며 정신이 번쩍 들고 피가 역류했다. 만나자고 했다. 증오와 두려움의 상반된 감정을 억누르며 나는 너를 만날 이유가 없다고 쏘아붙이고 전화를 끊었다. 전원을 꺼버리려다 마지막 잠깐만이라도 남기를 만나고 싶었다. 아무리 잊으려고 해도 그럴수록 그가 그리웠다. 전화로 목소리를 들으면 눈물이 쏟아질 것 같아서 서귀포로 와달라는 문자를 보냈다. 금방 전화가 걸려왔다. 다급한 소리로 무슨 일이냐고 물었다. 만나서 이야기하자고 말했더니 바로 오겠다고 했다.

제주공항에 도착했다는 문자를 받고 '어떻게 그를 대할까…' 그가 그 일을 알 턱이 없지만 긴장이 되고 가슴이 방망이질했다. 나는 호텔 로비에 앉아서 기다리면서 마음을 가라앉혔다. 그는 택시로 달려와 바로 호텔 문을 밀치고 들어왔다. 얼굴이 화끈거렸지만 나는 짐짓 엷은 미소로 그를 맞았다. 남기는 무슨 말을 꺼내기 전에 깊은 한숨을 쉬었다. 걱정 끝에 안도하는 한숨이 아니라 한심해서 토하는 것 같아서 얄미운 생각이 들었다. 더구나 우유부단한 그가 한없이 원망스러웠다. 어딘가 숨어서 혼자 실컷 울고 싶었다.

나는 말 없이 호텔 뜰과 이어진 바닷가로 걸어갔다. 그는 내 눈치를 보며 슬슬 뒤따라왔다. 서쪽 수평선으로 해가 지고 있었다. 나는 마치 가슴속 피멍 같은 노을이 하늘과 바다를 붉게 물들이고 있는 바다를 망연히 바라보았다. 그때서야 볼에 두 줄의 눈물이 흘러내렸다. 그는 뒷주머니에서 손수건을 꺼내 슬그머니 내 손에 쥐어줄 뿐 아무 말도 묻지 않았다. 내가 선을 보고 나서 어머니의 강요를 견디기 어려워서 머리를 식히러 온 것쯤으로 생각할 것이었다.

한참 동안 나란히 서서 바다를 바라보고 있었다. 그는 식사를 하자는 말로 무거운 침묵의 물꼬를 텄다. 설마 자기 배가 고파서 밥부터 먹자고 하는 것은 아닌 듯싶었다. 그는 바로 나를 데리고 돌아가려는 눈치였다. 나도 배가 고팠다. 못 이긴 척 식당으로 따라갔다. 식사가 끝나고 머뭇거리는 남기에게 할 이야기가 있다고 방으로 데리고 갔다. 룸서비스에 커피 두 잔을 주문했다. 작은 테이블에 마주 앉아 커피를 마시면서 이런 저런 이야기를 두서없이 지껄였다.

정작 말하고 싶은 이야기는 눈물이 대신했다. 남기는 커피를 마시다 잔을 내려놓고 멀뚱멀뚱 눈만 깜박였다.

"오빠, 나 좀 어떻게 도와주면 안 돼?"

"끝까지 거절하면 되지 않아."

절실한 마음으로 부탁했는데 도리어 나를 탓하는 대답을 듣자 화가 치밀었다.

"내가 딴사람하고 결혼을 해도 이해를 해 줄 수 있어?"

미워서 역설로 그의 한심한 심보를 헤집었다. 자신이 없으면 나를 놔달라고 말했다. 그때서야 심각한 표정으로 결혼은 당사자가 거부하면 이루어질 수 없는 것이라면서 왜 그렇게 의지가 약하냐고 나무랐다. 어머니와 삼촌의 집요한 강요를 더이상 벗어나기가 힘들다고 해도 끝까지 거절하면 된다며 역정을 냈다. 나는 짜증이 나서 그렇게밖에 생각을 못하느냐고 쏘아붙였다. 그는 입을 다물고 의자 등받이에 고개를 젖힌 채 눈을 감았다. 무슨 방법이라도 생각하는 줄 알고 기다렸더니 돌부처처럼 움직임이 없었다. 그럴수록 회피를 하는 것 같아 더욱 부아가 났다.

"서울로 가면 강제로 결혼하게 될지도 몰라. 이미 날까지 받아두었을 거야. 피할 수있는 길은 죽는 것뿐이야."

"무슨 그런 끔찍한 소리를 하는 거야. 그래 내가 책임 질 것이니 집으로 도망와." 죽는다는 말에 깜짝 놀란 듯 눈을 크게 뜨고 어른 같은 소리를 했다. 나는 도망가서 살기 싫다고 했다. 그는 다시 고개를 숙이고 입을 닫았다.

"이 바보야."

나는 생전 처음으로 욕을 퍼부었다. 그래도 아무 말이 없었다. 무슨 말을 해 달라고 두 어깨를 잡고 흔들었다. 못이긴 듯 그는 나만 행복하다면 어떤 결정도 따르겠다고 말했다. 그 말을 듣자 정말이지 패죽이고 싶도록 미웠다. 주먹으로 가슴을 두들겼다. 그는 맞고만 있을 뿐 모든 것을 체념한 건지 눈을 감은 채 꿈쩍도 하지 않았다.

다시 봤더니 그는 뺨으로 눈물이 흘러내리고 있었다. 내성적인 사람이 내뱉지 못하고 참고 있던 괴로움이 눈물로 솟구친 모양이었다. 나는 그가 우는 것을 처음 보았다. 남자가 쪼잔하게 운다고 핀잔을 주었더니 흐느끼기 시작했다. 나는 실컷 울도록 내버려 두었지만 덩치 큰 사람이 우는 꼴이 볼썽사납기도 하고 측은하기도 했다.

어느새 12시가 넘고 있었다. 남기는 정신을 차리고 어정쩡 일어서서 벗어 놓은 웃옷을 집어들었다. 젖은 눈에는 실망의 그늘이 짙게 드리워있었다. 우물쭈물하며 난감한 표정으로 방안을 두리번거렸다. 어디론가 자러 나가려는 것이 아니라 끼어 잘만한 곳을 살피는 것 같았다. 그 꼴이 너무 우스웠다. 나는 바닥에서 자겠으니 침대에서 자라고 했더니 기다렸다는 듯이 자기가 바닥에 자겠다고 말했다. 서로 우기다가 억지로 끌어다가 침대에 뉘었다. 그는 못이긴 척 담요를 뒤집어쓰고 벽 쪽으로 돌아 누어 꼼짝도 안했다.

창문을 기웃거린 하얀 달빛이 방안에 가득했다. 실내의 등불을 모두 껐다. 나는 잠이 오지 않아 침대 가에 걸터앉아 그의 어깨에 팔을 고이고 엎디었다. 이런저런 옛 추억을 되새기며 이야기를 늘어놓았다. 그는 자는 척 움직임이 없었다. 그의 가슴을 흔들며 한 번만 꼭 안아달라고 했다. 그때서야 몸을 돌려 나를 봤다. 다시 어깨를 흔들며 안아달라고 어리광을 부렸다. 머뭇거리다 나를 안았다.

"사랑해…."

그의 가슴에 얼굴을 파묻으며 속삭였다. 나를 안은 손이 떨리다가 몸이 으스러질 것 같은 무서운 힘으로 끌어안았다. 마음은 여린 사람이 웬 팔뚝 힘이 그렇게 센지 가슴이 쪼개질 것 같았다. '육체가 무엇인데? 영혼을 포장한 상자일뿐이야.' 나의 입이 그의 입술을 더듬었다. 기다렸다는 듯이 나의 입속으로 구렁이가 꿈틀거리며 들어왔다. 두 마리의 능구렁이가 서슴없이 서로의 입속을 드나들며 용틀임을 했다. 부둥켜안은 몸뚱이가 가픈 숨을 몰아쉬며 몸부림쳤다. 선정적인 내 자신의 행동이 요부 같다는 생각이 스치면서 언뜻 부끄러움을 느꼈을 뿐 이미 우리는 헤어날 수 없는 황홀한 지경으로 빠져들었다.

남기가 깨웠을 때는 달빛을 몰아낸 눈부신 햇살이 방안을 차지하고 있었다. 남기는 옷을 차려입고 의자에 앉아 나를 내려다보고 있었다. 어제는 죽을 쌍이던 그의 얼굴이 생기가 돌고 활기차 보였다. 아침식사를 하면서 고기를 썰어서 입에다 넣어 주는가 하면 커피에 설탕을 타주기도 하며 전에 없던 짓을 했다. 바람을 쏘이러 뜰로 나가서는 손을 꼭 잡고 다녔다. 외국인의 노부부가 지나다 신혼부부로 아는지 미소를 보냈다. 남기는 내 손을 잡고 높이 흔들며 "굿 모닝." 하고 인사했다. 사진을 찍어 달라고 부탁하여 둘이서 꼭 껴안고 찍었다. 남녀가 살을 맞대고 나면 이렇게 서로 허물이 없어지는 것일까? 우리는 사흘 동안 오로지 방안에서 뒹굴었다. 정으로 맺은 사랑보다 육체로 빚는 사랑은 더욱 아름답고 황홀했다.

드디어 남기가 돌아가자고 했다. 그 말을 들은 순간 마음 한구석에 하수구 찌꺼기처럼 가라앉아 있던 치욕스러운 앙금이 뒤집혔다. 서귀포를 떠나기 싫었다. 서귀포를 떠나기 싫다기보다 낯짝을 들고 서울, 아니 이 세상 아무데도 나타나고 싶지 않았다. 남기와의 사랑을 마무리한 아름다운 이 감정과 추억을 고스란히 간직한 채 낭만이 가득한 서귀포 해변 어딘가에서 잠들고 싶었다.

"오빠는 먼저 돌아가. 나는 볼일이 있어. 이삼 일 후에 갈게."

"무슨 일인데 그래? 그럼 나도 기다렸다가 함께 가지 뭐."

"먼저 가 있어, 곧 갈게"

"싫다. 혼자는 가지 않을 거다."

단호하게 거절한 그의 얼굴 어디에도 혼자 갈 것 같은 표정은 찾아볼 수가 없었다. 나를 모두 다 주고나서 마음이 후련했지만 한편으로는 미안한 마음이 고개를 들었다. 어쩌면 그동안 받은 사랑을 몸으로 때운 이기적인 행동이 아니었나, 그리고 그에게 더 큰 상처를 주는 것은 아닌지 진솔한 반성이었다. 눈 딱 감고 모든 것을 고백해 버리고 싶은 충동이 다시 일었지만 남기의 순진한 얼굴을 보며 혀를 꼬옥 깨물었다. 양심의 가책과 불가항력, 진심, 사랑, 황홀한 순간, 이런 감정들이 비빔밥처럼 뒤범벅이 되어 마음이 혼란했다.

떠나더라도 훌쩍 비행기로 날아가고 싶지 않았다. 여수행 밤배를 탔다. 나는 선실로 들어가지 않고 갑판의 난간에 기대어 검푸른 바다에서 불어오는 세찬 바람에 잡념을 날려 보냈다. 밑을 내려다 봤다. 뱃전에 스치는 바닷물이 거품을 일며 쏜살같이 뒤로 흘러갔다. 언뜻 눈을 감고 바다 속으로 풍덩 뛰어들고 싶은 충동이 일었다. 물살에 휩쓸려 깊은 바다 밑에서 잠들면 편안할 것 같았다.

남기는 내 옆에 바짝 붙어 손을 꼭 잡고 있었다. 그 손을 뿌리치고 바다로 뛰어들기가 어려웠다. 뿌리치기가 어렵다는 뜻이 아니라 이 자리에서 내가 사라진다면 남기가 입을 마음의 상처는 고사하고 현장에 함께 있었던 형사적 책임을 고스란히 져야할 것이었다. 게다가 얄궂게도 가슴속 한구석은 다른 차원으로 사랑하게 된 남기와 헤어진다는 것이 새삼스런 일처럼 생각되었다.

어두운 바다 멀리서 가물가물 불빛이 깜박이는 섬들이 다가왔다 멀어져갔다. 여기 외로운 섬으로 오라고 손짓을 하는 것 같았다. 그곳에는 고요하고 평화로운 세상. 소용돌이 같은 삶의 고뇌가 멎은 편안한 세상이 있을 것 같았다. '그곳에 가서 살면 얼마나 좋을까… 늙어서 죽으면 내 무덤에는 민들레가 필거야. 순결한 하얀 꽃이 아니고 노란 꽃일 테지. 아니 자주색 꽃일지도 몰라.' 바다 속에서 편안히 잠들고 싶던 마음이 어느새 아무도 없는 섬에서 살고 싶은 엉뚱한 생각을 하고 있었다.

다시 현실을 깨달은 동안에도 배는 달려만 갔다. 밤바람이 차가워 몸이 떨렸다. 남기는 내 어깨를 꼭 끼고 있다가 선실로 가자고 이끌었다. 남기 옆에 꼭 붙어서 누워있었다. 인간의 어쩔 수 없는 생리는 이 통에도 잠이 몰려왔다.

여수라고 깨워서 눈을 떴다. 어두컴컴한 새벽이었다. 간단히 아침 식사를 하고 기차를 탔다. 남기는 금방 잠에 빠졌지만 나는 창밖으로 보이는 논과 밭에 아침 햇살이 보석처럼 반짝이는 평화로운 농촌의 정경에 잠시나마 시름을 잊었다. 서울역이 가까워지면서 이제 남기를 영원히 만날 수 없다는 생각을 했다. 슬픔이 북받치며 눈물이 나오려고 해서 아무 말도 할 수가 없었다. 역을 나오면서 남기도 특별한 말이나 행동이 없었다. 나에 대한 어떤 걱정도 안 했고 얼굴 표정이 자신만만하고 당당해 보였다. 택시로 집 앞에까지 가서 내려주고는 차에 탄 채 전화하겠다는 말을 던지고 손을 흔들며 가버렸다. 사막에 혼자 버려진 나그네 같은 외로움에 한참동안 그대로 서 있었다.

누구 맘대로 집에서는 정월 하순으로 결혼식 날이 잡혔다고 했다. 관심도 없고 상관하고 싶지도 않았지만 피할 수 없는 외나무다리로 몰리고 있다는 위기감에 초조하고 불안했다. 소지품들을 정리했다. 전화기의 전원을 꺼버렸다. 가끔 마음이 울적할 때 쓴 일기장도 찢어서 버렸다. 사진 찍는 것을 별로 좋아하지 않아서 달랑 두 권뿐인 앨범의 사진도 모두 떼어내 조각조각 찢어 없앴다. 예금계좌 비밀번호를 포스트잇에 써서 통장에 붙이고 도장을 챙겼다. 어영부영 날이 지나 갔다. 남기에게 마지막 메일을 보내려고 컴퓨터 앞에 앉아도 할 말이 많았는데 미안하단 말 이외에는 아무것도 생각나지 않아 집어치우 기를 거듭했다.

아버지를 만나고 싶어 기회를 엿보다가 집을 나섰다. 미리 알리려 고 전화기의 전원을 켰더니 남기에게서 급히 전화를 해달라는 문자 가 여러 차례 와있었다. 망설이다가 돌아가고 있는 집안 이야기나 해 주고 싶어서 전화를 걸었다. 그는 밑도 끝도 없이 만약 결혼을 하면 너 죽고 나 죽을 것이니 그리 알라고 했다. 힘이 실린 폭력적인 목소리를 듣고 어디에 그런 싸움닭 같은 기질이 있었는지 놀랐다. 내가 뭐라고 대답을 하기 전에 결혼식 전날 밤 11시 정각, 아무도 몰래 집 앞으로 나오라고 했다. 나는 남기의 적극적이고 자신감이 넘친 말을 처음으 로 듣고 마음이 흔들리는 것을 느꼈다. 하지만 이제는 만나서는 안 될 사람이고 그럴 필요도 없다고 스스로를 다짐하며 머리를 흔들어 눈 에 어리는 그의 얼굴을 지웠다.

밖은 공기가 상쾌했다. 지하철과 버스를 갈아타고 또 한참을 걸어 서 이른 집은 방문에 열쇠가 잠겨 있었다. 남기의 문자 때문에 전화를 깜박하고 온 때문이었다. 전화기를 꺼냈다가 다시 집어넣고 되돌아 서 근처의 한강으로 걸어갔다. 둔치에서 조용히 흐르는 강물을 내려 다보며 머리를 식혔다. 문득 '여기에 뛰어들면?' 이내 해수욕장에 갔 을 때 물을 먹고 콧속이 쓰리고 숨이 막혀 고통스럽던 생각이 났다. '퉁 퉁 붓고 산발한 시신이 물 위에 떠오르면 얼마나 흉할까.' 죽더라도 물 에 빠져 죽기는 싫었다. '목을 매단다? 어디서. 집 화장실?' 목이 매달려 몸부림치다가 축 늘어지고 눈알과 혀가 튀어나온 모습을 상상했다. '어머니가 발견하고 기절초풍하면, 깔깔대고 웃는다?' 스스로 무서워서 몸서리를 쳤다. '차라리 지하철에 뛰어들까? 요즘은 스크린도어 때문에 마땅한 장소를 찾기가 어려울 거야.' 그보다도 달리는 쇳덩이에 부딪혀 갈기갈기 찢기고 피투성이가 되어 뒹굴고 있는 몸뚱이를 상상하면 소름이 끼쳤다. 사람 목숨이란 그리 단순한 것이 아니었다. 살기도 힘들지만 죽기는 두려웠다. 그보다 더 어려운 것은 죽는 방법인 것 같았다.

어쩌다가 내가 이지경이 되었을까…. 룸살롱에서 의식을 잃었던 생각이 났다. '그렇지! 그때처럼 약을 먹고 잠들면 아무 고통 없이 편히 떠날 수 있을 것 아닌가. 왜 진즉 그런 생각을 못했을 가.' 나는 아버지를 만나지 않고 그냥 집으로 향했다. 동내 의원을 찾아가서 불면증을 호소했더니 겨우 삼 일분의 수면제를 처방해 주었다. 결혼식 날은 점점 다가오는데 이렇게 모으려면 두 달도 더 걸릴 것 같았다. 의사의 처방 없이 약국에서 살 수 있는 수면유도제를 알아냈다. 그거라도 많이 먹으면 되겠지 싶어 여기저기 약국에 들러 약을 사 모았다.

머릿속에 맴도는 고뇌와 체념과 미련에 시달리며 어수선한 하루하루가 반나절처럼 후딱 지나갔다. 이미 각오를 했더라도 난들 어찌 죽음이 즐거운 봄나들이 같겠는가. 마음은 보행신호등의 깜박이는 파란 숫자에 쫓기듯 초조했지만 가슴 한구석에서 명주 올 같이 가는 삶의 미련이 슬그머니 고개를 내밀기도 했다. 어머니의 뜻을 따르면 죽음이란 막다른 운명을 벗어날 수 있다는 생각이, 가슴속 다른 구석에서 숨을 곳을 찾아 비비적거리는 양심과 서로 갈등했다. '죽고 싶도록 괴로운 사람이 어디 나 뿐일 까마는 모두 치욕을 견디며 사는 거겠지….' 시간이 흐르면서 죽겠다고 다짐한 마음이 나도 모르게 자꾸만 딴 데로 비켜나가려고 했다. '아니야, 왜 내가 점점 살아남을 핑계만 찾는 비굴한 사람이 되어가는 걸까. 이런 것이 원초적인 생존욕구고, 동물의 도주본능이란 것인가?' 감성이 지나온 나날들을 들춰내면 부끄러움에 마음이 아렸다.

아침에 물을 마시러 주방으로 가는데 비릿한 냄새가 역겨웠다. 속이 메슥메슥하더니 토할 것 같았다. 구역이 났다. 행여? 그리고 생각하니 제날에 생리가 없었던 것 같았다. 망측한 예감이 들며 가슴이 철렁 내려앉았다. 허둥지둥 약국으로 달려갔다. 약사가 임신테스트기를 주면서 마지막 성관계 이후 2주가 지나야 임신과 관련된 호르몬 검출이 되어 정확한 검사 결과를 알 수 있다고 했다. 호르몬 수치가 높은 아침 첫 소변으로 검사하면 99% 정확할 거라며 빙긋 웃었다.

집에 오자마자 바로 화장실로 들어가 소변을 묻혔다. 아니나 다를가. 빨간 선 두 줄이 나타났다. '뱃속에 생명이 자라고 있다니…. 어쩌면 좋을까.' 걱정과 두려움에 가슴이 고동쳤다. 누구의 씨앗인가? 똥파리가 슨 쉬 같은 벌레일까? 아니면 남기가 선물한 사랑의 씨앗일까. 환락과 치욕의 환상이 어른거리면서 얼굴이 달아오르고 현기증이 일었다. 부정의 형벌인가 생명을 창조한 축복일가. 그 얼간이와의 결혼을 강요할 빌미일 수도, 반대로 파혼의 명분일 수도 있는 두 갈래의 명운이 교차했다. 어쩌면 지워야 할지 모른다는 거부감과 함부로 지울 수 없는 부담 사이에서 허우적댔다.

'아니야, 절대 아니야.' 나는 고개를 저었다. 영혼이 빠져나간 몸에 악마의 씨가 착상하였을 이는 없다고 믿었다. 남기의 얼굴이 떠오르며 새로운 생명에 대한 따뜻한 모성의 감정을 느꼈다. 그렇지만 얼간이와 남기와의 격차가 불과 사오일이었다. 섣부른 자기 생각, 합리적인 판단을 저해하는 인지적 편향에 따른 판단오류는 위험천만한 일이라고 생각되자 다시 걱정에 휩싸였다.

여의사가 원장인 산부인과의원을 검색하여 찾아갔다. 부끄러움을 무릅쓰고 폭력의 피해를 당한 딱한 사정을 이야기하고 도와달라고 애원했다. 먼저 초음파 검사를 했다. 임신 6주라고 했다. 눈치코치 없는 간호사는 사진을 보여주며 임신을 축하한다고 호들갑을 떨었다. 노이즈가 많은 하얀 물체 위에 까만 점이 아기집이라고 설명까지 해주었으나 나는 씨앗의 핏줄을 아는 것이 급했다. 의사는 8주가 지나야 DNA 검사를 할 수 있으므로 그때 다시 오라고 했다.

만약 남기의 아기가 아닐 때는 어떻게 해야 할 것인가? 죽더라도 치욕의 씨앗을 뱃속에 담고 가기는 싫었다. 그렇다고 아직은 마음대로 낙태를 할 수도 없었다. 모자보건법 제14조 제1항 3의 강간이나 준강간에 의한 임신은 낙태가 가능하지만 고소를 하여 공적으로 증명이 되어야 가능했다. 이런 사정 때문에 모두들 낙태죄를 반대했던 것이었으리라. 그 때 청와대의 낙태죄를 폐지하라는 청원에 나도 동의했던 일은 본질은 달랐지만 잘했었다는 생각을 했다.

올봄에 헌법재판소의 낙태죄 헌법불합치 결정이 났지만 재작년 가을이었다. 광화문 광장에서는 여성들이 낙태죄를 폐지하고 인공유산유도제를 도입하라고 외치고 국민청원이 시작되고 있었다. 한동안 인터넷은 '낙태죄'가 실시간 검색어 1위로 떴다. 나는 호기심에 청와대 홈페이지에 들어가 보았었다. 국민소통광장, 국민청원을 차례로 열었다. 낙태죄를 폐지하라는 청원이 있었다. 로그인하고 '동의'를 쿡 찍었다. 가슴이 후련했다. 오랜 속박에서 해방된 기분이었다.

낙태죄를 그대로 두어야 한다는 여론도 만만하지 않았다. 솔직하게 말하면 나는 임신한 경험이 없기 때문에 원치 않는 임신으로 고통을 받는 사정 같은 것은 잘 알지 못했다. 반대한 것은 낙태죄라기보다 여성이 자기 뜻대로 아기를 낳거나 낳지 않을 자유, 이를테면 자기 스스로 결정할 수 있는 권리를 제한하는 것이 싫어서였다. 자유와 권리의 제한, 이는 집에서 입도 뻥긋 못하고 살던 나의 가슴속에 쌓여있는 응어리였기 때문이었다. 그렇지만 지금 내가 그 처지에 놓이게 되다니….

의원을 다녀온 후로 몸에 변화가 일어나는 것을 느꼈다. 마음이 조급하면서 까닭 없이 신경질이 났다. 가슴이 답답하고 자꾸 졸렸다. 구역질이 더 자주 나와 어머니에게 들키지 않으려고 되도록 혼자 식사를 했다. 몸이 쪼그라드는 2주를 기다렸다가 다시 의원으로 갔다. 의사가 규정이 있어서 검사를 익명으로 할 수밖에 없다고 말해서 동의했다. 채혈을 하고나서 상대자가 사용하고 있는 칫솔이나 모근이 붙은 머리카락의 샘플을 가져오라고 했다. 10일에서 15일 후쯤, 결과가 나오는 대로 연락을 해 주겠다는 말을 듣고 병원을 나왔다.

남기의 일용품은 자주 내가 사다 놓기 때문에 그의 칫솔을 가져오는 일은 어렵지 않았다. 하지만 몰래 훔쳐온다고 생각하니 꺼림칙하고 긴장되었다. 칫솔을 하나 사가지고 산동네로 갔다. 풀과 나무는 여름이 머무는 동안 푸르렀던 제 몸을 땅에다 돌려주고 조용히 안식에 들어가 있었다. 배추밭은 시래기만 군데군데 흩어져 황량했다. 말라빠진 덩굴이 엉켜있는 밭두렁에 불그스름한 큰 호박 한 덩이가 얌전하게 앉아 존재를 뽐내고 있었다. 뜰에는 햇살이 가득히 쏟아지고 있었지만 무채색으로 변한 겨울의 자연은 무미했다. 벌거벗은 느티나무의 위초리에 마른 잎 한 장이 매달려 삭풍에 떨고 있었다. 얼기설기 얽힌 나무 가지 사이로 코발트색으로 물든 파란하늘만 틔어보였다. 계절은 무엇이 옮기는 것일까? 겨울은 불쌍한 계절이란 생각을 했다.

살며시 뜰로 들어갔다. 백구가 알아차리고 목줄이 끊어져라 앞발을 쳐들고 반기는 통에 들킬 것만 같아 마음이 조마조마했다. 핸드백에 넣고다닌 백구의 장난감을 한 개를 던져주고는 살금살금 부엌으로 갔다. 작은 방에서 컴퓨터의 자판을 두드리는 소리가 들렸다. '들키면 어쩌나?' 그가 칫솔의 용도를 알면 어떻게 되겠는가? 가슴을 조이며 남기의 칫솔을 비닐봉투에 담아 핸드백에다 넣고 새것을 꽂아놓았다. 남기를 만나지 않고 뒤돌아서려니 발이 떨어지지 않았지만 재빨리 그곳을 빠져나왔다.

노심초사, 전화를 기다리는 열흘이 한 달보다 길었다. 13일이 지났기에 병원에 전화를 걸었더니 오후에 오라고 했다. 결과는? 간호사에게서 유전자 검사서가 든 봉투를 받아 그 자리에서 떨리는 손으로 꺼냈다. 남기면 만세를 부를 것이고 아니면 의사에게 살려달라고 매달릴 작정이었다. 검사서를 펼치자 '99.99%' 란 숫자가 바로 눈에 들어왔다. 한숨을 토했다. 하지만 다음 순간 만세는커녕 운명이 거꾸로 뒤바뀌는 복잡한 문제가 실태처럼 엉켜있었다.

결혼 같은 건 물 건너간 일이었다. 그보다 남기의 아기를 뱃속에 안고 죽을 수는 없는 것 아닌가? 이 일을 씨앗의 주인에게 알려야 할지 말지, 그가 원한다면 낳아주고 떠나야 할지 갈피를 잡을 수가 없었다. 아무도 몰래 혼자서 기르고 싶은 생각도 나서 고개를 저었다. 결혼식 날이 닥치기 전에 이 일을 마무리하고 떠나야 한다고 생각하니 마음이 다급했다.

이 일을 어머니에게는 끝까지 감춰야 할 것인가, 그렇지 않으면 어떤 해결을 보는 것이 마땅한 가 고민하며 조심스럽게 날을 보내고 있었다. 하필이면 거실을 지나다가 심한 구역을 했다. 소파에 앉아 있던 어머니가 의아한 눈으로 쳐다봤다. 대뜸 일어서더니 나를 안방으로 끌고 갔다.

"너 언제부터 구역질이 났니? 솔직히 말해봐."

"뭐가요? 저 그러지 않았어요."

거짓말을 하는 순간에 다시 구역질이 났다. 억지로 참으려다 쿡쿡거렸다.

"아니다. 가자. 가서 검사를 해봐야겠다. 그래, 아들만 낳으렴. 강남 땅 모조리 네 것이 될 거다."

어머니는 입이 헤벌레 벌어지며 흥분했다. 나는 어찌할 바를 모르다가 시치미를 떼고 무슨 검사를 한다는 거냐고 되물었다. 어머니는 내 말은 대꾸하지 않고 삼촌에게 빨리 오라고 전화를 걸었다. 입덧을 바로 임신으로 단정하고 허둥대는 꼴이, 내가 짐작하고 있던 일들이 하나씩 까발려지고 있음이었다. 그들이 쳐놓은 올가미였는지 모른다는 막연하던 의심이 사실이라는 확신으로 굳어져갔다.

그러나 나는 그날 밤의 일을 모두 잊어버리기로 마음을 정했었다. 잊는 것이 아니라 설령 누가 어떤 말을 해도 이미 나와는 상관이 없는 일이라고 기억을 깡그리 지웠다.

"몰라서 물어? 손이 귀한 집안이야, 회임이면 경사 났다고 쫓아올 거다."

"넷? 어머니는 뭔가 잘못 알고 계신 것 같은데 저는 절대 그럴 일 없어요."

"뭐라고? 그럴 일이 없다고?"

입에 침이 말라붙었지만 나는 단호하게 부인했다.

"절대 없어요."

그 사이에 허둥지둥 삼촌이 왔다. 어머니가 나를 흘겨보며 그런 일이 없다고 우기는데 누구 말이 맞느냐고 물었다. 삼촌은 고개를 저으면서 전화기를 꺼내들고 거실로 나갔다. 전화를 끊고 들어오더니 병원에 가자고 설쳤다. 여기저기 전화를 걸어 병원을 알아봤다.

그때 어머니의 전화벨이 울렸다. 아직 확실한 건 아니라는 말을 했다. 전화를 끊고는 그 댁에서 보약지어 오겠다고 야단이 났다며 웃었다. 나는 전혀 보약을 먹을 일이 없다고 역정을 냈다. 삼촌이 나에게 거짓말 하지 말라고 윽박지르며 그럼 병원에 가서 확인을 하자고 다그쳤다.

병원에 가면 어차피 임신한 사실을 알게 될 것이고 남기와의 관계를 모르는 그들은 무작정 얼간이네 집에 알릴 것이다. 한바탕 소동이 날 것은 불을 보듯   빤했다. 어느 경우든 남기와의 관계를 털어 놓아야 하겠지만 어떻게 말을 꺼내야 할지 잠시 생각을 가다듬었다.

"나는 남기와 결혼했어요."

부풀렸지만 생판 거짓말은 아니었다. 억지 주장을 단칼에 반전시키고자 어머니의 눈을 똑바로 쏘아보며 그렇게 선언했다.

"무엇이라고?"

얼굴이 험하게 일그러진 어머니는 다짜고짜 나를 방으로 끌고 갔다. 눈을 까뒤집고 그게 무슨 소리냐고 물었다. 제주에 가서 남기와 둘이서 결혼식을 올렸고 남기의 아기를 뱄다고 침착하게 말했다. 어머니는 사색이 되어 독사눈으로 나를 흘겨보더니 주먹을 쳐들었지만 그대로 내렸다. 삼촌을 불렀다. 큰일, 낙태 어쩌고 야단법석을 떨었다.

삼촌은 결혼을 회피하려고 거짓 핑계를 대는 거라며 솔직하게 말하라고 족쳤다. 나는 계의 아이를 가질 이유가 없고 분명히 남기의 아기라고 똑 부러지게 말했다. 삼촌은 유전자 검사를 하자고 했다. 어머니가 병원에 가자고 내 손목을 붙잡았다. "잠깐만요." 나는 손을 뿌리치고 유전자 검사서를 가져다주었다. 삼촌이 펼쳐봤다.

"뭐, 99.9%?"

눈을 치뜨며 얼굴이 파랗게 질렸다. 우리는 다 망했다는 소리가 헛방귀처럼 튀어나왔다. 울상이 되어 어머니를 보며 고개를 옆으로 흔들었다. 어머니도 덩달아 천정을 쳐다보며 입을 떡 벌리고 있었다.

"어? 상대의 이름이 없잖아?"

삼촌이 다시 검사서를 보며 외쳤다.

"분명히 남기의 칫솔로 검사를 했으니까 못 믿겠으면 계와 다시 해봐요."

"정말이야? 바른대로 말해."

"그럼 계 칫솔이나 머리카락을 가져오라고 연락세요. 다시하면 될 것 아녜요."

"안 돼, 안 돼! 그 댁이 알면 안 돼!"

계에게 연락하라는 소리를 듣고 어머니는 기겁을 하며 큰 소리로 외쳤다. 정신을 차린 그들은 가지 않겠다고 거절하는 나를 억지로 끌고 병원으로 갔다. 어느 작은 산부인과의원이었다. 결과를 알고도 한사코 산부인과의원으로 데리고 가는 그들의 속셈은 빤했다. '낙태?' 갑자기 낙태죄 반대의 외침이 들리며 뭔가 헷갈렸다. '나는 이제 낙태죄의 반대와 찬성의 어느 편에 서야 할 것인가?' 운명이란 무상했다.

이번에는 청와대에 청원을 했던 일이 후회 막심했다. 그러나 모자보건법이 아직 살아있는 것이 다행이었다.

진찰을 하기 전에 어머니와 삼촌은 의사에게 유전자 검사서를 보이며 한참동안 심각하게 이야기했다. 의사가 고개를 젓는 것이 보였다. 의사가 내게로 와서 임신중절을 하겠느냐고 물었다. 나는 뱃속에 있는 한 생명의 생성과 소멸을 결정지어야 하는 무거운 책임을 느꼈다. 나는 남기의 씨앗과 함께 죽을망정 낙태를 시킬 수는 없다고 믿었다. 두 손으로 배를 감싸고 의사를 똑바로 쳐다보며 결혼한 부부간에 임신한 아기라고 말했다. 나는 절대 낙태를 하지 않겠다고 크고 분명하게 말했다. 어머니가 다가와서 강제로 당했지 않느냐고 머리를 쥐어박았다. 나는 고개를 저었다.

의사는 본인이 거절하면 중절수술을 할 수 없다고 말했다. 삼촌이 낙태죄에 대한 헌법재판소의 결정을 들먹였다. 의사는 "아직은 법이…"하며 머리를 흔들었다. 그는 어디서 귀동냥한 건지 모자보건법 제14조 제1항을 지껄였다. 의사가 그럼 고발을 했느냐고 물었다. 삼촌과 어머니는 서로 쳐다볼 뿐 대답을 못했다. 이윽고 어머니가 고발을 하겠다고 말했다. 의사는 고발을 해서 강간 또는 준강간에 의한 임신이라는 공적인 증거가 있어야 하고 경우에 따라서는 배우자도 동의서에 직접 서명하여야 한다면서 무엇보다 본인의 의사가 가장 중요하다고 말했다. 어머니와 삼촌은 서로 눈짓을 하더니 그곳을 물러나왔다.

그들은 마치 경찰에 쫓기는 좀도둑처럼 허둥지둥했다. 나를 차에 태우고 산동네로 달렸다. 집 앞에서 자동차의 경적을 요란하게 울렸다. 남기가 내다보고 깜짝 놀라 문밖으로 나왔다. 삼촌은 다짜고짜 남기의 손을 붙잡고 경찰서로 가자고 끌었다. 그는 무슨 일인데 강제로 끌고 가느냐고 반항했다. 삼촌은 나를 제주도로 유괴하여 강제로 성폭행한 죄를 시인하고 임신중절에 동의한다는 각서를 쓰라고 윽박질렀다.

임신 소리를 들은 남기는 깜짝 놀라며 나를 쳐다봤다. 나는 망설이다가 고개를 끄덕였다. 삼촌은 다시 남기의 멱살을 잡고 차에 태우려고 했다. 경찰서로 가자, 못가겠다 옥신각신하며 몸싸움이 벌어졌다. 매일 빈둥빈둥 돌아다니며 술만 마시는 약골은 건장한 남기의 상대가 되지 못했다. 어머니까지 가세했지만 남기는 갈 이유가 없다고 두 사람을 먼지 털 듯 뿌리쳤다.

그때 최 감사가 손수레를 끌고 돌아왔다. 어머니는 최 감사를 붙들고 당신 아들이 정혼한 사람이 있는 내 딸의 몸을 망쳐놓았다고 고주알미주알 까바치며 고발하겠다고 실랑이를 벌였다.

"거짓말이에요! 정혼한 사실 없어요."

나는 큰소리로 외쳤다. 어머니가 쥐어 팰 듯 주먹을 쳐들고 노려봤다. 최 감사는 모든 사실을 알아차린 듯 지그시 눈을 감았다. 숨을 가다듬고 나서 엄숙하게 꾸짖었다.

"너희들은 도덕을 어기는 잘못을 저질렀구나."

"폐지만 줍는지 알았더니 뭣을 조금 아네."

어머니가 입을 삐죽거리면서 빈정댔지만 최 감사는 개의하지 않고 남기에게 말했다.

"그러나 성인으로서 인륜과 진실한 사랑을 바탕으로 이루어진 행위였다면 잘못이 없다. 법적인 책임도 두 사람의 진심에 있다. 경찰서로 갈지 말지는 자신들이 판단해라. 태아는 귀중한 생명이니라. 사정

218

이나 혈연을 떠나서 생명을 함부로 지워서는 절대 안 된다. 그야말로 큰 범죄다."

"인륜? 생명?"

핏덩어리가 무슨 생명이냐고 어머니는 소래기를 질렀다. 늙은 사람이 젊은 애 신세를 망치려고 한다고 입에 게거품을 물고 악담을 퍼부었다. 삼촌은 남기는 물론이고 회사 감사를 사칭한 최 감사도 고발을 하겠다고 엄포를 놓았다. 최 감사는 코웃음을 쳤다.

원래 허세는 속빈 강정처럼 뒤가 무른 법이었다. 삼촌은 빨리 차에 타지 않느냐고 신경질을 내며 나에게 화풀이했다. 남기가 가지 말라고 말렸다. 그러나 나는 그 자리에 남을 염치도 없고 양심이 허락하지 않았다. 차라리 머리끄덩이를 잡히더라도 집으로 갈 수밖에 없었다.

어머니와 삼촌은 집에 와서도 말이 없었다. 먹구름에 싸인 장마철 날씨처럼 잔뜩 찌푸린 채 가끔 땅이 꺼질 듯 한숨 소리가 날 뿐이었다. 나는 그들의 침묵이 도리어 불안했다. 밤이 되자 어머니와 삼촌은 거실에서 뭔가 심각하게 소근걸이고 있었다. 나도 밤새 잠이 오지 않았다. 아침에 어머니가 방으로 들어왔다. 미소를 띠며 이제 아무 걱정 말고 집에서 편히 쉬라고 말했다. 다시 상냥하게 돌변한 태도와 편히 쉬라는 말이 어딘가 어색하고 가슴에 품고 있는 의심을 증폭시켰다. 남기를 고발하려는 낌새는 아니었다. 분명 낙태를 시킬 묘안을 찾고 있을 것이라고 확신했다.

낙태? 낙태죄 폐지운동이 한창일 때 판매를 합법화해달라고 외치던 약이 생각났다. 먹으면 어렵지 않게 낙태가 된다는 인공유산유도제다. 유럽 같은 데서는 자유판매를 하는 나라가 있고 우리나라에서도 인터넷을 통하여 암암리에 살 수 있다고 했다. 불안해지기 시작했다. 아무

것도 모르고 주스를 마셨던 룸살롱 생각이 떠올랐다. 만약 쥐도 새도 모르게 밥이나 국에다 그 약을 타놓는다면? 그렇다고 집에서 밥을 먹지 않을 수도 없는 일이었다. 같은 봉변을 두 번 당할 수는 없었다. 진저리를 치며 살며시 배를 만져 보았다. 생명이 꿈틀거리는 것 같았다. 이미 남기도 알게 된 그의 씨앗을 그처럼 함부로 지울 수는 없었다.

하루 종일 불길한 생각과 걱정에 시달리다가 챙겨놓았던 옷가지와 꾸러미들을 주섬주섬 가방에 주어 담았다. 가정부가 돌아가고 날이 어두워지기를 기다렸다. 어머니가 잠이 깊이 든 것을 확인하고 현관을 빠져나왔다. 달리 갈 곳이 없었다. 진정한 내편이고 나를 위해서는 어떤 희생도 마다하지 않을 사람은 아버지였다. 택시를 타고 가면서 눈을 감고 나와 태아와 남기가 얽힌 운명의 퍼즐을 맞춰보려고 했다. 그러나 오디오에서 흘러나온 뽕짝 노래가 신경을 거슬러 머리가 산란하기만 했다.

좁은 골목길을 올라가 아버지를 부르려다 울음이 먼저 쏟아졌다. 아버지가 내다보고 가방과 얼굴을 번갈라 보며 깜짝 놀랐다. 방으로 들어가서는 나도 모르게 엉엉 울음소리가 터졌다. 영문을 모르는 아버지는 안절부절못하고 눈만 깜박이다가 웬일이냐고 물었다. 감추고 있는 비밀이 지구의 깊은 땅속에 끓고 있는 마그마처럼 가슴을 뚫고 터지려고 했다. 참을 수가 없었다. 터져버리지 않고는 머리가 돌아버릴 것 같았다. 눈물을 거두고 그동안의 일을 숨김없이 실토했다. 아버지는 벌어진 입을 다물지 못했다. 나를 끌어안고 뭐라고 큰소리를 지르며 통곡했다.

눈물이 마를 무렵, 답답했던 가슴이 후련하여 이제 살 것 같았으나 죄송하고 부끄러워 아버지를 바로 보지를 못했다. 그는 엄청난 사건을 풀어나갈 길을 찾는 듯 천정을 쳐다보고 골똘히 생각에 잠겼다가 입을 열었다.

"인간은 정신적 동물이니라. 육체에 깃들어 생각의 작용을 맡아 생명을 생성한다고 여기는 정신 말이다. 그것은 사람의 혼인 것이다. 혼이 나가고 의식이 없는, 정신이 작용하지 않은 어떤 행위도 그건 너와 무관한 일이다. 너 자신, 이러한 신념이 확고할 때 너는 아무 책임이 없는 일인 것이다. 결코 순결을 잃은 것이 아니다. 정조란 여자가 절개를 지키는 일이고 절개란 정신적 신념인거다. 폭력이 가중할 뿐이지 전혀 흠될 일이 아니니 모든 것을 잊어야 한다."

아버지는 조용하면서도 엄중한 어조로 나를 달랬다. 잉태한 아이는 우리들 마음대로 결정할 문제가 아니라고 했다. 그러나 자칫 오해를 할 수가 있으니 남기에게는 당분간 이야기해서는 안 되고 일단 집에 꼼짝 말고 있으라고 다짐했다.

아버지의 절실한 위로에도 불구하고 나는 잠시 몸을 의지했다는 안도감 뿐, 마음의 안정은 되지 않았다. 이곳으로 온 것을 도리어 후회했다. 홀로 남겨둘 아버지의 가슴에 대못을 박게 될 불효가 더 큰 괴로움이 아닐 수 없었다.

'언제 나는 어떻게 해야 할 것인가.' 나는 좁은 방구석에서 낮이면 잡념에 시달리고 밤이 되면 아버지 옆에 쭈그리고 누워 생과 사를 넘나드는 꿈을 꾸었다. 남기에게서는 계속 전화가 왔지만 나는 받지 않고 전원을 꺼버렸다. 사흘째인 날 아침에 식사가 끝나고 아버지가 나를 불러 앞에 앉혔다. 전에는 보지 못한 무서운 눈으로 쏘아보며 주머니에서 봉지를 꺼내 놓았다. 나는 깜짝 놀랐다. 그동안 모아둔 수면제였다.

"네가 그렇게 어리석고 불효자식인 줄 몰랐다. 너만 죽으면 그만이고 이 에비 생각은 안 했더냐? 난들 네가 없으면 살 이유도 없고 의욕도 없다. 그렇게 죽고 싶으면 말리지 않겠다. 나와 나눠 먹고 함께 죽자구나."

어쩔 줄을 몰라 당황하고 있는 사이 아버지가 약봉지를 찢었다. 약을 덜어서 손바닥에 쥐고 나머지를 나에게로 밀쳤다.

"자, 먹자구나. 미련 없이 함께 떠나자."

약을 쥔 아버지의 손이 부들부들 떨렸다. 얼굴은 하얗게 핏기가 가시고 눈에는 절망이 가득했다. 나는 천길만길 낭떠러지로 굴러 떨어지듯 온몸에서 힘이 빠졌나갔다. 아버지는 다른 손으로 옆에 놓인 물그릇을 들었다. 약을 입에다 털어 넣으려고 했다. 나는 얼른 약을 든 손과 물그릇을 동시에 붙잡았다. 약이 방바닥에 쏟아지고 물그릇이 나뒹굴었다.

"아버지! 잘못했습니다."

아버지의 무릎에 엎드려 괴로워서 살 수 없었노라고 울었다. 아버지도 눈물을 펑펑 쏟으며 울었다. 부녀가 한참 동안 목놓아 울었다. 나무 등걸처럼 메마른 손바닥이 내 등을 토닥였다.

"지금까지 괴롭고 외롭던 이 불행한 인생은 언젠가 너와 만나 새로운 행복을 찾아 살고 싶었느니라. 네가 떠나면 나와 주변 사람들이 받을 충격과 비탄은 고사하고 너는 홀몸이 아니지 않느냐. 남기의 귀한 애를 잉태한 몸이거늘 그가 원한다면 그에게 낳아 줄 책임이 있는 거다."

아버지의 울음 섞인 사설을 들으며 내 목숨도 마음대로 되는 것이 아니란 생각을 했다. 죽기도 어려웠지만 이제 죽을 수도 없을 것 같았다. 어쩌면 처음부터 죽는다고 발버둥 치면서도 간사하게 회피하며 여기까지 달려왔는지도 몰랐다. 자꾸만 태아에게 매달리고 싶은 마음이 삶의 미련이 아니었던 가 생각되자 자신이 불쌍했다. 이것이 목숨이고 숙명이라는 것일까? 이제 나의 운명은 아버지의 운명과 새끼줄처럼 한데 꼬여있었다.

하루 이틀, 생과 사의 희고 검은 두 감성이 갈등하면서 날은 멈추지 않고 지나갔다. 구정물이 오염됐던 내 오성도 조금씩 희게 바래지는 것을 느꼈다. 식욕이 좋아지면서 귤이 먹고 싶었다. 순대 생각도 났다. 이런 것이 산 사람의 속성인가 싶어 얼굴을 붉히면서도 사다가 먹었다. 아버지는 집에서 봉투를 만드는 일을 하고 있었다. 내가 직장을 구하겠다고 해도 못하게 말렸다. 그리고 통장을 주었다. 가끔 내가 드렸던 용돈이 고스란히 저축되어 있었다.

자신의 삶이 어떻게 이어질지 아직 모르지만 우선 아버지의 불편을 덜어드려야 하겠기에 방 두 칸짜리 셋방을 구하러 근처를 돌아다녔다. 만약 남기가 아기를 받아들이지 않는다면 아버지와 아기와 셋이 살아야 하겠다고 생각했다. 남기가 그리울 때마다 이제 잊어야 한다고 다짐해도 자꾸만 그가 생각났다.

남기의 꿈을 꿨다. 나를 안으려고 해서 놀라서 잠을 깼다. 이른 아침인데 아버지는 벌써 일어나 방안을 치우고 있었다. 점심을 들고 난 후 옷을 차려입었다. 외출하시려니 짐작했는데 혹시 친구가 올지 모르니 너도 옷을 입고 있으라고 했다.

저녁밥을 지으려고 부엌으로 나가려는데 문을 두드리는 소리가 났다. 아버지가 나더러 열어주라고 했다. 문을 여는 순간 나는 그 자리에 얼어붙었다. 남기였다. 그 뒤에 최 노인이 서 있다가 나를 불렀다.

"아가, 얼마나 마음고생이 컸느냐? 몸은 괜찮으냐?"

성희란 이름이 아니고 '아가'란 소리를 듣고 야릇한 감정이 복받쳤다. 나는 대답대신 눈물이 쏟아졌다. 아버지가 어서 들어오시라고 했다.

"들어가기는, 애기랑 집으로 가야지. 얼른 짐 챙겨가지고 나오너라."

놀랍고 민망하고 겁도 나고 부끄러운 마음에 얼굴이 달아올랐다. 선뜻 따라 갈 염치도 용기도 없었다. 주저하고 있는데 아버지가 빨리 준비하라고 재촉하는 소리를 듣고 주섬주섬 옷을 챙겼다. 남기가 얼른 가자고 독촉했다. 나는 경황없이 집을 나왔다.

골목을 벗어나 큰 길에 웬 하얀 승용차가 서 있었다. 남기가 가방을 받아 차 트렁크에 실었다. 최 감사는 차 뒷문을 열어주면서 나더러 타라고 했다. 남기가 앞자리에 타려고 하자 그에게도 뒷자리에 타라고 했다. 최 감사는 운전석에 앉아 아버지를 옆자리에 태우면서 말했다.

"남기가 운전이 익숙할 때까지 내가 기사노릇을 해주는 거여."

남기는 내손을 꼭 쥐며 말했다.

"아버지가 차를 사주셨어."

산동네의 집은 전혀 다른 모습으로 변해 있었다. 문과 담장은 그대로였으나 안집은 밖으로 나있던 부엌을 없애고 그 자리를 거실과 주방으로 늘려서 개축을 했다. 주방에는 싱크대를 놓고 거실에는 소파까지 들여놓아 깨끗하게 꾸며 있었다. 짐을 들여놓고 모두 아래 동네에 있는 식당으로 가서 저녁 식사를 했다. 아버지들은 반주를 곁들이면서 옛날이야기 꽃을 피웠다. 최 감사는 아버지에게 곧 간단히 결혼식을 올리자고 말했다. 그리고 내년에 집을 크게 신축하여 함께 살자고 하면서 우선 근처에 작은 방을 얻어 놓았으니 내일 아침 당장 이사하라고 했다. 오랜만에 친구와 이야기가 많다며 우리는 먼저 가라고 쫒았다.

집에 돌아온 남기는 덥석 나를 안았다. 내가 무슨 말을 꺼내려하자 마치 서귀포에서 내가 그랬던 그대로 그의 입이 내 입을 덮쳤다. 남기는 엎드려서 내 배에다 귀를 대고 요상하게 웃으면서 말했다.

"아빠라고 부르는 것 같애."

어이가 없어서 웃음이 나오려는 것을 참았다. 남기는 달콤했던 서귀포 생각을 하루도 잊지 못하고 살았다고 했다. 그날을 되새기듯 남기는 가픈 숨을 몰아쉬며 내 몸을 더듬었다. 그리고 내 귀에다 속삭였다.

"너 없이는 못 살 것 같았어."

밤이 깊어갔으나 환경이 바뀐 잠자리는 긴장되고 잠이 오지 않았다. 어느새 창문의 커튼 사이로 맑은 공기를 머금은 잿빛 여명이 틔어들어오고 있었다. 주방에서 인기척이 났다. 산동네의 일상이 시작된 것이다. 나는 용수철처럼 튕겨 일어나 주방으로 갔다. 최 감사의 손에서 쌀바가지를 빼앗았다.

"아버님, 제가 하겠습니다."

최 감사를 밀쳐내고 쌀을 박박 문질러 씻었다. 이집 주인이 되었다는 실감이 나는 것을 느꼈다.

아침을 들고 설거지가 끝났을 때였다. 창문으로 각목을 든 한 무리의 장정들이 보였다. 삼촌과 조폭들임을 알아차렸다. 다급하게 남기를 불렀다. 휴대폰의 112 단축번호를 누르고 위기상황을 신고했다. 그들은 집안으로 들이닥쳐 나를 붙잡고 끌고 가려고 했다. 남기와 최 감사가 달려들어 그들을 막았다. 조폭들이 부자를 몽둥이로 마구 두들겨 팼다. 최 감사가 쓰러지고 남기도 넘어졌다. 나는 삼촌에게 붙들려 밖으로 끌려나가면서 필사적으로 반항했다. 그때 택시가 오는 것이 보였다.

"이놈, 너 잘 만났다. 거기 서랏!"

우레 같은 고함소리가 골짜기를 진동했다. 때마침 이삿짐을 싣고 온 아버지가 쫓아왔다. 삼촌은 나를 놓고 주춤했다. 그때 멀리서 경찰차의 사이렌 소리가 들렸다. 조폭들은 눈 깜짝할 사이에 바람처럼 사라졌다. 삼촌은 도망을 치다 호박덩굴에 발목이 걸려 밭두렁에 나뒹굴었다. 남기가 쫓아가서 땅바닥에다 짓누르고 있었다. 경찰이 달려들어 그의 양손에 수갑을 채워 차속으로 밀어 넣었다. 최 감사는 머리에서 피가 흘렀다. 남기가 수건을 대고 부축하여 경찰차를 타고 함께 갔다.

남기와 최 감사는 저녁 늦게 돌아왔다. 다행히 최 감사는 상처가 깊지 않아서 반창고만 크게 붙이고 왔다. 삼촌은 특수폭력 혐의로 구속되었다고 했다. 아버지는 마련해 놓은 셋방에 가방을 푸는 것으로 이사를 끝냈다.

다음날 최 감사는 반창고를 붙인 채 아버지와 함께 손수레를 끌고 일하러 나갔다. 남기와 커피를 마시며 어제 일이 꺼림칙하여 걱정하고 있었다. 어머니에게서 전화가 왔다. 울먹이는 소리로 삼촌을 풀어달라고 했다. 석방이 되도록 힘써보겠다고 말하고 남기와 나의 결혼을 허락해 달라고 했더니 어머니는 대답 대신 흐느끼기만 했다. 다짐을 받으려는데 우리는 쫄딱 망했다는 소리가 통곡으로 이어지면서 전화가 끊겼다.

조금 후 다시 전화벨이 울렸다. 어머닌 줄 알고 얼른 전화를 받은 순간 감전한 것 같은 충격을 받았다. 가슴이 뛰고 목이 굳어서 숨조차 쉴 수가 없었다. 어눌한 목소리, 바로 그 놈, 얼간이었다. 꼭 좀 만나자는 소리를 들으면서 전화를 끊어버렸다. 의아하게 쳐다보는 남기에게 말을 안 할 수가 없었다.

"그놈이야, 만나재."

떨리는 목소리로 겨우 말을 하였는데 바로 다시 전화벨이 울렸다. 남기가 전화기를 낚아채서 받았다.

"남편 되는 사람인데 왜 전화를 하는 겁니까? 뭐요? 뭐라고? 다시 또 전화하거나 그런 소리 뇌까리면 가만 두지 않을 거요."

일방적으로 전화를 끊었다. 다시 전화가 오지 않았지만 불안한 하루를 간신히 넘겼다.

아뿔싸, 다음날 아침에 전화벨이 울렸다. 나는 두렵고 가슴이 떨려서 받지를 못하고 그냥 꺼버렸다. 조금 있다가 다시 벨이 울렸다. 남기가 전화를 달라고 했다.

"뭐요? 그럼 나를 만나자고요? 전화로 이야기해요. 만날 필요 없다니까요. 뭐라고요? 마음대로 해요."

남기는 전화를 끊으며 만나지 않으면 집안에 큰 문제가 생긴다고 공갈을 친다고 중얼거렸다. 다시 전화가 왔다. 받지 않았다. 계속 벨이 울리다가 끊겼다. 바로 또다시 울렸다.

"이 자식 전화로는 안 되겠네."

남기가 얼굴을 찌푸리며 수화기를 들었다.

"뭐, 폭로? 이 자식이 어디다 대고 협박이야. 네 마음대로 해."

전화를 끊자마자 다시 전화가 울렸다.

"그래, 만납시다. 어디라고요? 네 알았으니까 곧 그리로 가지요."

남기가 만나야 하겠다고 중얼거리며 일어서서 옷을 입었다. 나는 가슴이 두근거려서 숨을 쉴 수가 없었다. 그런 애들은 만나서는 안 된다고 말렸다. 그는 만나서 매듭을 짓지 않으면 항상 괴롭혀서 마음 편하게 살 수 없을 것이라고 했다. 가지 말라고 사정하며 매달렸지만 듣지 않았다. 전에 없이 결연한 표정으로 나를 제키고 나갔다.

그가 나간 뒤 오후가 되어도 연락이 없었다. 기다리다 못해 전화를 걸어봤더니 전원이 꺼져 있었다. 잔뜩 끄무레한 겨울 날씨는 벌써 어스름이 깔리고 찬바람이 세차게 불었다. 불안해서 견딜 수가 없었다. 마지못해 최 감사에게 전화로 사실을 알렸다. 오래지 않아 최 감사와 아버지가 돌아와서 이야기를 하는 도중에 최 감사의 전화벨이 울렸다.

"넷? 강남경찰서 수사과요?"

수화기를 든 최 감사의 얼굴이 창백해지면서 손이 떨렸다.

"뭐요? 남기가? 살인? 네, 지금 곧 가겠습니다."

나는 상황을 어렵지 않게 판단했다. 쇠고랑을 찬 남기의 모습과 땅바닥에 뒹굴고 있는 얼간이의 사체가 눈에 어른거렸다. 겁이 나면서도 한편으로는 후련한, 묘한 감정에 젖었다. 반면에 몸에서는 점점 힘이 빠져나갔다. 뛰어 나가는 최 감사를 쫓아 나와 아버지도 허둥지둥 따라갔다. 어두워진 하늘에서 눈발이 날리기 시작했다.

"너는 집에 있거라."

"아닙니다. 저도 가야합니다."

어떻게 택시를 탔는지 어느새 갔는지 강남경찰서 앞이었다. 떨리는 가슴을 벌렁거리며 수사과를 찾아 들어갔다. 형사가 최 감사와 나에게 집안 사정과 관계 등 여러 가지를 물었다. 그리고 남기가 부상을 당하여 병원에 있는데 생명에는 지장이 없으니 놀라지 말라고 했다.

"부상?"

최 감사도 나도 아버지도 동시에 놀랐다. 그리고 형사를 따라 근처의 외과병원으로 갔다. 병실 앞에 경찰이 지키고 있었다. 형사가 "최남기" 하고 불렀다. 머리에 하얀 붕대를 칭칭 감고 손과 어깨에 깁스를 하고 누워있는 남기가 보였다. 나는 왈칵 눈물부터 쏟아졌다. 최 감사는 아연실색하여 어쩔 줄을 몰랐다.

"아버지 죄송합니다."

남기가 힘겹게 모기 소리를 냈다.

"어쩌다가…."

최 감사는 말을 잇지 못했다. 그는 나에게 말했다.

"울지 마. 살아있으니…. 세 놈이었어. 칼을 옆구리에 대고 어느 창고로 끌고 가더군. 너와 내 목숨 중 하나를 택하래. 나는 둘 다 버릴 수 없다고 했더니 몽둥이로 사정없이 두들겨 패는 거야. 정신을 잃었어."

최 감사와 아버지는 넋 나간 사람 같은 얼굴을 서로 마주봤다.

"다시 의식이 들었는데 어렴풋이 그녀석이 달려드는 것이 보였어. 살아야하겠다는 생각뿐이었어. 누운 채 발로 걷어찼는데…. 그리고 는 나는 다시 정신을 잃었어. 넘어지면서 쇠모서리에 머리를 부딪쳤던가봐. 미안해. 아버지 모시고 기다려 줘."

나는 눈물 이외에는 말이 나오지 않았다. 그는 잠시 숨을 가다듬고 나서 다시 말했다.

"책상 위에 신문사 주소가 쓰인 봉투를 우편으로 부쳐줘. 탈고했어. 그동안 조용히 마음 수양하면서 좋은 글이나 쓸게."

밤이 되자 함박눈이 내렸다. 백구가 컹컹 짖다가 그치고 또 짖었다. 부엉, 부엉, 뒷산에서 부엉이가 울었다. 창문에 서서 밖을 바라보았다. 눈 덮인 하늘도 산도 들도 온 누리가, 보름달이 구름 속에서 확산한 밝은 빛을 받아 순백이었다.

'봄이 오면 눈 속에 묻힌 담장 밑의 순결이 다시 필거야.' 나는 엉뚱한 생각을 하면서 하염없이 흐르는 눈물을 달렜다.

※ 2021년 『한국소설』, 5월호

장미꽃 80송이

장미꽃 80송이

:

오월의 꽃시장은 활기가 넘친다. 갖가지 종류의 많은 꽃과 붐비는 고객이 여기저기서 하이파이브를 한다. 금요일 아침, 선영은 장미꽃을 눈여겨보면서 좁은 통로를 누비다 단골꽃집으로 갔다.

"향기 나는 장미가 보이지 않네요."

"향이 있는 장미는 아직 나오지 않았어요. 조금 더 있어야 나와요."

"어쩐담?…"

선영은 팔짱을 끼고 잠시 생각을 가다듬다 핑크색 장미 한 단을 골랐다. 옆집에서 보라색 프리지어를 샀다. 다시 소재집으로 갔다. 엉성하게 묶은 정금나무가지 단을 가리는 눈이 매서웠다. 몇 가지 작은 꽃과 잎들을 사서 친정으로 차를 몰았다. 벌써 해가 중천에 걸려있었다.

꽃꽂이를 강습하는 선영은 한 달에 두세 번 친정에 꽃꽂이를 해놓는다. 유난히 장미꽃을 좋아하는 어머니는 옆에서 지켜보다 한마디 아쉬움을 술회한다.

"예쁘다만 향기가 없구나. 장미는 색과 모양도 아름답지만 향기가 있어서 그렇게 인기가 좋았지…."

장미향이야 좋아하지 않을 사람이 있으랴만 향이 짙은 올드로즈 계통은 색이 단조롭고 모양도 깔끔하지 못하다. 향은 없어도 모양과 색이 다양한 요즈음의 신품종 장미가 꽃꽂이 작품을 구성하기에는 더 적합하다. 수요와 공급의 원칙, 그윽한 향기가 여인들을 매혹시켰던 재래종 장미는 시대의 뒤안길로 밀려난 것이다.

박람회를 다녀온 어머니와 아버지의 전화를 연달아 받고 선영은 몹시 불안한 기색이었다. 어제 갑자기 어머니가 일요일 저녁 식사에 불러들인 것도 심상치 않은지 바로 오빠에게 전화를 했다. 그 역시 어머니의 기분이 꼬인 것 같다는 생각이었다. 박람회를 다녀와서 혹시라도 집안에 불화가 있다면 선영의 마음이 편할 리가 없다. 어머니의 마음을 풀어드리려고 향기 나는 장미꽃을 찾았던 것 같다.

친정의 아파트는 낡았어도 선영은 옛정을 떼지 못했다. 비록 지방 공무원이지만 아버지가 목에 잔뜩 힘을 주던 국장님을 퇴직하고 산 강남의 내로라하는 아파트다. 선영은 옛날처럼 직접 비밀번호를 누르고 들어간다.

반길 줄 알았던 어머니의 모습이 보이지 않았다. 아버지도 없었다. 집안은 썰렁하다 못해 냉기가 감돌았다. 선영은 휴대전화를 들더니 다시 놓고 사온 꽃을 욕실로 옮겼다. 줄기를 물속에 담그고 끝을 잘라서 그대로 물통에 꽂아두어 물이 오르기를 기다렸다.

삼십 여분이 지나 선영은 꽃을 꽂기 시작했다. 먼저 정금나무 단을 풀어서 한 가지씩 들고 요리조리 돌려서 구부러진 모양을 살핀다. 잎을 솎아내고 옆가지를 잘라내 선으로 다듬었다. 꽃가위 소리가 공허한 거실의 정적을 깼다. 수반에다 제일 긴 가지를 세워서 주지로 꽂았다. 멀리 떨어져서 모양을 바라본다. 주지의 각도를 조정하고 또 바라본다. 그리고 다음으로 긴 가지를 뉘어서 꽂는다. 그리고 짧은 가지를 주지의 반대편에 꽂았다.

장미꽃도 표정을 꼼꼼하게 살피더니 꽂아 놓은 가지에 키를 대본 다음 중간을 잘랐다. 주지 앞에 같은 각도로 꽂았다. 어머니를 위해서 주로 기본형을 꽂는다.

"왜 가지들이 많이 남았는데 긴 가지 세 개만 엉성하게 꽂는다니?"

어머니가 이것저것 물으면 선영은 수강생을 가르치듯 자세히 설명한다.

"김 여사님, 한국꽃꽂이는 잎이나 나뭇가지의 아름다운 선, 그 선이 이루는 공간, 꽃이 모인 뭉치의 삼요소를 중요시해요. 주로 자연의 모습을 사실적으로 표현한 조형이에요. 꽃과 소재가 갖고 있는 가장 아름다운 특징을 돋보이게 표현합니다. 가운데의 여백에서 느끼는 정靜과 정금나무의 율동감이 있는 선線을 대비시켜 아름다움을 나타냅니다."

"꽃을 꽂는 것도 쉽지 않구나."

"너무 어렵게 생각하지 마셔요. 자연 속의 식물을 바탕으로 자기의 감정과 마음을 표현하여 아름다움을 추구하면 됩니다. 화기와의 조화도 중요하구요."

귀를 기울이고 진지하게 듣는 김 여사의 얼굴에는 기쁨이 가득하다. 이런 분위기를 깨뜨린 것은 다름 아닌 아버지 황 국장이다. 무슨 득이 있다고 돈을 주고 꽃을 사오느냐고 비꼰다. 꽃을 꽂아 놓는 것도 탐탁스러워하지 않는다. 기왕 사 왔으면 모두 꽂지 아깝게 다 잘라 버리느냐는 등 핀잔을 한다. 그럴 때마다 김 여사는 황 국장의 뒤통수에다 입을 삐죽하고 눈을 흘기며 방으로 들어가 버린다.

올해 팔순인 김 여사는 황 국장보다 두 살 더 많다. 어릴 때 친구인 부모들이 사돈 삼자는 농담이 현실로 이루어진 경우였다. 부부가 된 지 60년이 되어가지만 서로 다툰 일이 없었다. 그건 사이가 좋아서 만이 아니었다. 싸움은 서로의 힘이 비슷할 때 일어난다. 공무원, 계장, 과장 그리고 국장이란 관직의 위세에 눌려 김 여사는 오직 복종을 부덕으로 알고 살았다.

남편은 가정보다 공무가 먼저였고 아내는 상사의 다음이었다. 아침밥 독촉해서 새벽 같이 출근하면 밤늦게 돌아왔다. 집안의 분위기는 딱딱한 사무실 같았다. 한 때 사모님 소리를 듣긴 했지만 가족여행은커녕 부부가 다정하게 나들이를 한 적도 없었다. 먹는 것 입는 것 자식들 공부 외에는 오직 저축이었다.

선영이 꽃꽂이를 배운 것은 대학교 때 어머니가 권해서였다. 신부수업이라고 했지만 내심은 자신이 하고 싶던 꽃꽂이를 딸이 하기를 바랐다. 평생 집안에 좋아하는 꽃 한번 사다가 꽂아놓지 못한 아쉬움을 딸을 통해서 즐기고 싶었던 게다.

마음이 착하고 속이 깊은 선영은 다음 달로 다가온 팔순생신날은 가족끼리 분위기 좋은 식당에서 파티를 하기로 오빠네와 계획을 짰다. 그리고 어버이날에 모처럼 두 분이 데이트하시라고 박람회 입장권을 사드렸다. 어머니는 얼굴에 웃음꽃이 피었으나 이내 남편의 눈치를 살폈다. 반면에 아버지는 미간이 찌푸러졌다. 마땅찮은 표정으로 선영을 흘겨봤지만 효심을 나무라지는 못했다.

박람회에 가는 날, 선영이 카네이션 꽃다발을 갖고 차를 몰고 왔다. 박람회 근처까지 태워다 드리기로 어머니와 약속을 했었다. 황 국장은 무슨 파티에라도 가는지 콤비이긴 하지만 넥타이 차림에 중절모자를 쓰고 구두를 신고 나섰다. 어린애처럼 거울 앞에서 이옷 저옷 입어보며 꾸물거리는 아내를 짜증스럽게 재촉지만, 옛날에 입었던 핑크색 점퍼를 찾아 입은 김 여사는 행복해 보였다. 봄 날씨가 눈부시게 화창했다.

차를 타려고 주차장으로 가려는데 박람회 구경은 첫 발짝부터 삐끗했다. 황 국장이 교통이 복잡한 곳을 왜 차로 가느냐고 지하철로 가자는 것이었다. 모녀는 불만이었지만 황 국장의 말은 항상 명령이나 다름없다. 빠른 걸음으로 앞서가는 남편을 팔순 노인은 힘들게 따라갔다. 환승역에서는 계단을 오르내릴 때 뒤쳐져도 황 국장은 나몰라라 혼자 가고 있었다. 지하철을 내려서는 현기증을 느끼는 것 같았다.

다시 박람회장까지 걸어간 김 여사는 지쳐있었지만 기를 쓰고 주제관으로 갔다. 입구에 많은 사람이 줄 서 있었다. 황 국장은 창피해서 어떻게 줄을 서냐고 다른 곳부터 보자고 했다.

"선영이가 주제관을 꼭 보라고 합디다. 인기가 있으니까 줄을 서는 것이지요. 줄 좀 서면 어때요. 먼저 봅시다."

김 여사는 말하면서 줄 끝으로 가서 섰다.

"그럼 혼자 들어가서 구경하구려."

결국 각자 구경을 하고 한 시간 반 뒤에 주제관 앞에서 만나기로 했다. 줄은 길어도 그리 오래 걸리지 않아 안으로 들어갔다. 생전 보지 못했던 나무와 아름다운 꽃들이 정글처럼 꾸며져 있었다. 혼자 홀가분한 김 여사는 하나라도 놓칠세라 통로 양쪽을 번가라 보느라 앞으로 나갈 줄을 몰랐다.

주제관을 보고나서 동선을 따라간 곳은 무역관이었다. 부스마다 외국에서 들여온 식물 등으로 특색이 있게 꾸며놓았다. 작은 화분을 나누어주는 곳이 있었다. 얻으려고 손을 내미는데 휴대폰이 울렸다. 황 국장이었다. 약속시간이 10분이 지났다고 짜증을 냈다. 당황한 김 여사는 사람들을 헤집고 앞으로 나갔으나 얼른 출구를 찾지 못했다. 들어왔던 곳으로 나가려고 역방향으로 돌다가 방향감각을 잃고 허둥댔다. 온몸에 땀이 났다. 마침 안내가 있어서 도움을 받아 겨우 들어왔던 입구로 갔다.

잔뜩 찌푸린 황 국장이 씩씩거리며 노려봤다. 김 여사는 이런 경우에 익숙하다. 고개를 푹 숙이고 지청구를 듣고만 있었다. 더 심하면 눈물을 훔치면 되는데 혀를 끌끌 차는 소리가 났다. 쉽게 상황이 끝난 것이다.

간이식당에서 간단히 요기를 한 부부는 노천의 전시장을 둘러봤다. 화훼판매장이 있었다. 갖가지 화분이 눈길을 끌었다. 특히 난과 선인장은 신기한 종류들이 많아서 보는 것만으로도 즐거웠다. 이것저것 기웃거리던 김 여사가 빨간 꽃이 피어있는 제라늄 화분을 들더니 얼마냐고 물었다. 무료한 듯 입맛을 쩍쩍 다시며 멀리서 바라보고만 있던 황 국장이 대뜸 다가왔다.

"살려고?"

크게 뜬 눈으로 쏘아보며 물었다.

"네, 하나 사서 기르고 싶어서요."

"쓸데없이 무어하려 사. 귀찮기만 하지."

"나는 제라늄 향내가 좋아요. 집안에 있으면 개미나 벌레가 없어져요. 꺾꽂이하면 뿌리도 잘나고 꽃도 사시사철 피어요."

"허허. 그냥 가요."

"온 기념으로 이것 하나만 살게요."

지갑에서 돈을 꺼냈다. 가게 주인은 눈치 빠르게 얼른 비닐봉지에 담아서 건넸다.

"거, 쇼핑백에 담아줄 수 없어요?"

"쇼핑백은 가시다가 찢어질 염려가 있습니다."

황 국장은 비닐봉지를 창피해서 어떻게 들고 가냐며 못마땅한 표정으로 발걸음을 옮겼다. 비닐봉지를 받아든 김 여사는 바삐 뒤를 쫓아갔다.

그때 스피커에서 알리는 소리가 들렸다.

"화훼농장으로 가는 버스가 정문 앞에 대기하고 있습니다. 구경하실 분은 타주시기 바랍니다."

"여보, 나온 김에 화훼농장 한번 가봤으면 좋겠어요."

"이 사람 갈수록 태산이네. 벌써 힘이 드는데 농장에 뭘 볼게 있다고 가요?"

"꽃을 기르는 농장을 꼭 한번 보고 싶었어요."

"허허. 참, 그냥 가자니까. 벌써 네 시가 넘었어요."

김 여사는 가보고 싶은지 대답을 않고 멈춰서 있었다.

"그러면 당신 혼자 구경하고 오구려. 나는 피곤해서 먼저 가야하겠소."

하기야 중절모자 쓰고 구두신은 사람에게 농장에 가자는 것이 무리였다. 황 국장은 신경질을 내고 들어왔던 후문 쪽으로 걸어갔다. 김 여사는 원망스러운지 멍하니 바라보고 서 있었다. 황 국장은 곧 인파 속으로 사라져 보이지 않았다. 김 여사는 정신을 차리고 황급히 쫓아갔다. 그러나 이리저리 헤매도 찾지 못했다. 전화를 걸었다. 한참 벨이 울려도 받지 않았다. 전화를 끊고 부랴부랴 박람회장을 나와 바삐

지하철역으로 걸어갔다.

화분이 무거운지 자꾸 다른 손에 바꿔 들었다. 어깨가 처지고 숨을 헐떡였다. 잠시 서서 쉬었다 다시 걸었다. 만만해서 들고 가려고 했던 제라늄 화분이 점점 벅차보였다. 황 국장을 만나기는 틀린 것 같았다. 길가의 미니정원에 벤치가 있었다. 김 여사는 화분을 놓고 한숨을 토하면서 주저앉았다.

쉬는 동안 눈을 감고 있었다. 눈에서 눈물이 찔끔거렸다. 손수건을 꺼내 눈물을 훔쳤다. 계속해서 눈물이 나는지 연방 손수건이 눈으로 갔다. 조금 후에는 어깨가 들썩였다. 이윽고 울음이 멈추더니 비닐봉지 속의 제라늄을 들여다봤다. 손을 넣어 꽃을 어루만졌다.

"친구하고 싶었는데 몸이 옛날 같지 않구나…. 점점 무거워지는 걸 보니 너도 가기 싫어서 떼를 쓰는 모양이다. 그래, 나도 갈 길이 멀단 다. 우리 여기서 헤어지자. 우리 집에 가서 천덕꾸러기 되느니 좋은 주인 만나서 잘 크렴."

제라늄과 이야기를 하고나서 비닐봉지를 옆에 놓아둔 채 자리를 떴다. 천천히 걸어가다 멈추고 벤치에 덩그러니 앉아있는 비닐봉지를 돌아봤다. 놓아두기가 아쉬운지 잠시 바라보다 다시 발걸음을 재촉했다. 아까와 달리 얼굴에는 서글픈 표정이 가시고 앙다문 입에 분노가 서렸다.

파김치가 되어 돌아온 집은 비어있었다. 피곤하다고 가버린 황 국장이 돌아왔던 흔적도 없었다. 샤워를 하고 김 여사는 소파에 앉아 전화를 걸었다.

"박람회 구경 잘하고 왔다."

"좋았어요? 구경도 많이 하시고?"

"그래, 꽃도 보고 많은 것을 배웠다."

"많은 공부가 되셨다고요?"

"네 덕분에 값진 인생 공부를 했다."

"잘하셨네. 아버지도 좋아하셔요?"

"그 양반 어디 갔는지 집에도 없다."

"같이 오시지 않았어요?"

"먼저 가버렸단다. 더 이야기 하고 싶지 않다. 이만 끊으마."

선영의 말소리가 들리는 걸 그만 전화를 끊었다. 바로 옷을 갈아입고 집을 나갔다.

황 국장이 집에 돌아온 것은 저녁 8시가 넘어서였다. 현관에서 평소와 달리 그는 초인종을 눌렀다. 응답이 없었다.

"이 사람이 아직 안 왔나?"

중얼거리며 키를 누르고 들어갔다. 주방으로 가서 밥솥을 열어보았다. 깨끗이 비어있었다. 그는 선영에게 전화를 걸었다.

"야. 너의 어머니 전화 없었니?"

"어머니 다녀오셨다고 전화 왔었어요. 왜 같이 오시지 않았어요?"

"뭐라고 하더냐?"

"덕분에 값진 인생공부했다고 하시던데요?"

"뭐? 인생공부? 밥도 하지 않고 어디 갔지?"

"어머니에게 전화해 보셔요. 왜, 무슨 일이 있었어요?"

"아니다. 그래 알았다. 전화 끊으마."

망설이다가 다시 아들집에 전화를 했다. 며느리가 받았다.

"너의 시어머니 거기 오지 않았냐?"

"넷? 함께 박람회에 가시지 않으셨어요?"

"내가 좀 뒤에 왔는데 집에 없구나. 알았다."

전화를 끊고 황 국장은 냉장고에서 캔 맥주를 꺼내서 소파에 앉았다. 맥주를 마시면서 TV를 켜고 보다가 다시 꺼버렸다. 10시가 넘도록 김 여사는 소식이 없었다. 황 국장의 얼굴은 점점 불안한 기색이 먹구름처럼 드리웠다. 배에서 꼬르락 소리가 났다. 맞장구를 치듯 현관문에서 삑삑 번호를 누르는 소리가 났다. 황 국장은 소파에 앉은 채 현관을 노려봤다. 김 여사가 고개를 숙이고 비틀거리며 들왔다. 술냄새가 풍겼다.

"아니, 이 사람 술 마셨어?"

일그러진 얼굴에 눈을 부릅뜬 황 국장이 소리쳤다.

"그래, 마셨어요. 내 평생 술 맛도 모르고 살았지요. 좀 마셔 봤어요."

혀가 꼬부라진 소리였다.

"허? 이사람 돌았군."

"그래 돌았어요. 박람회 가서 돌아버렸어요. 세상에 팔십평생 처음으로 남편과 나들이 가서 버림을 당하다니…. 내가 헛세상 살았지. 너무 억울해서 술 한잔 했습네다. 어쩔 거에요?"

말끝이 울음소리로 이어졌다.

"시끄러워!"

목 놓아 울기 시작하자 황 국장은 소래기를 꽥 질렀다. 어이가 없는지 입을 떡 벌리고 쳐다보다가 밖으로 나갔다. 김 여사는 울면서 선영이가 쓰던 작은 방으로 들어갔다. 아침까지 나오지 않았다.

토요일 아침, 악몽 같았던 밤도 밝은 햇빛이 거두어가고 집안은 무슨 일이 있었느냐는 듯 조용했다. 김 여사는 부지런히 주방에서 밥상을 차렸다. 부부는 평소처럼 마주 앉아 아침식사를 들었으나 침묵이 흐르는 주방은 찬바람이 휘돌았다. 황 국장은 어제 일이 마음에 켕기는지 가끔 김 여사의 표정을 훔쳐봤다.

설거지를 마친 김 여사는 다른 방으로 들어가서 전화를 걸었다. 낮은 소리였다.

"아범아. 이번 일요일 저녁 애 엄마하고 집에 와서 식사해라. 아니야, 아이들은 데려오지 말고…. 꼭 와야 한다?"

다시 딸에게 아들과 똑같은 전화를 했다.

"왜? 무슨 날이에요?"

"아니다. 꼭 좀 오너라."

선영이 더 묻기 전에 전화를 끊었다.

일요일 아침 김 여사는 장바구니를 들고 나갔다. 근처 마트에서 반찬거리를 사왔다. 점심을 마치고 주방에서 요리를 시작했다. 저녁때가 되자 보글보글 끓는 냄비에서 구수한 매운탕 냄새가 수증기에 실려 집안에 가득했다.

먼저 온 것은 선영의 부부였다. 거실의 작은 탁자에 놓인 꽃꽂이가 임자를 반겼다. 조금 후 아들네 부부가 들어왔다. 인사를 받은 황 국장이 눈이 둥글해서 물었다.

"오늘이 무슨 날인가? 당신 생일은 아직 아닌 것 같은데?"

"언제라고 내 생일 기억해 준일 있었어요? 간단히 식사나 같이 하자고 불렀어요."

황 국장은 지난 일을 추궁하려는 자리가 아닌가 짐작한 것 같았다. 얼굴이 긴장한 빛이 역력했지만 어색하게 웃으며 손수 냉장고에서 캔맥주를 꺼내서 식탁에 놓았다.

생태탕이 냄비 채 식탁에 오르자 모두 침을 꼴깍 삼키며 어른이 먼저 들기를 기다린다.

"자네부터 한잔하게."

황 국장은 일부로 기분이 좋은 척 호걸스럽게 맥주캔을 따서 사위에게 권했다. 그리고 아들에게도 들라고 캔을 건넨다. 땀을 뻘뻘 흘리며 식사를 끝내고 차를 마실 때였다. 김 여사가 오늘 가족회의를 하겠다고 말했다. 모두가 의아한 얼굴을 마주봤다.

"너희들에게는 미안하다마는 나는 너의 아버지와 헤어지기로 결심했다. 다들 나를 이해해 주고 당신도 이제 나를 놓아주세요."

예상 밖의 폭탄선언에 모두가 놀란 것은 말할 것도 없다. 그러나 황 국장은 대수롭지 않다는 듯 입가에 웃음을 흘리며 말했다.

"오래 살다 보니 별말을 다 듣겠네. 속 좁은 여인네가 또 삐졌군."

"삐지다니오? 이제 삐질 일도 없어요. 우린 이만 이혼합시다."

"이 사람 미쳤군. 어디서 이혼이란 말이 나와?"

말끝이 고함으로 울렸다.

"네, 지금까지 육십평생 말대답 한번 못하고 살았지요. 나도 이제는 사람답게 살고 싶습니다."

"허? 정말 돌았군. 내가 싫으면 나가든지 말든지 마음대로 하구려."

"그래요. 그러나 나도 집이 있어야 살지요. 이 집 쪼개주세요."

"뭐라고? 집을 쪼개주라고? 어림도 없는 소리!"

황 국장은 불같이 화를 냈다. 모두는 엄청난 사태에 겁에 질려 눈을 크게 뜬 채 입을 봉하고 있었다. 며느리가 슬그머니 일어섰다.

"일어서지 말고 모두들 내 말을 들어야 한다."

못들은 척 화장실로 간 며느리는 다른 방으로 들어가서 나오지 않았다. 사위가 일어서더니 슬그머니 밖으로 나갔다. 김 여사는 말을 계속했다.

"그래요 명의는 당신이지요. 하지만 나도 지분이 있습니다. 당신 그 알량한 공무원 저절로 된 것 아니지 않아요? 객지에 나와서 공무원시험 준비한답시고 나를 얼마나 고생시켰어요. 번번이 낙방한 삼년 동안 내가 공장에 다니면서 먹여 살리고 뒷바라지해서 합격시키지 않았습니까? 이 집을 장만할 때까지도 많은 고생을 했지요. 이 집 팔면 강북에 두채 살 수 있어요. 어렵게 생각하지 말고 그렇게 합시다."

"마누라가 늙으면 호랑이가 된다더니 도깨비가 됐군. 난 그리 못하겠으니까 마음대로 하구려. 너희들도 생각 좀 해봐라. 너의 어머니가 완전히 돌았다."

"아니에요. 어머니는 마음의 상처가 크신 것 같아요. 아버지, 이제 옛날과 다른 세상입니다. 막무가내로 어머니의 뜻을 무시하지 마시고 타협하셔야 합니다."

아들은 어머니 편이었다. 학창시절 '공무원' '행정고시' 닦달했던 아버지에게는 앙금이 남아있었다. 황 국장은 무역회사에 취직한 아들을 지금까지도 무시한다.

"뭐? 막무가내라고? 타협? 그럼, 너의 어머니와 헤어지란 말이냐?"

벌컥 아들에게 화살을 돌렸으나 입을 닫고 고개를 돌렸다. 코 밑에 수염자국이 검실거리고 자식을 거느린 아들의 불평을 옛날처럼 호통으로 잠재울 수만은 없었다. 그러나 아직 아버지의 권위는 살아있었다. 아들은 입을 봉하고 대신 선영이 어머니를 달랬다.

"어머니! 그렇게 막다른 길은 안 돼요. 노여움 푸세요. 지금까지 잘 살아오셨으면서…. 박람회 가시게 한 제가 잘못이에요."

엄한 아버지기에 선영은 알랑거려서 예쁨을 받고 살았지만 속내
는 엄마 편이었다.

"어제일로 그런 것만이 아니다. 내 가슴을 째 봐라. 갖은 수모를 겪
으면서 참고 사느라 간도 쓸개도 다 썩어버리고 없다. 이제 폐, 심장까
지 다 망가져서 숨쉬기도 힘들다. 이대로 살면 쉬 죽을 거다."

"에잇, 듣기 싫어!"

큰 소리를 내뱉고 황 국장은 밖으로 나가버렸다.

그날부터 집안은 어름에 소금을 뿌린 듯 얼어붙었다. 김 여사는 어
디서 이혼서류를 만들어 와서 도장을 찍어달라고 졸랐다. 조르다가
사정을 했다. 황 국장은 화를 내기도 하고 달래 보아도 토라진 마음이
풀릴 기미가 없었다. 울면서 애원할 때는 더 고통스러운 것 같았다. 어
찌할 바를 모르다가 밖으로 나가곤 했다. 아들 딸도 연락이 뚝 끊겼다.
시달린지 한 달이 넘었다. 얼굴이 수척했다. 견디다 못한 황 국장은 딸
을 만나러 나섰다.

선영의 꽃꽂이교실은 처음이었다. 전화로 위치를 물어 음료수 한
상자를 사들고 찾아갔다.

"저를 부르시지 여기까지 오셨어요?"

"이대로는 괴로워서 못 살겠다. 너희들이 어떻게 좀 해봐라."

"저희도 잘 말씀드리지만 워낙 완강하셔서…. 아버지가 너무 야속
하게 대하신 것은 맞아요. 지금부터서라도 잘 하셔야 해요. 곧 어머니
팔순생일이지 않아요? 저희가 준비는 하고 있지만 아버지도 신경을
쓰셔요. 평생 선물 한번 사드린 적도 없으시지 않아요? 이 기회에 좋
은 선물도 사드리고 해서 잘 달래셔요."

"하기야 선물 한번 사준 적이 없었지…. 너 말이 맞다만 이 상황에서 어떻게 생일인들 치를 수가 있겠느냐. 알았다…."

난감해서 앉아 있던 황 국장은 벌떡 일어나 딸네 교실을 나왔다. 종로3가로 갔다. 금은방이 즐비하게 늘어선 거리를 걷고 있었다. 걸음을 멈추고 쇼윈도 속의 금붙이와 보석을 들여다봤다. 가게 주인이 내다보고 안으로 들어와 편안하게 보시라고 말을 건넨다. 황 국장은 무안한 듯 돌아서려다 같은 연배여서 눈인사를 했다. 사지 않아도 상관없으니 차라도 한잔 들고 가시란다.

황 국장은 마지못한 척 가게로 들어갔다. 주인은 진열장 앞의 의자를 권하면서 커피 괜찮으시냐고 물었다. 황 국장은 고개를 끄덕이고 진열장 속에 차려 놓은 여러 가지 종류의 반지와 목걸이를 들여다보았다. 주인은 종이컵에 커피믹스를 타서 주면서 필요한 것이 있으면 말씀하시라고 했다.

"아내가 팔순인데 반지나 하나 선물할까 해서…."

황 국장은 쑥스러운 듯 말끝을 흐렸다. 나이가 드신 분은 비취나 자수정 정도면 부담도 없고 좋을 것이라며 진열장에서 상자를 꺼냈다. 파란색의 타원형 비취반지와 볼록하게 둥근 보라색의 자수정들이었다. 값도 생각보다 비싸지 않았다. 주인의 조언을 받아 황 국장은 비취반지와 목걸이를 세트로 골랐다. 가게를 나온 그의 발걸음이 가벼워 보였다.

선물은 샀지만 잔뜩 얼어붙은 아내에게 주는 일이 쉬운 일은 아닐 것이었다. 하여간에 큰마음 먹고 샀으니 어떻게든 주어야 하고 그러면 노여움이 풀어질지도 모를 일이었다. 시치미를 떼고 집으로 돌아온 황 국장은 저녁 식사를 마치고 그대로 식탁에 앉아 있었다. 평소처럼 차를 타서 식탁에 놓아두고 돌아서려는 아내에게 황 국장은 잠깐 앉으라고 말했다. 김 여사는 어정쩡 앉으며 드디어 결심을 했느냐고 물었다. 황 국장은 슬며시 반지상자를 밀어 놓았다.

"평생 고생만 시켜서 미안하오. 당신 생일인 것 같아서 모처럼 선물을 주고 싶어 마련했소. 그리 값진 것은 아니지만 내 성의니 받아주시오."

"살다보니 희한한 일도 다 보겠구려. 내 팔자에 선물은 무슨…. 나는 살 집 외에는 아무것도 필요 없어요. 그런 것 받지 않을 것이니 빨리 결정해 주세요."

김 여사는 일어서 방으로 들어가 버렸다. 황 국장은 입맛을 쩍쩍 다시며 다시 집을 나갔다. 밖은 이미 어두웠다. 의지가 되는 사람은 선영뿐인 모양이었다. 전화를 걸었다. 집으로 오시라는 걸 마다하고 그의 꽃꽂이교실로 불러냈다. 아버지를 다시 만난 선영은 눈을 깜박이며 아버지의 안색부터 살폈다.

"내 참. 꽤 비싼 돈 주고 비취반지와 목걸이를 사다주었더니 안 받겠다는구나."

자초지종을 들은 선영은 딱하다는 듯 말했다.

"비취반지를 사서 주셨다구요? 아버지는 공직생활만 오래하셔서 세상 물정이나 사람 마음을 너무 모르신 것 같아요."

"아니, 그럼 어떻게 하란 말이냐. 정말 살맛이 없다."

"육십년을 함께 사셨으면서 어머니의 취향을 그렇게 모르셔요?"

"도대체 뭐가 뭔지 모르겠다. 지금 심정은 죽어버리고 싶다."

"무슨, 그런 말씀을 하셔요? 아버지, 어머니가 갖고 싶은 것은 비싼 보석이 아니에요."

"그럼 뭐라냐?"

마치 어린애 같은 울상이다.

"진심어린 정입니다."

"정? 진심어린 정이라고?"

"지금 반지는 새삼스럽지 않아요? 달래려는 사탕발림으로 생각하시기 딱이에요. 정말 고생한 것을 이해하고 고맙게 생각하며 진정으로 사랑하시는 마음을 담은 선물이라면 어머니도 감동하시겠지요."

"사랑한다는 마음을 담은 선물이라⋯. 글쎄다. 너의 어머니는 집만 갖고 싶다는 구나."

"그래요, 집을 통째로 드리신다고 하세요. 하지만 어머니가 갖고 싶은 것은 반지도 집도 아닐 거에요. 어머니가 가장 좋아하신 것이 뭣인지 아세요?"

"나는 도대체 모르겠다."

"나에게 꽃꽂이를 배우게 했고, 내가 집에다가 꽃을 꽂아 놓을 때마다 그걸 바라보고 좋아하신 것을 그렇게 모르셨어요? 어머니가 가장 좋아하신 것은 꽃이에요. 아버지가 쓸데없이 꽃을 꽂아놓았다고 핀잔하실 때마다 어머니는 속상해 하셨어요. 모처럼 꽃박람회에 가서 마음대로 꽃구경도 못하고, 좋아서 사신 화분까지 버리고 왔으니 평생 쌓인 한이 폭발하신 거지요. 꽃으로 일이 벌어졌으니 꽃으로 풀어보시는 것이 효과가 있을지도 몰라요."

"그럼 꽃을 사다가 바치면 되겠구나. 너 꽃 좀 한 다발 싸주라."

"아버지! 제가 드린 꽃은 저의 진심입니다. 아버지가 시장에 가서 직접 사세요. 어떤 꽃을 주면 어머니가 가장 좋아할까 생각하시면서 꽃을 고르세요. 그리고 그 꽃에 미안한 마음과 사랑하는 진심을 담아서 드려보셔요."

"오냐 잘 알았다. 그럼 내일 꽃시장 좀 안내해주렴."

다음 날 아침 일찍 선영은 아버지와 꽃시장으로 갔다. 황 국장은 통로를 막듯 쌓여 있는 가지각색의 꽃을 보고 놀랐다.

"누가 이 꽃을 다 사간다니?"

"아버지만 꽃이 별로시지 요즘 젊은이들은 마음을 꽃으로 전한답니다."

무슨 꽃을 사야할지 난감해하고 있는 황 국장을 안내하여 단골꽃집 쪽으로 갔다.

"어머니는 향기가 좋은 핑크색 장미를 좋아하셔요."

선영이 살짝 귀띔했다. 그 말을 엿듣기나 한 듯 단골집 사장이 불렀다.

"꽃꽂이 회장님! 마침 오늘 향 좋은 장미 나왔어요."

가까이 가자 장미향이 코에 스몄다. 황 국장은 그 장미 한 단을 달라고 했다. 옆에서 손가락이 옆구리를 쿡 찌르며 속삭였다.

"팔십송이. 여덟 단을 사세요."

"그렇게 많이? 뭐하려고…."

"깍쟁이 아버님! 어머니 팔순 생일이지 않아요?"

"그렇구나. 알았다. 여덟 단, 여덟 단을 주세요."

부녀는 장미를 싣고 선영의 꽃꽂이 교실로 갔다. 잎을 다듬고 물올림하여 다발로 묶었다. 꽤 부피가 있었다. 예쁜 포장지로 싸고 또 그 위에 세로판지로 싸서 리본을 장식하여 네모진 전용 비닐백에 넣어 드렸다.

"제가 데려다 드리면 좋겠지만… 오늘은 그냥 지하철로 가셔요. 눌리지 않게 조심하시고요. 현관 앞에서 꺼내서 다발만 들고 들어가셔서 드리셔요."

"오냐 잘 알았다. 고맙다만 내참, 말년에 이게 꼴이 뭐냐? 그럼 가마."

황 국장은 80송이의 장미다발을 담은 비닐백을 들고 지하철역으로 걸음을 옮겼다. 선영은 아버지의 뒷모습이 보이지 않을 때까지 바라보고 서 있었다. 코끝이 찡 하는지 코를 훔쳤다.

지하철에 탄 황 국장은 경로석을 찾아 앉았다. 큰 비닐백을 무릎에 올려놓았다. 장미향이 짙게 풍겼다.

"어머. 향내가 참 좋네. 장미꽃인가 봐요?"

옆에 앉은 나이가 좀 들어 보이는 여자승객이 말을 건넸다.

"…"

황 국장은 대답을 않고 눈을 감아버렸다.

"배달 가신 가보네. 받는 사람은 좋겠다."

대답이 없자 여자 승객은 시무룩하며 혼잣말을 했다. 황 국장은 엉뚱한 소리에 어처구니가 없는지 쭈부라진 얼굴이 벌게지며 실룩거렸다. 입을 앙다물고 등받이에 몸을 기댔다. 뭔가를 골똘히 생각하는 듯 움직임이 없었다. 장미꽃을 어떻게 줄까하는 걱정보다 창피하고 부끄러운 것 같았다.

지하철에서 내린 황 국장은 택시가 지나가자 세우려는 듯 멈칫했으나 차가 그대로 지나가 버렸다. 뒤따라오던 택시가 보고 앞에 섰다. 그는 오기가 나는지 손을 젓고 그냥 걸어갔다. 아파트의 경비실 앞에서는 헌팅캡을 깊이 눌러쓰고 고개를 숙인 채 지나갔다.

아파트 경내의 어린이 놀이터 한쪽에 있는 벤치에 잠시 앉았다. 허공을 쳐다보다 눈을 훔쳤다. 왜 눈물이 나는 건지 모르지만 울고 있었다. 어린이들이 재잘거리고 나타나자 외면하고 얼른 일어섰다. 엘리베이터를 타고 올라가면서는 눈물이 뚝뚝 바닥으로 떨어졌다. 억울해선지 분한 건지 뉘우침의 눈물인지 도무지 왜 우는지 알 수가 없었다. 현관에서 초인종을 누를 때는 눈물이 줄줄 쏟아졌다.

'찰칵' 문이 열렸으나 흐르는 눈물을 주체하지 못하여 들어가지 않고 서 있었다. 김 여사가 문을 열고 내다봤다. 둑이 터지듯 눈물이 쏟아지면서 흐느꼈다. 고개를 숙인 채 두 손을 쳐들어 비닐백을 들이밀었다. 김 여사는 엉겁결에 비닐백을 받았다. 장미 향내가 짙게 나는데도 이것이 무엇이냐고 물었다. 크게 우는 소리가 대답을 대신했다. 놀란 김 여사는 무슨 일이냐며 황 국장을 팔을 잡아 끌어들였다. 집으로 들어간 황 국장은 거실 마루에 무릎을 꿇었다.

"여보, 용서해주구려."

고개를 푹 숙이고 새어나온 소리는 거의 울음소리였다. 김 여사는 어쩔 줄을 모르고 서 있었다. 그러다가 흐느끼고 있는 황 국장의 팔을 잡고 일으켰다.

"일어나시오. 이게 무슨 일이래요?"

"용서….'

"용서고 뭐고 얼른 일어서세요. 누가 볼까 두렵네요."

황 국장을 일으켜서 소파에 앉혔다. 그리고 이번에는 김 여사가 눈물을 훔치며 말했다.

"울지 마세요. 내가 잘못했어요. 이 꼴이 뭐래요. 나는 이런 남편 싫네요. 목에 힘주고 호령하던 당신이 좋았던 것 같아요. 육십년을 살아온 나의 팔잔데 어쩌겠어요."

※ 2023년 『문학사계』 봄호

사랑과 생명의 인정미학

황송문(시인·소설가 / 선문대 명예교수)

이춘원 작가의 소설은 아름답다. 그 까닭이 어디에 있을까. 그 근원을 찾아가면 '사랑과 생명'에 이른다. 사랑이 있는 곳에 생명이 있고, 생명이 있는 곳에 사랑이 있기 마련이다. 이 작품에는 어떤 사랑이 있기에 아름다운 표현으로 나타나는가. 그것은 받는 사랑이 아니라 주는 사랑이기에 가능하다. 끌어들이는 인력引力 위주의 사랑은 순간의 쾌락에 그치지만, 원력 위주의 사랑은 영속적 존재근거가 되므로 보다 영속한 아름다움이라는 높은 가치가 주어진다.

이게 모든 사물의 존재근거가 되는 수수원리授受原理다. 종교에서는 신神을 영원한 자존유自存有라고 한다. 스스로 존재하기 위한 수수 작용을 위해서는 성서의 남녀나 주역의 음양도 이 이성二性의 작용을 핵심으로 말하고 있다. 따라서 소설에서도 사랑과 생명을 떠나서 중심 주제를 설정할 수 없다.

이춘원 작가의 소설들은 "사랑은 받는 게 아니라 주는 것"이라고 말한다. 그의 소설 「리 따이한의 두 나상」도 아름다운 작품이다. 월남전에 참전한 이기석 하사는 포탄이 쏟아지는 상황에서 엉겁결에 월남 처녀와 관계한다. 그는 두 다리를 잃고 후송하는데, 그는 총을 들고 전투 중에 관계한 죄로 벌을 받는 것으로 자학한다.

월남 처녀 호아는 이 하사의 아기를 배어 출산한다. 아들 한이 조각에 소질이 있음을 알고 조각 교육을 하도록 하여 이 하사를 처음 만난 순간의 상태를 조각하게 한다. 20년 세월이 흐른 후 한에게 아버지를 찾아주려고 한국을 방문, 공방을 찾았으나 뜻밖에도 휠체어에 앉은 사내는 두 다리가 없는 불구였다.

호아가 그에게 자초지종을 말했으나 그는 자기가 불구임을 자책하여 모른다고 잡아뗀다. 호아는 한이 만든 조각품을 사내 앞에 내어 놓는다. 그래도 이기석은 끝내 모른 체한다. 두 모자는 그곳을 방문한 노인을 따라가 전시실에서 호아의 나상을 보게 된다. 이 하사가 그녀를 처음 보았을 때의 모습이 조각되어 있었다.

조각품을 통해서 서로의 사랑을 알게 된 호아는 아들에게 아버지의 다리가 되어드리라고 말한다. 그녀는 고향의 노모를 모셔야 하기에 월남으로 돌아가야 할 처지다. 마지막 한의 말 "어머니, 아버지는 어머니를 많이 사랑하시나 봐요"로 봐서 그녀는 노모가 타계한 후에는 해후할 수도 있을 것이라는 여지를 남겼다. 이 소설의 결말에 대한 민국미술대전 구상(조각) 대상 작품 제목이 '사죄謝罪'임을 알게 된 호아의 말이 주제를 암시한다.

"자학, 사악한 뱀이라고요? 선생님의 말씀을 듣고 보니 공방에서 몸부림치며 절규했던 그이를 이해할 수 있을 것 같습니다. 그 작품을 보는 순간, 오랜 세월 견디어 온 쓰라린 삶을 잊을 만큼 아름다웠습니다. 그의 고뇌가 작품의 사상과 예술의 혼으로 승화한 그 진수를 이해하고 나니 세상 모두가 아름답게 보이네요."

이 소설에서는 자연스러운 직조織造를 보이고 있다. 아름다운 무늬를 수놓은 언어의 직조다. 언어의 무늬에 균형과 조화가 자연스러울 때 편안한 즐거움이 샘솟는다.

소설「애처가」는 코믹한 익살로 독자로 하여 반전을 예측하게 하고, 예측에서 다시 빗나가게 하는 뜻밖의 결과로서의 스리쿠션을 보인다. 그것은 역설적 아이러니다. 신혼의 단꿈을 꾸던 박 대리가 회사의 상관 김 과장의 말을 듣고, 아내를 손아귀에 넣고 길들이려 하였으나, 승용차 접촉사고 때 폭력으로 나오는 가해자를 새댁이 메치고 제압하면서 반전이 전개된다. 출동한 경찰관에 의해서 순임(새댁)이 유도6단에 태권도3단의 선수였다는 게 밝혀지면서다. 박 대리나 김 과장은 아내를 꼼짝하지 못하게 꽉 쥐려다가 오히려 쥐어서 살아야 하는 공처가 굴레를 벗어나지 못하게 생겼다는 아이러니를 보인다.

소설「앵무새의 바보 소리」는 도벽과 양심, 동업의식과 윤리의식 사이의 갈등을 그린 작품이다. 아내의 해산을 앞둔 기태 형이 자기 아내를 부탁하고 나의 오토바이를 빌려 타고 금방을 터는 사건을 저지른다. 슈퍼마켓에서 보게 된 텔레비전 뉴스 속보에서는 화면 밑에 '신설동 금은방 강도사건' '주인은 중태 빠져 생명 위독' 이라는 자막이 뜨는가 하면, 현장에서 범행에 쓴 것으로 보이는 철사절단기를 발견했다고 한다.

아내가 보낸 카톡에서는 "범행현장 근처의 CCTV에 찍힌 오토바이가 당신 것 같은데, 어찌 된 일이냐."는 물음이 뜬다. 자수하라는 아내의 말을 받아들여 대신 자수하러 나가다가 들이닥친 경찰에 수갑을 찬 채 끌려가는데, 앵무새가 "바보!"라고 말한다는 얘기다. 이런 경우 감상과 이해, 해석은 독자의 몫으로 남거니와 이렇게 거친 사회에서도 인정미학이 흐르고 있음을 암시한다.

소설 「잃어버린 실버스타」는 명예와 윤리의 갈등 속에서 삶의 본질을 추구한 작품이다. 유 영감에게 있어서 대단한 전공을 세웠다고 미군이 준 훈장은 명예의 대명사라 하겠다.

이 소설의 클라이맥스는 유 영감의 아들(유남기)이 18세 때 돈과 아버지의 훈장을 가지고 가출했다가 20년 만에 처까지 달고 찾아온다. 그런데 훈장은 어떻게 처분했는지, 가짜 훈장을 내어놓으며 3천만 원을 주면 찾을 수 있다고 한다. 유 영감이 농협에 갔을 때 전우 김두만의 아들 김 대리(창구 직원)로부터 아들과 며느리의 말이 거짓임을 알게 된다.

"20년 된 훈장을 찾았다는 것도 믿기 어렵고, 훈장은 명예지 실물 자체는 그렇게 값이 나가지 않은 것으로 알고 있습니다. 그리고 유공자 신청은 훈장증도 있어야 합니다. 더 잘 알아보시지요. 차라리 훈장을 받았던 날짜와 인적사항 등을 자세히 기록하여 미국영사관에 훈장 재발급신청을 하는 것이 좋을 것 같습니다."

그러나 아들의 거짓말에 분노할 것으로 여겨진 유 영감의 태도는 독자의 예측이나 상상을 빗나가게 한다.

"제대로 가르쳐 주어 고맙네. 잘 알았으니 걱정 말게. 그리고 다른 데 쓰겠으니 삼천만 원만 빼줄란가?."

눈을 크게 뜨고 의아한 표정을 하고 서 있는 김 대리에게 조용히 말했다.

"애비인 내가 제대로 가르치지 못하고 구박받다 나간 자식. 모처럼 장가들었다고 이십년 만에 집이라고 찾아온 자식 아닌가? 오죽이나 다급했으면 애비를 속였을라고…. 내가 살면 얼마나 더 살겠는가. 내

사 죽으면 돈이고 훈장이고 무슨 소용이 있어. 남은 돈 있으니 영감 할멈 죽을 때까지 쓰면 됐제. 저야 가지고 가서 구워 먹든지 삶아 먹든지 알아서 할 것이고, 다시 볼지 못 볼지 모르는 자식, 죽기 전에 애비노릇이나 한번 하고 싶으이. 그래도 자네나 그 녀석이 애비가 나라를 위해서 목숨 내던지고 싸웠다는 것은 알 것 아닌가. 그러면 됐제."

독자는 여기에서 성숙한 휴머니즘으로서의 인정미학을 실감하게 된다.

소설 「하얀 민들레」는 김기림의 시 「바다와 나비」를 연상하게 하는 작품이다. "아무도 그에게 수심水深을 알려준 일이 없기에 / 흰 나비는 도무지 바다가 무섭지 않았다."는 구절이다. 이 시를 소설 쪽으로 패러디한다면 "아무도 그에게 나이트클럽을 일러준 일이 없기에 흰 나비(민들레)는 도무지 세상이 무섭지 않았다." 또한 "靑무우밭인가 해서 나려갔다가는 / 어린 날개가 물결에 저려서 / 공주처럼 지쳐서 돌아온다."는 "끌려서 어쩔 수 없이 내려갔다가는 / 쥬스를 의심 없이 마셨다가 / 순결을 잃고 돌아온다."가 된다

돈을 숭상하는 천민자본주의 속물들의 타락상이 단적으로 드러나는 대목이다. 불행 중 다행으로 주인공(나)은 감성과 지성을 겸비한 인물이다. 돈의 노예가 된 어머니와 삼촌과 악당들이 쳐놓은 올가미에 더는 걸리지 않고 클라이맥스로 진입한다. '하얀 민들레'의 꽃말은 "내 사랑 그대에게 드려요"다. 무엇을 드리겠다는 것일까? 사랑과 생명이다. 이 소설의 주제의식에는 '사랑과 생명'으로 차 있다.

갈등이 없이는 소설이 성립될 수 없기에 여기에서도 '호사다마好事多魔'라는 성어처럼, 순수한 사랑을 방해하는 마가 따른다. 돈의 신을 숭상하는 속물들의 막강한 위력에 짓눌려 마치 파들거리는 나비처

럼, 죽음을 택하려는 극한 상황에서도 순수를 지키려는 지고지순至高至純한 순애를 표현하고 있다. 속물들의 권모술수를 절묘하게 헤쳐나가는 지순한 여성의 전형을 그리고 있는데, 이러한 주제의식은 이춘원 작가의 인생관과도 관련이 있어 보인다. 그런 살벌한 속물들의 사회에서도 순수한 꽃을 피우고자 하는 인정미학이다.

소설 「형수」 역시 형제간의 갈등에서도 인정미학을 표현한 작품이다. 형과 한 아파트에 사는 아우(진수)가 무심코 화장실 문을 열다가 목욕하는 형수의 나상을 보게 된다. 이때부터 형제간의 갈등이 심화하는데, 퇴근길에 앞서가는 형수의 반찬거리 비닐봉지를 들어주다가 형의 노여움이 폭발한다. 형이 양주병으로 형수에게 내려치려는 것을 말렸으나 병약한 형이 쓰러졌고, 구급차에 실려 갔으나 숨졌다. 그는 억울하게도 폭행치사 혐의로 감옥살이를 한다.

형수가 면회 올 때 법무사와 함께 와서 아파트를 절반씩 나누자고 했으나 그는 포기한다. 그 후 형수의 면회가 뜸해지다가 발길을 끊었다. 형기가 만료될 때 형수에게서 편지가 왔다. 출소하면 상의할 일이 있으니 아파트에 들려 달라는 내용이었다. 그러나 그는 내키지 않는다. 상의할 일이라니, 자기변명을 하려는 것이리라. 부모님과 형의 제사를 나에게 맡기려는 심보인지도 모른다. 아파트를 포기한 데 대한 약간의 보상을 하려는 얄팍한 속셈 같기도 했다. 빌붙어 살고 있을 법무사란 놈을 만날지도 모르니 더욱 싫었다.

그러나 이 소설은 그가 아파트에 들르면서부터 반전이 전개된다.

옛날처럼 인터폰을 눌렀다. 이윽고 누구냐고 물었다. 나이 든 여자의 목소린데 귀에 익은 소리 같았다. 진수네 집이 아니냐고 했더니 혹시 진수 삼촌이냐고 물었다. 그렇다고 대답하자 문이 열렸다. 나는 깜짝 놀랐다. 지난날 경찰서에 와주었던 이모아줌마가 아닌가. 어리둥절하고 있는데 어서 들어오라며 반갑게 맞았다. 형수를 만나러 왔다고 했더니 전할 것이 있으니 일단 들어오라고 했다.

'전할 것이라고? 흥! 역시 일단이군. 생각대로네.' 뭔가를 이모아줌마에게 맡기고 형수는 나를 피한 게 틀림없다. 씁쓸한 입맛을 다시며 거실로 들어갔다. 이모아줌마는 작은 나무의자를 가리키며 앉으라 하고, 안방에서 각봉투를 들고 왔다. 진수 어머니가 삼촌이 오면 전해달라고 했다며 주었다. '얼마나 넣었기에 커다란 각봉투야.' 나는 비웃음을 흘리며 봉투를 뜯어 보았다. 편지가 손에 잡혔다. 우선 꺼내어 읽어 보았다.

진수 삼촌께
무사히 출소하셔서 다행으로 생각합니다. 등기권리증과 예금통장을 드립니다. 아파트는 삼촌에게 드리기로 했거든요. 속히 정착하시고 결혼하여 가정을 꾸리시기 바랍니다.

이모아줌마의 딱한 사정이 있어서 당분간만 큰방을 전세로 살게 했습니다. 작은 방은 삼촌이 쓰시던 대로 비워두었습니다. 전세보증금은 이천만원 받았습니다. 예금통장에 입금되어있으니 우선은 정착하시는데 쓰시고 여유가 되시면 큰방을 비우시지요.

저희는 법무사가 잘 보살펴주어 불편 없이 살고 있습니다. 진수는 올 봄 초등학교에 입학하였답니다. 김씨 집안 장손으로서 가문을 잘 이어갈 것입니다. 부디 건강하시기 바랍니다. 진수 모

이 소설의 결말은 "형수의 환영에 어머니의 얼굴이 겹치더니 쏟아지는 눈물에 지워졌다."로 되어있다. 어머니와 형수 얼굴의 겹침은 베푸는 사랑의 닮은 양상이다. '인내천人乃天'만 있는 게 아니라 '인위천人爲天'도 있다. 사람이 곧 하늘인 동시에 사람은 하늘을 위해서 존재한다. 여기에서의 '하늘'이란 단순한 공간으로서의 스카이sky를

가리킴이 아니다. 존재의 제1원이 되는 신이라든지, 신이 창조한 모든 존재를 말한다.

구약성서 잠언에 "미움은 말썽을 일으키고, 사랑은 온갖 허물을 덮어 준다."고 했다. 그리고 다른 잠언에는 "사랑은 하나인데 사랑의 사본은 갖가지다."는 말도 있다. 하나님의 사랑이 원본이라면 작가의 사랑 표현은 사본인 셈이다. 이 사랑의 사본이 원본에 닮은꼴도 있고, 닮지 않은 꼴도 있다.

이 책(하얀 민들레꽃)은 사랑의 원본과 닮아있다. 그것은 천정天情을 닮은 인정미학人情美學이기 때문이다. 이 작가는 D. 파키의 금언을 체득한 것으로 보인다. 이 금언이란 "사랑은 손아귀에 든 수은과 같다. 손을 벌려놓고 있으면 거기에 머물러있다. 그러나 힘껏 잡으면 쏜살같이 빠져 나간다."는 경구다. 그의 소설 주인공들은 그렇게 차지하려고 움켜쥐는 그런 욕심장이로 보이지 않는다. 그의 소설 풍향風向은 굴광성 식물처럼 신의 말씀이라는 보편적 진리에 향해있다. 물의 힘으로 쇠를 자를 수 있지만, 쇠는 물을 자를 수 없다고.

소설 「식칼」은 제목부터 섬뜩한 느낌을 준다. 그리고 결말에 가서는 극적인 사건을 저지르게 될 것이라는 클라이맥스의 예감을 갖게 한다. 작품 「식칼」은 5·18 광주사태 때 형을 잃고, 그 후유증(화병)으로 아버지까지 잃게 된 '기태'라는 인물이 복수할 요량으로 식칼을 준비한 채 복수방법을 궁리하는 중에 '현미'라는 연인이 이를 알고 미래를 염려한 나머지 기지를 발휘하여 가벼운 사건으로 끝나게 한다. 기태가 불이라면 현미는 그 사이 솥에 담긴 물로 비유할 수 있을 것이다. 이런 두 성격을 확대해 보면 '기태'는 한국인 남성의 감성적 성격자라면, '현미'는 일본인의 이성적 성격을 닮아있다는 그 상사성相似性을 곱씹어볼 만하다.

소설 「이데올로기의 유산」은 셰익스피어의 비극 「로미오와 줄리엣」을 연상케 하는 데 그 농도가 짙다. 그것은 양가의 가정사에 머물지 않고 남북한 동족 간의 상반된 이데올로기에 기인한 확장된 유산이라서 더욱 치열하고 잔인하다. 현금에 이르기까지도 미해결로 남아 있는 대결의 주범은 비뚤어진 이데올로기라는 점에서 이는 국가적이면서도 세계적인 과제로 남아 있는 중차대한 주제라 하겠다.

소설 「장미 80송이」는 호랑이 같은 남편과 토끼 같은 아내와의 화해를 다룬 작품이다. 언제나 호령하는 황 국장과 죽어 지내는 김 여사와의 반전과 클라이맥스는 꽃박람회 구경하면서 시작된다. 김 여사는 주제관도 돌아보자고 하지만, 남편은 혼자 다녀오라고 말한다. 두 부부는 약속장소에서 힘들게 만난다. 여기까지는 갈등을 시나브로 증폭시켜가는 양적 변화의 기간이다.

질적 변화는 이제부터다. 김 여사가 나온 김에 화훼농장도 가보자고 하지만 남편은 "당신 혼자 구경하고 오구려." 하고는 사라진다. 김 여사가 뒤따르지만 놓치고 만다. 이 소설의 반전과 클라이맥스는 김 여사의 이혼 선언에서 비롯된다. 80 평생을 살아오는 동안에 죽어지내던 양적 변화가 질적 변화로 바뀌는 순간의 폭발이다. 결국 코너에 몰린 황 국장이 딸의 힘을 빌려 장미 80송이를 마련하여 눈물로 아내에게 바친다.

'찰칵' 문이 열렸으나 흐르는 눈물을 주체하지 못하여 들어가지 않고 서있었다. 김 여사가 문을 열고 내다봤다. 둑이 터지듯 눈물이 쏟아지면서 흐느꼈다. 고개를 숙인 채 두 손을 쳐들어 비닐백을 들이밀었다. 선영 어머니는 엉겁결에 비닐백을 받았다. 장미 향내가 짙게 나는데도 이것이 무엇이냐고 물었다. 크게 우는 소리가 대답을 대신했다. 놀란 김 여사는 무슨 일이냐며 황 국장의 팔을 잡아 끌어들였다. 집으로 들어간 황 국장은 거실 마루에 무릎을 꿇었다.

"여보, 용서해주구려."

고개를 푹 숙이고 새어나온 소리는 거의 울음소리였다. 김 여사는 어쩔 줄을 모르고 서 있었다. 그러다가 흐느끼고 있는 황 국장의 팔을 잡고 일으켰다.

"일어나시오. 이게 무슨 일이래요?"

"용서…"

"용서고 뭐고 얼른 일어서세요. 누가 볼까 두렵네요."

황 국장을 일으켜서 소파에 앉혔다. 그리고 이번에는 선영 어머니가 눈물을 훔치며 말했다.

"울지 마시오. 내가 잘못했어요. 이 꼴이 뭐래요. 나는 이런 남편 싫네요. 목에 힘주고 호령하던 당신이 좋았던 것 같네요. 육십년을 살아온 나의 팔잔데 어쩌겠어요."

이 소설의 반전과 클라이맥스 역시 인정미학이 두드러진다. '형수'의 결말 역시 사심 없는 인정미학이요, '두 따이한의 두 나상' 역시 승화된 예술성을 보이고 있다. 이 책의 제호로 쓰이는 '하얀 민들레꽃'은 감성과 지성을 균형 있게 조화시킨 작품으로서 지·정·의知·情·意를 고루 갖춘 가작의 진경을 보여주고 있다.

MEMO

MEMO

이춘원 소설집

하얀 민들레꽃

초판 인쇄　2023년 03월 07일
초판 발행　2023년 03월 16일

지은이　이춘원
펴낸이　황혜정
펴낸곳　문학사계

우편번호　03115
주소　서울시 종로구 종로66길 20(계명빌딩 502호)
연락처　010_2561_5773

등록번호　제318-2007-000001호
ISBN　978-89-93768-69-5

※ 잘못된 책은 구입처에서 교환해 드립니다.

값 16,000원